戦うハニー

新野剛志

角川文庫
21501

窓ぎわのトットちゃん

黒柳徹子

目次

1　戦うハニー

1

「あらためまして、星野親《ほしのちかし》です。英語に訳すとスター・ワイルド・ペアレント。趣味は映画鑑賞と低山ハイク。たまにジョギングもします。ちょっと、歳のいった新人ですがよろしくお願いいたします」

僕は声を張り上げ、頭を下げた。

「なんで、英語に訳したんですかね」

小声が聞こえた。

「言ってみたかっただけじゃない。まあ、ペアレントって言葉に、何か意味をもたせたかったんでしょ」

さほど小さな声でもない。

「自分でスターって言ってしまうの、すごくないですか」

「自分が大好きなタイプだね。間違いなく」

「――あの、僕を挟んで噂話するの、やめてもらえませんか。まる聞こえなんですけど」

僕は両脇に座る、酒井《さかい》と辻《つじ》に言った。

ふたりはこちらに目を向けたが――。

「歳のいった新人って、あれ、私に対する嫌みだよね」

「そうですね、景子《けいこ》先生と同い年ですもんね。――大丈夫、景子先生は若い、若い」

辻あかりが酒井の頭に手を伸ばし、いい子いい子した。

僕は溜息《ためいき》をついて言った。「まだ、終わってません。聞いていただけますか」

酒井は無表情で、どうぞと促すように掌《てのひら》をこちらに向ける。正面に座る井鳩《いばと》園長が聞いてますよと言うように、にっこり笑って頷《うなず》いてくれた。

「今年の秋も市の保育士採用試験を受けるつもりです。受かれば、一年だけの付き合いとなりますが、とにかくこの仕事は好きですし、一生懸命に頑張りますので、色々教えてください。以上です、ありがとうございます」

僕は再び頭を下げた。一拍遅れてぱらぱらと拍手が聞こえた。

顔を上げると、園長の変わらぬ笑顔が見えてほっとした。副園長の三本木《さんぼんぎ》も「頑張って」と言ってくれた。

「一年だけですって。うちはただの、繋《つな》ぎということですよね。そういうつもりで就職することをなんて呼ぶんでしたっけ」

また噂話が始まった。辻の問いかけに、酒井が眉《まゆ》をひそめる。

「腰掛けでしょ」

僕が教えてあげた。

「ああ、それそれ、ありがとうございます」

辻は、にっこり笑った。

なにも歓迎会で腰掛けだと宣言する必要はない、と自分でも思う。けれど、どうせみんな知っているだろうし、何も言わずにこそこそ勉強しているほうが、よほど感じが悪かった。それで悪く思われたら、しかたがない。いずれにしても、女のなかに男ひとりで入っていくのだから、風当たりの強さは覚悟の上だった。

僕は、来週、四月一日から、埼玉県の彩咲《さいき》市にある、私立の保育園、みつばち園《えん》で保育士として働き始める。今日はその歓迎会だった。

短大で二年、保育の勉強をし、新卒で契約職員として園に採用された。もともと僕は公立の保育園志望で、昨年の採用試験も受験した。最終試験まで進んだが、公務員の保育士はどこも狭き門で、採用にはいたらなかった。その時点では、就職浪人をして次の試験を目指すつもりでいたのだけれど、学校から、就職率を上げるため腰掛けでもいいから就職してくれと懇願され、紹介されたのがみつばち園だった。

「星野さん、こちらこそよろしくお願いします。うちの園、始まって以来の男性保育士さんだから、すごーく期待してます。一年でも二年でもいいから、一緒に働きましょう」

園長が張りのある迫力ボイスで言った。

僕は今年二十八歳になる。僕が採用を目指す彩咲市は、二十九歳まで受験できるのであと二回だ。井鳩園長は、今年落ちても受かるまでいていいよと言ってくれている。腰掛けだとわかっていて採用してくれたとはいえ、その寛大な心に僕はじーんときた。井鳩は、僕がかつて園児として世話になった、かもしか保育園の園長に雰囲気が似ていた。ふくよかな体形に張りのある声。言葉の端々から温かみのある性格が伝わってくる。年齢もあの当時の園長と同じ、六十前後。

僕は学校から言われたから、この保育園で働こうと決めたわけではない。井鳩と会って、このひとが園長を務める保育園なら間違いないと思い、働いてみる気になったのだ。

「面接のときに話したから、園の概要はわかってるわね。先生たちの顔と名前はもう一致してる？」

「大丈夫です。もう完璧《かんぺき》です」

園で働くスタッフは、僕を除いて園長以下、六人しかいないのだから当然だ。

三本木和歌《わか》は副園長で五十代半ば。このひとも、とても優しそうだ。

僕と同い年の酒井景子は、いつも不機嫌そうな感じ。体温が低そうだ。声も低く、かなり明るい茶髪で、埼玉の元ヤンキーといったイメージ。顔が異常に整っているものだから近寄りがたくもある。取扱注意、と僕の心のメモに記してある。

保育士三年目の辻あかりは、きゃぴきゃぴしていて何も考えていない感じ。短大時代の同級生によくいたタイプで、とっつきやすくはある。でも、隣で噂話はやめて欲しい。正職員はここまでで、あとはパートできている主婦の村上宏美《むらかみひろみ》と、給食を作る、ちょっと気難しそうなお婆ちゃんの西原康子《にしはらやすこ》。

僕はこの六人の女性と一年を過ごす。園長は来年も――、と言ってくれたが、僕はなんとしても今年で結果をだすつもりだ。

「顔と名前が一致するには時間がかかるでしょうけど、園児たちの名前くらいは、始まるまでに覚えておいて。あとで名簿を渡しますので。――来週から、二十四人のかわいい子供たちが星野親を待ってるわよ」

「はい、覚えておきます。楽しみです。――なんかいいですね、二十四人って。『二十四の瞳《ひとみ》』を思いだします」

僕はテーブルのグラスを取り、舐《な》めるようにビールに口をつけた。

「うちの子たちの片目をつぶさないでくれますか」酒井が低い声で言った。

「そういうつもりで言ったわけじゃありません。ただ、二十四という数字からの連想で」

なんて不吉なことを言うんだ。胸が少しどきどきしてきた。

「星野先生って、いちいちリアクションしてくれるから面白い。――私、好きかも」

僕は、言った辻のほうに顔を振った。胸がどきどきする上、顔が火照ってくる。

「嘘っ」と言って、辻は驚きの顔で僕を見る。ぷっと噴きだした。

「もう男の先生が珍しいからって、からかうのはよしなさい」三本木がたしなめた。

からかっているだけだろうか。これは新人いびりなのではないか。

「大丈夫です。僕は社会人経験がありますから、こんなことでは動じません」

確かに僕は新人保育士ではある。しかし、一度四年制大学をでてから会社勤めを二年半経験し、その後、保育士を目指して短大に入った。保育園でしか働いたことのない酒井や辻などよりも、ずっと世間というものを知っている。僕はきりっと表情を引き締め、胸を張った。

「生命保険の会社に勤めてらしたんですよね。どうして辞めたんですか」

パートの村上さんが、主婦らしい、あからさまな好奇心を見せて訊《たず》ねた。

「会社の現実を知ってしまったから——、会社が契約者に優しくないとわかったからです。不必要な保険を勧めたり、なんだかんだ理由をつけて保険金を払わなかったり、それが許せなかった」

利益を追求するのは当たり前のこと。それでも、契約者のためにならない保険会社など、存在する意味はないと思った。

「それってブラック企業でしょ」

辻がなんだか嬉《うれ》しそうに言った。

「いや、世間では一流企業と呼ばれる、普通の保険会社です」

「星野先生は、大学はどちらだったんですか」また村上が訊ねた。

僕は出身大学を教えた。

「うそー、むちゃくちゃ一流大学じゃないですか。それで保育士は、もったいなくないですか」辻が呆《あき》れたように言った。

「好きなことだから、もったいないとかそういう感覚はないけどな」

会社を辞めたとき、本当に好きな仕事なら、どんな現実を見せられても耐えられると思った。高校時代、親に反対されて諦《あきら》めた、保育士の夢を思いだし、その道に進むことにした。

「いまの若いひとって、一流大学をでてＮＰＯに就職したりするんですもんね。それを考えたら、保育士もありなんでしょうね」

三本木が冷静に分析した。

確かにそういうところはあるだろう。やりたい仕事なら、待遇面で大きなことは望まない。とはいえ、二十代から年金の心配をするような世代でもあり、しっかりとした将来設計も欠かせない。一般的に保育士の給与は結婚もままならないほど低い。好きな仕事だからといって、そこまで犠牲にする気はなく、僕は給与が一般職の公務員と同じ、公立保育園の保育士を目指している。

「やっぱりそういうのって、草食系とかと関係あるんですよね」

また辻あかりだ。どうやら彼女は、はやり言葉を使うのが好きなようだ。

「関係ありません」僕は素っ気なく言った。

草食系にゆとり世代。レッテルを貼られるのが僕は嫌いだ。まあ、見た目が草食系っぽいのは認めるけれど。

「関係ないことはないと思いますけど。要は、欲望のレベルが低いんでしょ」酒井が冷たく言った。

「ですよね。なんといっても趣味が低山ハイクですから。低い山限定なんですもんね」

そこまで結びつけるかと、言った辻を睨《にら》みつけた。

「肉を食べなきゃだめですよ」

場の空気を凍りつかせそうなほど、芯《しん》の通った声が響いた。畳の上に正座をして、くいくいと杯を空けていた西原さんだ。

「野菜ももちろん、食べてください。おだしをしっかりとったら、塩分なんてちょっとでいいんですよ。インスタントばかり食べてるから、舌がばかになるんです」

天から何かが降ってきたように滔々《とうとう》と喋《しゃべ》る。皺《しわ》に埋もれたような小さい目は、どこを見ているかわからなかったけれど、自分に向けられた言葉のようだったので、「はい、わかりました」と元気よく言った。

「そうよね、しっかり栄養つけなきゃ、保育士の仕事はもたないから」

張り合ったわけでもないだろうが、井鳩も障子を震わせそうな大声で言った。

「まず一週間は、楽しんで仕事をするように。自分が思うようにのびのび仕事をして、保育の仕事が好きになるように努めてください。しばらくは酒井さんのサブについてもらいましょうか。わからないことがあったら、すぐチーフに訊《き》くように」

「えーっ、私のサブですか」酒井がだるそうな口調で言った。

「もう、景子先生、知ってたくせに。わざとらしい」

辻に言われて酒井はぺろっと舌を見せた。

「大丈夫ですかね。私のサブでもいいですけど」副園長が心配そうな目を僕に向ける。

「いいんです。若い者は若い者同士。きっとこれからの新しい保育を築いてくれますよ」

園長の言葉を聞き、大袈裟《おおげさ》だなと思った。それでも、張りのある声で言い切った言葉は、なんだか僕をその気にさせた。

2

「おっはよー、ございます」

僕は玄関のドアを開けて言った。

べりべりっとベルクロテープのストラップを剝《は》がし、スニーカーを脱いだ。廊下に上がると、奥の部屋から辻あかりが顔を覗《のぞ》かせた。

「星野先生、早くないですか。チーフの景子先生、今日は早番じゃないですよ」

「初日だから、一番乗りしようと思ったけど、全然遅かったみたいだ」

部屋のなかは鰹《かつお》だしの匂いが充満していた。

僕は、奥の部屋に入り、キッチンのなかの西原さんに挨拶《あいさつ》をした。「朝ご飯は？」と訊ねる西原さんに、しっかり食べてきたことを申告した。

「歓迎会で、好きかもとか言ったから、私のことが気になって、早くきたんじゃないですか」

背負っていたデイパックを下ろしたとき、辻がからかうような目をして言った。

「あっ、また赤くなってる。冗談ですよ」

けらけら笑う辻を、僕は赤らんでいるだろう顔で睨んだ。

「この間の歓迎会で、わざとらしく噂話をしていたのはなんでなんだろ。ただからかっていただけじゃないんでしょ」

最初は僕の何かが気に入らないんだろうと思っていたが、あのあと下宿に帰って考えてみると、園長のいる前で、あからさまに新人をいびるのはどうも変だ。何か理由があるのでは、と思い至った。

「さすが一流大卒ですね、鋭い。あれは私たちの歓迎の気持ちなんですよ」

だぼだぼのスウェットシャツに、太めのチノパン。小柄な辻がその格好をすると幼くも見える。そんな辻の相手をしていると、なんだか、女子校の先生にでもなったような気がしてくる。

「きっと女ばかりで、今後なにかと苦労するだろうけど、最初にがつんとやられればあとが楽なんじゃないかと考えたんですよね」

「嫌みな感じは、演技には思えなかったけど」

「声にだしたのは作為的ですけど、言ってる内容は本当に思ってることですから、それほど演技はいらないかと――」

　辻は澄ました顔で言った。

「酒井先生も、僕のことを思って言ってくれてたの」

「もちろんですよ。景子先生、ああ見えて、心の温かいひとなんですよ。見た目どおり、厳しい面もありますけど。まあ、仲良くやってくださいね。もめ事は嫌いなもので」

「もめ事なんて起こすわけないよ。僕だって好きじゃない」

「よかった。やっぱり、草食系のひとのほうが、こういう職場には合うんですよね。ぐいぐい引っぱるような暑苦しいひとだと、そうとう反発をくらいますから。――あっ、すみません、生意気言って」

「いやいや、僕のほうが後輩だから。ありがとうございます」

　引かれれば引く、押されれば押す、僕はそういう性格だ。

「――でも草食系ではないと思うんだけど」

　そこだけはこだわりたい。

「やっぱり、腰掛けで働くっていうのは、なんか感じ悪い？」

「いずれ辞めるってわかっているから、ちょっとは気になりますよ。でも、園長先生が最初からそれを認めて採用しているわけだから、私はとくにいやな感じはないな。それに男のひとは色々大変ですもんね。安定した収入があるとこじゃないと。もし私の彼が、平均的な私立の保育園の先生だったら、結婚は考えちゃいますもんね」

「やっぱり、気になる？」

「それは当然ですよ」

僕も当然だと思っている。

会社を辞めるとき、僕には二年ほどつき合っている恋人がいた。ひとつ年上の彼女は、僕が仕事を辞め、保育士を目指すと伝えたとき、頑張って、応援すると言ってくれた。実際、短大に入り、保育の勉強をする僕に寄り添い、見守ってくれていた。去年の秋、僕は市の保育士採用試験に失敗した。それから間もなく彼女は別れ話を切りだした。二年待った、もうこれ以上は待てないときっぱり言ったのだ。彼女と結婚の約束まではしていなかったが、このままつき合っていけばそうなるだろうと互いに意識していた。彼女が「待った」というのも、もちろん結婚のことだ。すぐに結婚したかったわけではなく、せめて結婚できる状態にして欲しい、未来を見せて欲しかったという意味だった。このあと一年待っても試験に受かる保証はないし、私立の保育園に就職するとなると経済的に結婚は難しくなる。はっきりと口にはださないが、夢を諦《あきら》め普通の企業に就職して欲しいと望んでいるのが、言葉の端々からわかった。

僕も結婚を見据え、待遇面を重視して市の保育士を目指した。けれど、もし私立の保育士になったとしても、彼女はついてきてくれると高をくくっていたから少なからずショックだった。それは彼女の気持ちに対してではなく、そのていどの魅力しかない自分に対してのショックだ。自分にがっかりした僕は彼女を引き留めなかった。ただ、やけになることもなく、今年も市の保育士採用試験を目指している。

彼女との別れは悲しくもあったが、正直にいえば、ほっとしている面もあった。よけいなプレッシャーを受けることなく、市の保育士を目指せるからだ。今年受かるつもりでいるものの、もし万が一だめでも、また来年、気兼ねなく挑戦できる。

別れた彼女は埼玉が地元だった。だから僕は埼玉の短大に入り、埼玉の彩咲市の保育士を目指したのだけれど、いまもかわらず、ここにいて彩咲市の採用を目指しているのはとくに意味はない。住み慣れていることと、試験の傾向がわかっていることと、受験資格が二十九歳まであること。いつか彼女と街ですれちがわないかと期待している、なんてことは断じてない。僕は草食系ではないけれど、諦めはいいほうだった。

「さて、掃除でもやろうかな」

慣れない職場をきょろきょろと見回し、僕は言った。

「ああ、掃除は当番の私がやりますから」

辻はピンクのエプロンを首にかけ、腰のひもを後ろできゅっと縛った。

「先生は庭の木の枝を切ってください。風が吹くと、屋根に当たってうるさいんです。前から気になってたんですけど、女手じゃちょっと。男の先生がきて、助かります」

「了解」と腕まくりをしながら、張り切った声で言う。デイパックのジッパーを開けた。

「道具は二階にありますから。——えっ、星野先生もエプロンつけるんですか」

こちらを振り返った辻が目を丸くする。

「どうして驚くの。みんなしてるって聞いたから」

水色のエプロンを首からかけ、腰ひもを縛る。気持ちもきゅっと引き締まる。

「エプロンはいいんですけど、アップリケが――」

「いいでしょ、これ。全部自分で作ったんだ」

象にパンダにバスに電車……。子供が喜びそうなものをのきなみつけてみた。

「そんな、どや顔されても……。自作なのは見ればわかります。はっきり言って、そのパンダ、かわいくないです」


枝を切るぐらい、女性でもできるだろうと思ったが、男でも大変な作業だった。脚立に登って、一階の屋根に当たる枝をぎこぎこ切る。ちょっと早く登園したときにやるような仕事ではなかった。

みつばち園の庭は、園庭と呼べるほど広くはなかった。子供用のビニールプールを四つも並べたらいっぱいで、子供たちが走り回れるようなものではない。

園は二階建ての古い民家をそのまま園舎として使用していた。当然、設備は不十分で保育園としての認可を受けていないが、家庭保育室の認定を市から受けていた。家庭保育室は待機児童対策として埼玉県の各自治体で採用されている制度で、一定の条件を満たせば、自宅でも開設できる小規模保育の施設だった。預かり対象はゼロ歳児から二歳児までで、収入に応じて保育料の補助が自治体からでるのは認可園と同じ。みつばち園は、三歳児から五歳児までも預かっているが、この部分は認可外で、自治体からの補助もない。つまり、家庭保育室と認可外保育所の顔を併せもつ。とはいえ園児から見たら、みんな一緒に遊んでいるし、同じ給食を食べているし、ひとつの保育園としか認識できないだろう。少人数だから、とくにクラス分けもしておらず、保育士も上の子をみたり下の子をみたり、保育室と認可外の境目はないようだった。

ようやく枝を切り終わり、道具を片付けて園舎に戻った。最初にやってくる子を出迎えようと思っていたのだが、子供たちの登園はもう始まっている。脚立の上からどうにか「おはよう」だけは言うことができた。たぶん、父母からは、かわったエプロンをした植木職人だと勘違いされていた気がする。

家庭保育室の預かり時間は午前八時半から午後四時半までと決められている。朝の八時からと、夕方の六時までは、延長保育として対応しており、そのための早番だった。

すでに九時近くになっていた。登園時間は九時までで、駆け込みラッシュのようにひとが多い。着替えを着替え袋に黙々と詰め込むお母さん。まだいかないでと園児に泣きつかれるお父さん。みんな仕事に気が向いているようで、そわそわと落ち着かない。いちいち僕の自己紹介など聞いている余裕などなさそうなので、ひたすら「おはようございます」と声を上げ、なかに入っていった。

「おはよう。――何、それ自分で作ったの」

園長に挨拶《あいさつ》すると、いきなりエプロンを指して言った。

「いいじゃない。最高。気の強そうなパンダ、素敵」

朝は園長もテンションが高いらしい。親指を立てて言った。

さすがに園長。ひとをやる気にさせる。

次いでチーフに挨拶。

「今日からよろしくお願いします」

頭を上げると、セイラちゃんのお着替えもってきてくれる、と酒井から指示を受けた。

おもらししちゃったのだろう、酒井は二歳くらいの子の着替えをさせていた。

僕は、壁につるされて並ぶ着替え袋のなかから大貫聖羅《おおぬきせいら》の袋を取ってもっていった。

「これは、セイラちゃんのでしょ、私が言ったのはセイアちゃん」

聞き間違えた。僕はとって返し、石橋星亜《いしばしせいあ》の袋をもってきた。「失礼しました」

大貫聖羅は年中だから、二歳くらいのこの子とは違うと気づくべきだったのだ。僕は今日ひとつ目の反省をした。

「あっ、パンダ」セイアが僕のエプロンを指して言った。

「かわいいでしょ。先生が作ったんだよ」

小さいのに気を遣える子だった。何もコメントしなかったのはそういうことだろう。

「星野先生は不器用なんですか。目がぎざぎざ」しゃがみこんだ酒井が、こちらをちらっと見上げて言った。

「手作り感をだそうと、あえてしてみたんですけど、どうも不評のようで」

「自分が大好きなんですね」

半笑いの小ばかにしたような言葉に、僕はいやいや、と手を振った。

「――いや、考えてみれば自分が大好きですね。徹夜してアップリケをエプロンに縫いつける自分が愛《いと》おしかったりして。酒井先生は、自分が好きじゃないんですか」

答えはなかった。「さあ、終わった」とセイアのお尻《しり》をぽんと叩《たた》く。

セイアはお友達のほうに駆けていった。

「酒井先生のエプロンは素敵ですね。真っ黒のエプロンが似合うひとなんてそういない」

もちろん、アップリケなんかついていない。

「でも、子供が怖がったりしないですか」

立ち上がった酒井は、眉間《みけん》に縦皺《しわ》を入れ、かなりの眼力で僕を睨《にら》む。顔が近い。

「エプロンの話なんていつまでしてるの。やることが、いっぱいあるでしょ」

僕は体を引き、息を呑《の》んだ。

「あー、星野先生、私と一緒に玄関で駆け込みの子を待ち受けましょう」辻がやってきて僕の腕を摑《つか》んだ。「この時間になると、なかに入らないで、さっさと仕事に向かう親御さんが増えるんです」

辻は「さあ」と言って僕の手を引く。

「失礼しました。仕事します」

僕はそう言って、辻に従った。

「もう、もめ事は起こさないって約束したじゃないですか」

玄関までくると、辻が咎《とが》めるように言った。

「もめ事なんて起こしてないよ。無駄話を怒られただけで」

早くも反省その二だ。

「違います。景子先生、エプロンのことを言われて、むっときたんですよ」

「——ああ。黒いエプロン。子供が怖がらないかと訊《き》いたけど……」

辻は眉《まゆ》をひそめて、頷《うなず》いた。「景子先生、自分でも気にしてるんですよ。黒いエプロンをびびる子がいるって」

「だったら、他の色に変えればいいのに」

「エプロンは黒じゃなきゃだめなんだそうです。なんだかわからないけど」

「まあ、黒が似合うといえば似合うけど」

そんなことで腹を立てられても、とも思う。

「だから、エプロンについては——」

「大丈夫。もう、何があっても話題にしません」

考えてみれば、ひとごとではないのではないか。パンダのアップリケを子供が怖がるようならどうにかしないといけない。

「あっ、きたきた」

辻の声に促され、開けっぱなしの玄関口に目を向けた。「早く」と、背後の子供を急《せ》かしながら、母親が駆け込んできた。

着替えと連絡帳を辻に渡すと、タッチアンドゴー――すぐに駆け戻る。急いでいるだけあって、走りやすそうなスウェットの上下を着ていた。

「ホウスイ君、お母さんにバイバイね」入れ違いに入ってきた子供に辻が言った。

僕は、あれっと思った。園長に言われ、あらかた園児の名前を覚えたつもりだったが、ホウスイが浮かばない。

「ホウスイ君って、名字はなんでしたっけ」

子供を奥まで連れていき、戻ってきた辻に訊《たず》ねた。

「木下《きのした》ホウスイ君。ホウオウのホウにヒスイのスイ」

ホウオウが一瞬浮かばなかったが、木下鳳翠《ほうすい》を記憶から引っぱりだした。

「うちもキラキラさんが多いですからね」

「キラキラネームにしては素直な読みだから、かえってわからなかったな。もっとすごい読ませ方をするのかと思った」

「そもそも、市の名前からしてキラキラネームですもんね。星野先生もキラキラネーム？」

「チカシは昔からある名前ですよ」

そう答えたとき、外で泣き声が聞こえた。

「誰だろう」辻が外に顔を向けた。

いったん近づいてきた声が、離れていく。僕はスニーカーをつっかけ、玄関をでた。

小さな男の子が庭にいた。着替え袋を首から提げ、「ママー」と叫びながら、よたよたと門のほうに駆けていく。

僕も駆けだした。靴が片方脱げたが、そのまま走る。庭をでてすぐは歩道だが、その向こうの車道はけっこうな交通量だった。

「捕まえたー」

門をでたところで、後ろから優しく肩を摑んだ。男の子は小さくても力強い。振り切って歩道を進もうとする。

「こんにちは。新しい先生だよ、よろしくね」子供をだき上げて言った。

自転車に乗って歩道を遠ざかる後ろ姿が見えた。あれがお母さんだろうか。

子供の手を取り、バイバイと振ったが、世界の終わりがきたみたいに、激しく泣き続ける。だっこしたまま園舎に向かった。

エプロンに涙の染みができていた。胸に顔を埋めさせ、鼻水を拭《ふ》く。エプロンが汚れていくのが、僕はなんだか嬉《うれ》しかった。

脱げた靴に足を入れ、園舎に戻った。

「やっぱ、ユウちゃんか。お母さんいっちゃったの？　大丈夫、また迎えにくるからね」

辻が頰をつついた。

ユウちゃんは樫村祐輔《かしむらゆうすけ》だろう。一歳児クラス。確か、母子家庭だったはずだ。

「さあて、先生が絵本を読んであげようか。面白いのがあるよ」

廊下を進んで奥の部屋にいく。少し泣き方が落ち着いてきた。

「あれ、ユウちゃんどうしたの」

酒井がこちらに寄ってきた。

「お母さんに、外で置いてきぼりにされちゃったみたいで」

僕に怖い目を向け、祐輔に笑顔を向けた。

「さあ、こっちにおいで。紙芝居やってるから、一緒に観よう」

酒井は奪うように祐輔を受け取ると、副園長が読む紙芝居の観客に交じった。

祐輔を膝《ひざ》の上にのせ、まるで何かから守るように、後ろから抱きしめていた。子供の頭に頬を寄せ、くんくんと匂いを嗅《か》ぐ仕草を見て、僕は思わず笑みを浮かべた。

きっと子供の匂いが好きなのだろう。僕も好きだ。心がなごむいい匂いがする。

視線に気づいたのか、酒井がふいにこちらに顔を向けた。僕はそのまま笑みを浮かべていたが、眉根《まゆね》を寄せた怖い目で睨まれた。

3

園児が全員揃うと、まずは朝礼。歌をうたい、園長のお話を聞く。そして天気のいい今日は外遊び。僕はチーフと一緒に、認可外の子たちを連れて近所の公園に向かった。

保育園がある彩咲市美園《みその》町は、私鉄の西彩咲《にしさいき》駅を中心に三十年ほど前から開発された、比較的新しい町だ。大きな商店街はなく、整備されたロードサイドに、大型スーパーやファミリーレストラン、パチンコ店などが点在する、郊外型のベッドタウンだった。公園も多く、十五分も歩けばプールなど施設が充実した市の運動公園もあるが、普段はそこまでいくことはなく、近くの児童公園で遊ばせることが多いようだ。ほとんどの道が車道と歩道とに分離されているため、それほど危険はない。認可外チームはひとり休みで、今日は十人。ふたりずつ手を繋《つな》いで、歩道を進む。

子供の足で十分ほどかかって到着したのは、名前もないような寂れた公園だった。錆《さ》びついたブランコと鉄棒ぐらいしか遊具はないが、隣の敷地も空き地で広々としているのがよかった。他に遊んでいる子供はおらず、いくらでも走り回れる。木もあるし、地面に半分埋まったタイヤの列は、手作りの遊具だろう。誰かが、ここはタイヤ公園っていうんだよと教えてくれた。

朝礼のとき、園長から新しい先生がきたよと紹介されたが、最初は誰だこいつと警戒されている感じだった。けれど、子供のいいところは、素直で単純なところ。一発腕にぶらさげて振り回してやれば、もう仲良しだ。次は俺、私と、にわかに人気者になれる。子供の悪いところは際限を知らないこと。もう一回、あと百回と、おねだりが続く。

「よーし、次はタイヤの上で鬼ごっこだ」僕は勢いよく言って、駆けだした。

おねだりしていた子は、不満げな顔で立ちつくすが、すぐにみんなにのり遅れないように追いかけてきた。

「一番のり」

僕はタイヤの上に飛びのった。野ざらしのタイヤは劣化していたようで、ぐにゃりと潰《つぶ》れてバランスを崩す。僕の体は見事に地面にひっくり返った。子供は素直だけど残酷。僕の体のことなど気遣う子はなかった。どすんどすんと、倒れた体の上にのってきた。

酒井は遠巻きに見ていた。外にでていく子はいないか、危ない遊びをする子はいないか、不審者が近づいてこないか、目を光らせている。「星野先生、好きに遊んでいいですよ」と公園に着いたときに言ってくれた。楽しんで仕事をするようにと言った園長の意をくんでのことなのだろう。

ルール作りから始めて、鬼ごっこをした。小規模な保育園はいいなと思った。上の子が下の子にルールを教えながら、ちょこまか逃げ回る。公園への移動のときから、上の子は下の子の面倒を何かと見ていた。年齢の垣根なくいつも遊んでいると、自然にそういう態度が芽生えるに違いない。

みんないい子たちだなと、タイヤの上を駆け回りながら思った。間違いなく大事に育てられている子たちだ。

「さて、次は木登りやろうか」

鬼ごっこに飽きてきたとみて、僕は言った。

「えーっ、木登りやったことない」年長の加瀬大翔《かせひろと》が言った。

「嘘っ。木の上に登ると、色んなものがいるし、見晴らしもいいし、気持ちいいんだぞ」

やはり女性保育士だけだから、そんな遊びはしないのだろう。

「わー毛虫いるよ、嫌い」

年中の諸橋香奈子《もろはしかなこ》は、鼻の頭に皺《しわ》を寄せて言った。表情豊かだ。

「カブトムシの幼虫がいるかもよ」

「嘘だ。カブトムシの幼虫は土のなかだよ」

さすが年長はよく知っている。

「じゃあ、何がいるのかな」

「りす」

「すいか」と年中のキヨタ。

「すいかはいないだろうけど、りすはいるのかな。いって見てみよう」

僕は駆けだす。後ろからぞろぞろついてくる。

今日は年長だけ、と断って、まず僕が見本を見せる。靴下を脱いで、木の幹にとりつく。途中から斜めに伸びる幹だから、登りやすく初心者にはちょうどよかった。僕はするすると登り、けっこう上までいって下りてきた。

「りすはいなかったけど、やっぱり気持ちよかった。さあて、誰から登る」

年長は三人。男ふたりに、女ひとり。

「あたしやる」と菊池美都《きくちみと》が真っ先に手を挙げても僕は驚かなかった。

すでに靴下を脱いでいたミトは、がしっと幹に抱きついた。ずるずると落ちてくるお尻《しり》を僕は押し上げる。

「押さないで。ひとりでやるから」

まったくそのとおり。先生は見守っていればいいのだ。反省その三。

「星野先生、何やってるんですか」

振り返って見ると、黒いエプロンが近づいてくる。

「見てのとおり、木登りを教えてたんですよ」

「ああ、もう」とぼやいて、ミトは地面に足を着いた。すぐに、幹に飛びつく。

「ミトちゃん、やめて。木登りは禁止」

酒井の低い声は、断固たる厳しさがあった。

ミトは「えーっ」と言いながらも、木から下りる。

「どうしてだめなんですか」僕は抑えた声で訊《き》いた。

「危ないからに決まってるでしょ」

振り向きざまの視線は、斬りつけるようなものだった。

「でものびのびと好きなようにやっていいと園長も言ってたじゃないですか」

「全然好きなようにやってかまわない。でも、だめなことは私が注意します」

確かに、最初から、あれだめ、これだめ、と言われるよりはいいのかもしれないが。

「木登りは本当に気持ちいいんですよ。上から見ると、いつもの遊び場の風景が変わる。風も気持ちいいし、体力だってつくし」

保育士になったら、子供たちと絶対にやりたいと思っていた遊びだ。

「そんなことわかってます。でもだめ。親御さんからクレームがくるから」

「そんな――。しっかり見てるから大丈夫。けがなんてさせない」

「休みの日でも子供たちを見守ることができます？　どこか知らないところで木登りしてけがをしても、保育園が教えたからだ、責任とれとクレームがくるんですよ」

「そこまで気にしなきゃなんないんですかね」

「気にしなきゃならないから、言ってるんでしょ」

いまどきの親がうるさいのはわかるが、それを気にして萎縮《いしゅく》していたら、子供たちに何も教えられない。

「先生たち、喧嘩《けんか》してる」

声に目を向けると、子供たちが怪訝《けげん》な目で見上げていた。

「喧嘩じゃない。お話し合いだよ。先生が間違ったこと言っちゃったみたいだ。ごめんな、木登りは中止。危ないから、もうちょっと大きくなるまで、やっちゃだめだぞ」

子供の前で意見の食い違いを見せるのはよろしくない。僕は折れることにした。

「じゃあ、みんなで泥団子作ろうか。ぴっかぴっかの綺麗《きれい》なやつ。先生作れるんだぞ」

そんなの俺だってできると大翔が張り合う。じゃあ、誰がいちばん綺麗にできるか競争だ、と話がまとまる。

「泥遊びは大丈夫ですか」

　僕は軽い皮肉も込めて、酒井に訊《たず》ねた。

「服が汚れるからやめてくださいとクレームがきますすよ。先生が服を洗ってよと本気で詰め寄ってくる」

「えっ」

　嘘っ、と僕は目を丸くする。

「でもいい。それくらいならはね返すから」

　酒井はだるそうに言うと、背中を向けた。

「泥団子を作るなら、ブランコの向こうまでいって。いい砂があるから。そのへんに落ちてるペットボトルで、水を運んで」

　遠ざかる酒井の背中に、「了解です」と声をかけた。

　酒井はそのくらいならはね返すと言ったが、木登りだと、いったいどれほどのクレームがくると考えているのだろう。

　もしかしたら、酒井が気にしているのは親ではないのかもしれない、とふと思った。

絶えず騒がしかった園舎から子供の声が消えた。時間が止まってしまったのではと思えるほどの静寂が訪れる。

お昼寝の時間。子供と遊ぶことはできないが、僕はこの時間が案外好きだ。どこか別の世界にやってきたような感覚になるし、子供たちの寝顔と寝息が、平和を実感させる。本来、この時間は連絡帳を書いたり、けっこう忙しいものだが、僕はまだ書かせてもらえないため、起きてきた子をトイレに連れていったりするだけでのんびりしていた。

登園二日目の今日は、月例会議だった。みんな輪になり、連絡帳を書く手を止めて、園長の話に耳を傾ける。

今月のスケジュールの確認をした。四月は新年度のスタートであまり行事はなかった。今月のお誕生日会担当の辻に、進捗《しんちょく》状況を訊ねた。

僕は話を聞きながら、隣にいる酒井の連絡帳にふと目を留めた。膝《ひざ》の上に広げたノートに書かれたものを見て目を丸くした。

字がイメージと違い、丸っこくてかわいいのはいいとして、箇条書きで簡素な内容なのが驚きだった。

酒井はとっつきにくいが、元ヤンキーのガッツで熱い保育をするのではと思っていたから、意外だった。案外適当なんだなとがっかりした。

「星野先生」

突然呼ばれてぎくりとした。園長のほうに顔を向ける。

「来月初めに、端午の節句の会がありますので、その担当をお願いしますね」

「えっ、僕でいいんですか」

「男の子の節句だから、やっぱり男の保育士さんにやってもらうしかないでしょ」

園長は親指は立てなかったが、切れのいいウィンクをした。

「やります。頑張ります」

何をやればいいのかもわからなかったが、僕はやる気をみなぎらせた。


節句の会当日はそれほどやることはないようだ。紙で作った兜《かぶと》をみんなでかぶり、歌をうたって、柏餅《かしわもち》を食べるくらい。それよりも、当日までに準備する製作物の方向性を決めるのが担当の大きな仕事だった。兜と鯉のぼりを子供たちに作らせるが、紙で作るか布で作るか、大きいものか小さいものか、ある程度のひな形を示さないと、小さい子供たちには難しい。

僕は延長保育も終わりの時間になって、二階に上がり、過去の節句会の資料を漁《あさ》った。

「あっ、鯉のぼり」

後ろから声が聞こえて振り返ると、二歳児クラスの隼人《はやと》が覗《のぞ》き込んでいた。

「すごいね、鯉のぼり知ってるんだ」

押し入れに数年分のアルバムを見つけ、一階にもってきて見ていた。周りはお迎えのお母さんがたでにぎやかだった。

「あたし五月五日は嫌い。だって男の子の日だもん」ミトがつんとした顔で言った。

「だけどこどもの日でもあるよ。プレゼント買ってもらったり、楽しい日でしょ」

「でも嫌い」

ならしょうがないと、僕は大きく頷《うなず》いた。

「星野先生、言葉には気をつけてください」

通りかかった酒井が、低い声で言った。

酒井は黒いエプロンを外し、もう帰り支度をすませていた。

「こどもの日にみんながプレゼントをもらえるわけじゃないでしょ」

「またクレームがくるんですか」

「変なこと教えないでくれと、言ってくるひともいる」

そんなのは、はいはいと聞き流せばいいような気もするが、僕は「わかりました」と、とりあえず答えておいた。

「みんなー、今週の土曜はお母さん会だからね。よろしく」

誰のお母さんだろう。僕と歳のかわらない若い母親が大きな声で言った。

お迎えにきていたお母さんがたから、「オーケー」とか「はーい」とか、ぱらぱらと声が上がる。

「酒井先生、掲示板に貼り紙してもいいですか」

若い母親がおしらせの紙と思しきものをひらひらさせながら訊ねた。酒井はどうぞと素っ気なく答えた。

「星野先生、基本女子会ですけど、特別参加オッケーでてますから、ぜひきてください」

化粧は派手め。テンションは高め。いったいどこからオッケーがでているのか疑問に思いながらも、気圧《けお》された僕は、またもや「わかりました」と答えた。

「星野先生、いくんですか」

母親が掲示板に向かうと、酒井が訊ねた。

「酒井先生はいかないんですか」

「誰もいきませんよ。誘われてないでしょ。誘われてもいかないですけど」

「——はあ、そうですか。だったら僕もやめておこうかな」

酒井は真剣な顔で頷いた。

「先生、ユナちゃんがうんちしちゃった」

酒井の袖《そで》を引いてミトが言った。

「ああ、僕がやりますよ」

酒井はもうナイロンのコートを着込んでいる。僕はまだエプロン着用。そのためのエプロンだった。僕は着替え袋をもって、泣いている沢江《さわえ》由奈《ゆな》のところへいった。

着替えさせたところで、ユナの母親が迎えにきた。これで全員お迎えがきた。別れを惜しみ、まだ走り回っている子もいるが、本日の営業は終了。残業もなく、このあと控えている飲み会に、最初から参加できそうだ。高く腕を上げ、伸びをしたら、尿意を催した。僕はエプロンを外して二階に上がった。

二階のトイレが職員用だった。階段を上がった突き当たり。ドアの前に立ったとき、水の流れる音がした。

「あっ、お疲れさま」

でてきた辻に声をかけた。

「トイレ入るんですか」辻は眉《まゆ》をひそめて言った。

僕は「うん」と頷いた。

「どうして」

「どうしてって、その、おしっこなんだけど」

「もう帰る時間なんだから、家に帰ってしたらいいんじゃないですか」

「そんな、がまんできないよ。どうしたの、辻先生、なんかおかしいよ」

いつも茶目っ気のある辻が、酒井も顔負けの険のある表情をしていた。

「辻ちゃん、そんなこと言ったら、星野先生がかわいそうですよ」

二階の奥のカーテンが開き、着替えをすませたパートの村上さんがでてきた。今日は、園長と副園長が会合に出席するため、いつもは早上がりの村上さんが残ってくれていた。

「辻ちゃん、大きいほうだったんでしょ。臭いが気になるから、通せんぼしてるのよね」

辻がこぼれ落ちそうなほど目を見開いた。

「もう、村上さん。——星野先生もひどい」

「いや、僕は何も……」

していないはず。トイレにもいけていない。

「星野先生、一階のトイレでしたらいいですよ。もうだいたい、帰ってますから」

「ああ、そうですね。いってきます」

僕は逃げるように、階段を下りた。

5

「そうだよね、トイレは気を遣うよね」

森川《もりかわ》の言葉に、僕は小さく何度も頷いた。そうか、気を遣うものなのか。僕はこの二日、何も考えずに二階のトイレを使っていた。

「終わったら便座は下ろす。飛び散った小便は拭《ぬぐ》う。そのくらいはみんなやってるよな」

僕を除いた三人が頷く。

「俺、正直言って、いまだに一度も園のトイレで大きいほうしたことないんだよね」

尾花《おばな》が言うと、本当かよと驚きの声が上がる。尾花は保育士になって七年目のはずだ。

「星野さんのところは、着替えはどうなんですか」

若い梨田《なしだ》が訊《たず》ねた。

体育会系の爽《さわ》やか青年は二十五歳。それでも僕より保育士経験は豊富だ。

「うちはだいたい、僕も含めて仕事着で通勤してるから、問題はないんだ」

着替えをするのはパートの村上さんだけだ。

「それならいいですね。どこも男子更衣室なんて用意してないから、慣れないうちはみんな苦労しますよね」

「俺なんて、着替えしてるところに入ってっちゃってさ、気まずいなんてもんじゃない」

森川が顔をしかめた。

みんなある意味修羅場を潜っているのだなと、仲間意識を覚えた。最初はなんだか愚痴が多くてどうなのかなと思ったが、働き始めてみると、そういう場があるのをありがたく感じる。

僕が参加しているのは、彩咲市内に勤務する男性保育士の会だった。ネットでたまたま存在を知り、連絡をとってみた。僕としては勉強会みたいなものを期待したが、活動は月に一度の飲み会で、主に仕事の愚痴を言い合うだけのようだ。会員は現在十人で、ほとんどが私立の保育園に勤務している。僕は今回が二回目の参加だった。

「ああそう、お母さんたちとの飲み会ね。うちはけっこう多いかな。父母と仲がいいから」

僕がお母さん会に誘われた話をしたら、そんな答えが返ってきた。

「森川さんのところは、みんな園の保育理念に心酔して入園するから、そうなんでしょうね」尾花が言った。

森川の園は自然のなかで保育するのをモットーとしており、普段から電車や車を使って野山にでかけ、駆け回っている。

「うちも、星野君のところと同じだな。女の先生たちは、父母と飲んだりするのは好きじゃない感じ。まあ、女性ってそういうもんだよね」

別に女性と限ったわけではない。僕だって仕事の付き合いで飲むのは好きではなかった。それでも必要があるなら、無理をしても参加する。酒井は父母からのクレームを気にしていたが、コミュニケーションがとれてさえいれば、それほど大事にはならないのではないか。だから飲み会で話し込むのも悪くないと思うのだが、さすがに男ひとりで参加するのは、ちょっと腰が引ける。

「板垣《いたがき》さんのところはどうです。やっぱり公立だと、そういうのはないですか」

森川が訊《き》いた。

「そうだな。卒園のときぐらいかね」

板垣は市立の保育園で働く、市の職員だった。前回の飲み会にはきていなかったので、会うのは初めてだ。

「父母からのクレームとかはやはり多いですか」僕は訊ねてみた。

「まあ、いまどきはどうしたって多いよね。うちの市はけっこう弱腰だから、ごねたほうが得だと思われてる節もあるし」

「そうなんですか」

そんな風に考えている父母がうちにいないことを祈った。

「でも公立とか認可の園は、市がクレームの窓口になるから、まだいいじゃないですか。私立だと直接くるからきついんですよね」

梨田が泣きまねをして言った。

「そんなことないよ。全部が窓口にいくわけじゃない。うちだって直接言ってくるのはけっこうあるよ」板垣はそう言うと、僕のほうに顔を向けた。

「星野君のところは認可だっけ」

「いえ、うちは認定の家庭保育室、美園にあるみつばち園です」

「ああ、井鳩先生のところか」

「知ってるんですか」

「保育課の窓口にいるとき、ずいぶん世話になったよ」

市立保育園の保育士も市の職員だから、数年に一度、市役所の保育課に異動になる。

「そうか、それじゃあ大変だな。ダイナマイト・ハニーに勤めてるんじゃ」

「なんですか、ダイナマイト・ハニーって」

板垣は急に目を細め、真剣な顔をした。

6

今日はおかしかった。園の空気がそわそわとどこか落ち着かない。僕に対するあからさまな態度の変化があるわけではないが、なんとなく、監視されているような視線を感じることがあった。

いや、ひとりだけ態度を変えた者がいる。辻が朝から目を合わせてくれなかった。口はきくが、かなりのつっけんどん。昨日のトイレの一件が尾を引いているようだ。

昨夜から降りだした雨が朝のうちは残っていたから、午前中は狭い園舎でお絵かきをしたりして過ごした。そんな閉塞感《へいそくかん》が空気に表れているだけかもしれないと最初は思っていたが、昼食の時間になっても、昼寝の時間になってもやはりおかしかった。まさか、辻のトイレの件で女性陣の怒りを買ってしまったのだろうか。あんなことで、とは思うけれど、ちょっとしたことが命とりになることもあると、昨日の飲み会で先輩がたに注意を受けたばかりだった。

ダイナマイト・ハニー。昨日の飲み会で聞いた言葉を僕はふと思いだした。板垣は結局、その意味を教えてはくれなかった。「知らないなら、僕の口からは言えないな、公務員だし」と、守秘義務を盾に取ったような言い方だったが、実際はそれほど大袈裟《おおげさ》なことでもないだろう。ハニーはもちろん「みつばち」からとったはずで、役所でみつばち園をそう呼んでいるのだろうとは想像できる。しかし、ダイナマイトはなんだろう。アイドルの歌にそんなタイトルがあった気がする。

昼寝の時間。僕以外はみんな連絡帳にペンを走らせている。僕は端午の節句の会の製作物をどうしようかと考えていた。鯉のぼりの棒は、公園とかで子供たち自ら拾ってきた枯れ枝を使ったらどうだろうとアイデアが閃《ひらめ》いたとき、布団を抜けだした子がこちらに向かってきた。

「あれ、ココネちゃんどうしたの」

目をこすりながら、覚束《おぼつか》ない足取りでやってきたのは、山崎心音《やまざきここね》。二歳児だ。

「おしっこ」とココネはひとこと言った。

お尻《しり》を触ってみたが、オムツは重くなっていない。

「偉いね。おしっこしたくなって起きたんだ」

じゃあ、一緒にいこうと立ち上がり、ココネの手を取った。

「ああ、星野先生、私がいくからいいよ」酒井がそう言って立ち上がる。

「いきますよ。連絡帳がない僕が、いちばん暇ですから」

「いいから、私がいく」

酒井は不機嫌な顔になって、ココネの手を奪い取った。トイレに向かって歩きだす。

みんなの窺《うかが》うような視線がこちらに向いていた。

本格的におかしい。トイレに子供を連れていこうとして奪われたのは、これで二回目だ。午前中に、ユナをトイレに連れていこうとしたら、三本木が慌ててやってきて、自分がいくから子供たちを見ててと言われた。そのときはどうとも思わなかったが、二回目となると、もう何か意図があってやっているとしか思えなかった。

「いったい、どういうことなんです」

　僕は訊いた。朝から続くこの空気も、もうがまんできなかった。

「僕が何かしましたか。みなさんの気に障ることがあったなら、はっきり言ってください」

　返ってきたのは、「しーっ」という囁《ささや》き声。みんな、指を口の前に立てていた。

「星野先生は何も悪くない。話しますから興奮しないで」

　井鳩園長がやってきて、子供をなだめるように僕の背中を叩《たた》いた。

「僕がお尻を拭《ふ》くのががまんならないというんですか」

「星野先生が、ってわけじゃなくて、男の先生がってことなんですよ」

　園長は小声でゆっくりと言った。

「でもユナはまだ三歳にもならないんですよ」

「そうだよね。でも、ユナのお母さんは、お父さん以外の男性がユナのお尻を拭くのが、生理的にだめみたいで。けっしてクレームをつけてきたわけじゃなくてね、どうにかならないかと、今朝相談を受けたものだから——」

昨日の帰りがけ、ユナのうんちを僕が処理したのが、がまんならなかったらしい。

「男の保育士なんて、ロリコンの変態ばかりと思っているんでしょうかね」

「星野先生、そういうことを言うもんじゃないですよ」

確かに言うものじゃない。拗《す》ねた子供みたいで、みっともないと自分でも思った。

ただ、言葉にならない生理的な感覚だとしても、意識の根底には、やはり僕が口にしたような思いがあるはずだ。しかしそれを差別と責めたててもしかたのないことだった。どうしても拭《ぬぐ》いさることができないなら、こちらが引くしかない。

「どうして正直に話してくれなかったんですか」

僕は怒りの矛先を変えた。

「最初に言ったように、今週はのびのびと仕事をして欲しかったの。保護者のこととか考えずに、子供に集中して欲しかったから、よけいなことは耳に入れないほうがいいと思ったんだけど、かえって傷つけてしまいましたね。ごめんなさい」

井鳩が頭を下げた。

「いや、傷ついたというか、ちょっと驚いただけですから——」

引かれれば引く。僕はそういう性格。

怒りのやり場を失い、虚脱したみたいに落ち込んだ。いったいどうしたらいいのか。

「とにかく今週は、このまま女の子のトイレは他の先生に任せて。他にもいっぱいやることがあるから、そっちに集中しましょう。今後のことは来週になったらでいいわね」

「わかりましたあ！」僕は思わず大きな声を上げ、みんなから「しーっ」とやられた。

「いや、どうしたらいいかわかったんですよ」

声を落として言った。

「僕という人間を知らないから、嫌悪感をもったりするんだと思う。保護者とコミュニケーションをとって、理解が深まれば、そういうこともなくなるはずです。僕、今度のお母さん会に参加します。そこで色々話をしようと思います」

それしかないと思えた。

「やめておいたほうがいいと思うけど」

連絡帳に書き込みながら、酒井が低い声で言った。

「どうして」

「星野先生が思うような結果にならないと思うから」

「そんなの、いってみないとわからない」

「星野先生、お酒って強かったでしたっけ」

辻が訊《き》いた。

「いや、あんまり飲めない」

「だったら、ますますやめておいたほうがいいと思いますけど」

「酒は飲まない。素面《しらふ》で、僕の保育に対する考えや人生観などを語るつもりです」

場がしらけてもいい。とにかく聞いてもらえば、男性保育士に対する見方が変わる。

「いってみるのもいいかもしれませんよ」

井鳩園長がそう言った。

「なかなかできる経験じゃないですから」

酒井と辻が「園長」と咎《とが》めるように言った。

いったい僕がどういう経験をすると思っているのだろう。

7

「あらためまして、星野親。英語に訳すと、スター・ワイルド・ペアレント。今年短大を卒業してみつばち園に参りました。もともと大学を卒業してから、一度——」

「もう、堅い挨拶《あいさつ》はいいから、飲みましょう」

ベルトをぐいと引っぱられ、僕は畳に腰を下ろした。堅いも何も、まだ何も話していないのに。

これで三回目。僕の思いを伝えようと試みるのだが、ことごとく阻止された。

「先生、全然飲んでないじゃない。何しにきたのよ」

幹事の、山本天翔《やまもとかける》の母親がつきっきりで絡んでくれる。

「僕はみなさんと話をしにきたんです。子育てについてとか」

「先生、彼女さんはいないんですか」

木下鳳翠の母親が煙草の煙を吐きだしながら訊いてきた。

僕は目をこすりながら口を開く。「いや、僕は子育てについて――」

「子供を育てるには、まず彼女がいないとでしょ。順を追って話してもらわないと」

スウェット上下のリラックス母さんは、僕を言い負かしたことを祝うように、カケルの母親と乾杯した。

この席でまともな話をするのは無理そうだった。長テーブルの反対の端のほうで固まっているのは今年度入園したお母さんたち。そっちのほうが静かで話しやすそうだ。

飲み会に参加している母親は案外少なかった。全部で十人。半分にも満たない。そのなかで新入園の母親の出席率は高く、ひとり欠けただけの四人だった。たぶん、園に早くなじもうという姿勢の表れなのだろう。きっと僕の話にも耳を傾けてくれる。

「そろそろ席を移動しようかな。色々なお母さんと話をしないとならないもんな」

僕はひとりごとのように言いながら腰を浮かす。が、立ち上がることはできなかった。がしっと、またベルトを摑《つか》まれた。

「ひどくなーい、一杯も飲んでない。いくなら三杯飲むのがルールでしょ」

会社員時代からこの近辺に暮らしているが、そんなのはローカルルールとしても聞いたことがない。けれど、僕は店員を捕まえ、酎《ちゅう》ハイ二杯を追加で注文した。

僕はようやく悟った。このお母さんたちに話を聞いてもらえないのはお酒が入っていないから。コミュニケーションの基本は相手の目線に合わせることだ。

なかばやけになった挙げ句の悟り。僕はグラスを摑み、いっきに喉《のど》に流し込む。ひとり、ふたり、三人と、こちらに向けられる視線が増えていく。先生すごいすごいと、歓声も聞こえた。僕は早くもコミュニケーションがとれた気になった。

二次会に移動したのは覚えていたけれど、あとは狭くなった視界から覗《のぞ》ける風景と頭痛の記憶。ふいに歌がぐわんぐわん聞こえて、三次会に突入しているらしいと悟った。さすがにひとは減っている。それでも、一次会の半分くらいはいるのだろうか。

目の前のグラスを取り、口をつけた。アルコールの味がしないので、ごくごくと飲んだ。ふと思いついて時計を見ると、午前二時。三次会だから、それくらいの時間であっても不思議ではない。けれど僕は、なんだか違和感を覚えた。

歌声が聞こえていた。若い女の声。楽しそうな声。若いけれど、立派なお母さん。

——そうだ、母親だよ。子供がいるんだよ。

いったい子供はどうしたんだ。違和感の正体はそれだ。きっと誰かに預けているんだろうけれど、子供を置いて、なんでこんな時間にうたっていられるのだろう。

リズムにのって、人影が揺れる。手拍子、タンバリン、煙草の煙。まったく帰る気配は見られなかった。

8

「ほんとに、非常識ですよ。終わったの、三時過ぎですよ」

「まさか星野先生、それをお母さんたちに、そのまま言いませんでしたか」

辻が咎める目つきで言った。

僕はおぼろげな記憶を探る。「――言ってないと思うよ」

「確かに非常識だと思いますけど、それを言ったら、絶対にクレームになりますから」

「普段、どれだけ子育てに苦労してると思ってるの。ちゃんと旦那《だんな》に預けてきてるし、たまの息抜きしてるだけなのに、なんで非常識とか言われなきゃならないの」

酒井が裏声で言った。

「さすが景子先生、完璧《かんぺき》。――そういうことになるんです」

辻は僕のほうを向いて頷《うなず》きかけた。

「ああやって、呼びかけてお母さん会をやるのは最初のうちだけ。知らずにいった新入園のお母さんたちも、付き合いきれなくなって、いかなくなる。ひとりぐらい新規加入があるかもしれないけど、たいてい、いつもの仲良しグループの飲み会に落ち着くのよ」

酒井はそう言って、黒いエプロンを外した。

六時まで十分ほどあるが、酒井が帰り支度を始めるのは、いつものこと。

子供たちはまだ走り回っているものの、お迎えはほとんどきていた。

休日明けの今日、僕は一日、土曜日の飲み会のことを話していた。話を聞かされる先生がたは、どんな飲み会だったか充分想像がついていたわけだけれど、耳を傾けてくれたし、園長にいたっては、皮肉を交えず「ご苦労さま」と労《ねぎら》ってもくれた。

「でもまあ、お母さんがたと仲良くなれて、よかったじゃないですか」

「よくはないでしょ。ホッシーとか呼ばれて、喜ぶタイプじゃないよ、僕は」

今朝、登園のとき、飲み会に参加した母親から、ホッシーとかチカちゃん呼ばわりされた。それが信頼関係を築けた証ならまだしも、ただ酒の席でのノリをそのまま引きずっているだけなのだから、迷惑でしかなかった。

「他のお母さんから、クレームがくるかもしれませんね。節度をわきまえろって」

クレームがあることを僕は心から願っている。

「結局、なんにもならなかったな。僕という人間をわかってもらうことはできなかったし、今後に繋《つな》がるような話もできなかった」

忠告したとおりでしょ、といわんばかりの冷たい目を酒井がちらっと向けた。

「ああなると言ってくれればよかったと思うけど、言わなかったのは、やっぱり僕にのびのびやって欲しかったからなんでしょ」

「まあ、そういうことになりますかね」

辻が曖昧《あいまい》な笑みを浮かべて言った。

「園長先生に言われたんです。せめて、最初の一週間くらいは子供たちに集中させてあげたい。なんの予備知識もなく、子供たちのありのままの姿を見てもらいたいって。親のあれこれを知ると、子供を色眼鏡で見てしまう可能性もありますから」

絶対にない、とは言い切れなかった。

「うちの園は他の園と比べて、親御さんへの対応が大変なんです。園長先生は、もともと市の保育園に勤めていたし、人間的に大きなひとだから、市役所のほうから、問題のある家庭の子供が回されてくるんです。あそこならなんとかしてくれるだろうって」

「そうなの？　普通の保育園より大変なんだ」

男性保育士の会で聞く限り、どの園でも、親への対応には苦労しているようだったが。

「もしかして、ダイナマイト・ハニーって言葉、それと関係してる？」

僕は板垣の言葉をふと思いだし、訊《たず》ねた。

辻が目を瞬き、首を捻《ひね》る。酒井が口を開いた。

「懐かしい。それ、五年前の話よ」

どういう話か訊《き》こうと思ったとき、だるそうな男の声がした。

「お疲れさん」

目を向けた僕はぎょっとした。

つなぎを着た長身の男。長い髪が顔を覆い、片方の目だけが覗いていた。だらりと腕を垂らして歩く姿は、妖気《ようき》が立ち昇ってきそう。

『ハリー・ポッター』にでてくる、スネイプ先生を僕は思いだした。

「御嵩《みたけ》さん、久しぶりですね」

辻がスネイプ先生に笑顔を向けた。

「暇だったから」

だったら延長保育にしなくてもよかったのではないか。

「今日は、ちょんまげじゃないんですね」

辻に言われた父親は、長い髪を片手でちょんまげ状に掴み、片手で辻をばっさり斬りつけた。座頭市《ざとういち》を思わせる、見事な殺陣《たて》。見事すぎてユーモアに欠ける、と思った。

「こんばんは。先週からみつばち園の保育士として働いている、星野です」

僕は御嵩小虎《ことら》の父親に挨拶《あいさつ》した。

「ああ、星野先生ね、よろしく。——先生、そのパンダ、カックイイっすよ」

僕の胸のあたりを見つめ、何度も頷いた。

表現はともかく、僕のパンダについて触れた親は初めてだったので、案外嬉《うれ》しかった。

「ありがとうございます」と素直に声を弾ませた。

「おう、小虎、帰るぞ。——なんだ、まだ何も用意してねえのか」

父親は奥の部屋に入っていった。

さっきまで走り回っていた小虎はおとなしくなっていた。一緒に遊んでいた年長の大翔もなんだか妙に縮こまっている。子供にも御嵩の得体の知れない迫力がわかるようだ。

「おい。星野っていう先生いるか」

玄関のほうで声がした。振り返ってみると、短髪のずんぐりした男が立っていた。

「あれ、山本さんだ」

「天翔君のお父さん？」

辻は頷いた。

天翔はすでにお母さんと帰っている。なんの用だろう。

「どうもこんばんは、天翔君のお父さんですね。星野です。どうかしましたか」

玄関にでて言った。

「お前か、星野って。うちの、美保《みほ》を朝方まで連れ回したそうじゃねえかよ。いったいどういうつもりなんだよ」

「どういうつもりって……」いきなりの剣幕に、僕はうまく対応できない。

「お前、非常識だろうが。なんで、保育士が、子供が待ってる母親を連れ回すんだ。おかしいだろ。なんか言ってみろ」

「お前さあ、声が大きいんだよ。ここどこだと思ってんだ」

間延びした囁《ささや》き声。僕は背筋にぞくっとするものを感じて背後を振り返った。

御嵩がすぐ後ろに立っていた。

「誰だ、お前。関係ないだろ。引っ込んでろ」

「声が大きいって言ってんだよ。子供が怯《おび》えるだろ。ひとの常識をどうこう言う前に、自分が常識をわきまえろよ」

「なんだと、やるか」

いったい、どうなってるんだ。保育園は子供たちの園。平和な場所であるはずなのに。

「……ちょっと、待って」僕は腕を広げて、ふたりの間に入った。

「御嵩さんは下がっていてください」

酒井のきっぱりした声——。振り返って見ると、上着を着込んだ酒井がいた。その背中に隠れるように辻もいる。

「ここは園のほうできっちり話をしますので」

「そうか、ならいいけどさ」

やはり囁くような声。踵《きびす》を返し、息子のいる奥へと引き返していく。

酒井は山本に顔を向けた。「山本、ここで何やってんの。私の職場で騒ぎ起こすのやめてくれる」

「なんだ、景子、いたのかよ」

どうやら父親と酒井はもともと知り合いのようだ。山本は酒井と目を合わせなかった。

「星野先生が奥さんを連れ回したとか言ってるんだって。あんた、ほんとに奥さんに舐《な》められてるね」

「なんだよ。どういう意味だよ」

「とにかく、上がって。ここじゃ、ほんとに迷惑だから」

酒井は背を向け、階段のほうへ歩いていく。

「どうぞ、上がってください」

僕は山本に言うと、酒井のあとを追って二階に上がった。

長距離トラックの運転手をしている山本は、仕事から帰ってきて、隣に住む母親から、奥さんが先日朝方に帰ってきたと聞いたらしい。そして本人にどういうことかと訊ねたら、新しい先生の歓迎会で、朝方まで付き合わされたと答えたのだそうだ。

「いい、あんたの奥さん、去年も一昨年《おととし》も、この時期の飲み会で、朝方近くまで飲んでるよ。普段も、仲のいいママ友と遅くまで飲んでるらしい。この星野先生は、それに付き合わされた、いい被害者」

「だけど、美保はこいつに連れ回されたって」

「私と奥さんの言葉、どっちを信じるの」酒井はぴしゃりと言葉を投げつけた。

「わかったよ」

山本は投げやりに言った。

「ねえ、朝方まで飲むのは非常識って言ったんでしょ。だったら、ちゃんと奥さんにそう言いなよ。何時ぐらいに帰ってくるのが、あんたの常識なの」

「まあ、十時ぐらいかね」

「いいじゃない。それぐらいにするよう、言うんだよ」

「ああ」

山本が奥さんにちゃんと言うかどうかはわからない。言ったとしても奥さんが素直に聞くかどうかも――。ともあれ、この場はどうにかまるく収まりそうだった。

山本と酒井は小学校、中学校の同級生らしい。それ以上の関係は聞かなかったが、十年以上たった現在も、山本の頭が上がらない様子から、なんとなく想像はついた。

玄関まで見送った。勢いをすっかりなくした山本は、背中を丸めて靴を履く。

「先生、すいませんでした」

ちらっと僕のほうを見て言うと、玄関をでていった。

「よけいなおまけまでついちゃいましたね」辻が不自然なくらい明るい声で言った。

「いかないほうがいいという、みんなの忠告を無視した罰なのかな」

僕は二十七歳。会社勤めの経験もあるが、ここではまったくの新人。それを肝に銘じておくべきなのかもしれない。

「罰？」酒井が声を裏返して言った。

「いまのが罰？　それほどのことでもないでしょ。勘違いしてるかもしれないけど、山本のところはうちの園でいえば、普通の家庭だから。別に朝方まで飲んでいても、子供は旦那《だんな》の母親に預けているだろうし、怒鳴り込んできても、話せばわかる。別にどうってことない普通のひとたち。トラブルでもなんでもない。辻ちゃんが言った、問題のある家庭っていうのは、まったく別の次元の話だから」

あれで、普通？　トラブルでもない？

「お試し期間は今日まで。明日《あした》からは戦いだから、気合を入れ直してきてね」

酒井は三和土《たたき》に下りて靴を履き始めた。

戦いって、いったい何と戦うんだ。平和な保育園で戦いって――。

「戻ったよ」

ふらりと戸口に現れたのは、小虎の父親だった。

「御嵩さん、帰ってなかったんですか」酒井が驚いた声で言った。

振り返って見ると、奥の部屋の隅で、小虎が本を広げて眺めていた。

「ちょっと、散歩」

父親は灰色になったコンバースを脱いで、廊下に上がった。

「小虎、待たせたな、帰るぞ」

父親は拳《こぶし》を舌でぺろっと舐めた。

血だ。御嵩の拳に鮮やかな血がついている。

僕は外のほうに目をやり、御嵩に視線を戻した。

まさか天翔の父親と――。

戦いは明日まで待ってくれなかったようだ。気合を入れ直していない僕は、ただ御嵩の背中を見つめた。

2 お迎えボム

1

　まとわりついていた子供たちが、ひとり、ふたりと消えていった。膝《ひざ》にのせた絵本に見入るのは、二歳児クラスの中越爽汰《なかごしそうた》だけ。僕はゆっくりと抑揚をつけて読み聞かせた。いつものことだが、酒井はエプロンを外して早くも帰る態勢に入っていた。すーっと前を通り過ぎたのは、御嵩小虎の父親だろうか。「小虎、帰るぞ」と奥の部屋から聞こえてきた。

「爽汰君、中越爽汰君はいるかな」

　廊下のほうから声が聞こえた。僕は読み聞かせを中断し、目を向けた。

　三十がらみの男が姿を見せた。よれよれのTシャツにプリントされた、「鰤《ぶり》」という漢字に目が惹《ひ》きつけられる。おかげでおかっぱっぽい長めの髪もあまり気にならなかった。

「どちらさまですか」僕は訊《たず》ねた。

爽汰は母子家庭で、いつも母親のお迎えだ。

「中越爽汰君のお迎えです。お母さんに頼まれまして」

男は三日月形に目を細めて、微笑んだ。

僕は酒井と辻に目を向けた。ふたりとも眉《まゆ》をひそめて首を捻《ひね》る。

「爽汰君、このお兄さん、知ってる？」

爽汰はちらっと見上げただけで、関心なさそうに首を横に振った。

「副園長も、爽汰君のお迎えが代わるとは聞いてないって」

奥の部屋へいって戻ってきた酒井が、簡潔に言った。

僕は立ち上がった。「ダイナマイト・ハニー」の伝説が頭をよぎり、わずかに体を硬くした。

「失礼ですが、爽汰君のお母さんとはどういう関係でしょう」

「中越さんとは、パチンコ屋でよく顔を合わせるんだ。いま彼女、じゃんじゃかでていて手が離せない。だから、僕に頼んだんだ」

「パチンコ屋でですか？　いま、お母さんはパチンコ中？」

僕は声を裏返しにして訊ねた。

「そうだよ」男は当然とばかりに頷《うなず》いた。

ひとのよさそうな顔をしていて危険な感じはしない。しかし、だからといって、パチンコ店で知り合った男に子供のお迎えを任せたりするものだろうか——。

チーフの酒井に目を向けると、すでに取りだした携帯電話を耳に当てていた。

「さよならー」小虎と手を繋《つな》いだ御嵩が、男の後ろを通りながら言った。

「パチンコはほどほどにな。玉は打っても、魂は売るなって——な」

男が振り返った。頭上高く髷《まげ》を結った御嵩父に笑いかけられ、男は慌てたように顔を戻す。御嵩親子は玄関のほうに消えていった。

「だめ、携帯にでない」酒井が不機嫌な声で言った。

「中越さんは、うちに連れて帰るように言ったんですか。それとも、パチンコ店に連れてくるようにと——」

「うちなんか知らないよ。店に連れてくるように言われただけだ」男は苛立《いらだ》ったように言った。

「どこの店ですか」

「パルテノン。運動公園の近くにあるだろ」

運動公園手前の県道沿いに、パチンコ店があったのはなんとなく覚えている。爽汰を連れて歩いて、二十分くらいの距離か。

「僕が連れていきます」

保護者に確認がとれないまま、知らない人間に子供を託すわけにはいかない。

「もうちょっと、待ってみてもいいんじゃないですかね。電話が繋がるかもしれないし」

辻がなだめるように言った。

「あのね、僕は早くパチンコに戻りたいんですけどね」鯔Tの男が顔をしかめた。

「どうぞ、お帰りいただいてけっこうです。あとは私たちのほうで送り届けますから」

「だけど、中越さんに頼まれたんだよな。いいのかな、ひとに任せちゃって」

男は妙な責任感を覗《のぞ》かせる。

「いいんです。私たちは仕事ですので」

これが仕事なのだろうか。パチンコをする親に子供を送り届けるのはなんだか虚《むな》しい。


パチンコ店に着いて、男を先に帰したことを後悔した。広い店内で、母親を見つけるのに手間取った。ヒュルヒュル、ジャラジャラ、うるさいし、煙草がけむたい。爽汰をだっこして歩き、ようやく二階で見つけた。

いつものパンツスーツ姿の母親は、煙草をふかしながら台に向かっていた。足元には、なるほど、玉が詰まった箱が積んである。

呼びかけても、反応はなかった。肩に手をかけると、ようやく振り返った。

「えーっ、星野先生！」

驚いた顔で見上げた。

「太田《おおた》君を迎えにやったんですけど」

「太田さんが、本当に中越さんに頼まれてきたのか、判断できません。爽汰君も知らないと言うし。ひとこと事前に連絡をいただきたかったです」

「はあっ」と母親は口元を歪《ゆが》めて言った。「——忘れてただけです」

僕は頷き、爽汰を床に下ろした。着替え袋と連絡帳を渡して、爽汰にバイバイをした。

「なんかちょっと気分が悪いんですけど」母親は低い声で言った。「先生は、私のことを非常識だとか思ってるんですよね」

そう思われたとして、どうして怒る必要があるのか、僕にはわからない。

「言っときますけど、パチンコは遊びじゃないですから。私にとっては仕事ですから」

「なるほど」と僕は答えた。そう聞いても、母親を見直すきっかけにはならない。

「ちょっとお訊《き》きしますが、太田さんのことをどれくらい知ってるんでしょうか。どこに住んでいるのか、どんな仕事をしているのか、もちろん知ってるんですよね」

「知りませんよ」

爽汰の母親は当てつけるように言った。顔が赤らんでいるのは、怒りのためだろう。

「だけど、私にはひとを見る目がありますから。人生経験を色々積んでるんで、いい人間か悪い人間か、見ればわかります」

「じゃあ今後も、店で知り合ったひとに、お迎えを頼むんですか」

僕はどうにか声を抑えた。

「はあー。パチンコをばかにしているわけ？　ここにくる人間にはまともなのがいないと思ってるわけ。——ねえ、そうなんでしょ」

母親は本格的に怒り始めた。

2

「まったく非常識です。どうして逆ギレできるのか、さっぱりわからない」

僕は小声で言った。

「女ひとりで子供を育てるのが、どれだけ大変か、わっからないでしょ」

酒井が声を裏返した。

「うまいうまい、景子先生。そういうお母さん、けっこういる」

辻が小声で囃《はや》したてた。

お昼寝時間のミーティングで、僕は昨日の顚末《てんまつ》をみんなに報告した。

「すみませんのひとこともなかったことは、別にいいんです。また、知らない人間にお迎えを頼んだりしないか心配です」

「大丈夫でしょう。非常識だと、たぶん自分でもわかっていると思いますよ」

井鳩園長がなだめるように言った。

「でも仕事をやめたのは心配ですね。本当にパチンコで生計を立てていくつもりなんですかね」副園長の三本木が顔を曇らせる。

中越爽汰の母親は、化粧品販売の会社を経営していたそうだ。子供が生まれてすぐに離婚し、ひとりで子育てしながら、会社を立ち上げた。その会社がだめになったというなら、逆ギレしたくなる気持ちも、わからないではない。

「僕が受けた印象では、かなり本気のようです」

「パチプロ母さんって、ちょっとかっこいい気がしますけど」と辻が言った。さすがに賛同はなく、みんなから睨《にら》まれた。

「仕事を辞めたとは聞いてないんで、今度、私のほうで話をしてみます」園長が話題を締めくくるように言った。

パチプロはともかく、仕事を辞めたのなら、保育園としては把握しておかなければならない。

僕からの報告と愚痴は終わり、通常のミーティングに戻った。園児たちの様子で、気になることはないか、園長が訊ねた。

僕は何かないか考えながら、膝《ひざ》の上の連絡帳にちらっと目をやった。

みつばち園で働き始めて、二週間ちょっと。お昼寝のこの時間、僕もいっぱしの保育士なみに連絡帳を書かせてもらえるようになっていた。

働き始めた当初、酒井が書いた連絡帳が、箇条書きの簡素なものだったから、やる気がないのかと疑った。しかし自分で書くようになって、そういうことではないと知った。

連絡帳は毎日一ページにその日の園でのできごと、園児の様子を書き込んでいる。正直、何人分も書かなければならないし、ネタも毎日はないし、書くほうは大変だった。

しかし、読むほうは一ページだけであっという間のはずなのに、面倒くさがって読まない親もなかにはいた。だから、そういう親には、必要なことだけ、重要なことだけを箇条書きにして読んでもらうように努めていた。それすらも、読まない親がいるようだが。

園児たちの様子で、とくに報告するようなことは浮かばない。他の先生からも、とくに報告は上がらなかった。園児の様子に問題がないということは、親の行動に問題がなさそうだということだ。

園長は「春だからね、陽気がいいから、みんな機嫌がいいのかね」と、歌でもうたうように抑揚をつけて言った。

春だから、陽気がいいから。園長のその言葉で僕はひとつの疑問を思いだした。ミーティングの終わりに、手を挙げ、質問をした。

「遠足は秋までないのでしょうか」

陽気がいいのに、外遊びが近所の公園だけではもったいない。野山を歩いて季節を感じながら、丸一日、太陽の下で、のびのびと遊ばせてやりたかった。五月の予定にも遠足はなかったし、六月だと梅雨に入ってしまう。

「星野先生？」隣に座る辻あかりが、目を丸くし、きょとんとした顔で言った。

ふと周りに目を向けると、みんなが——パートの村上さんまでが、不思議そうな顔で僕を見ている。

「うちの園に、遠足はありませんよ」

園長がゆっくりと囁《ささや》くように言った。

「遠足が、……ないんですか」

僕もゆっくりと、惚《ぼ》けたように――。

「年間スケジュールは見ませんでしたか」

「見ましたけど、まさか遠足がない保育園なんてないと思っていたので……」

「うちはないんです」隣の酒井がきっぱりと言った。

脇腹に肘鉄《ひじてつ》でも食らったような錯覚をして、僕はごほっと咳《せ》き込んだ。

「どうしてですか。野山を歩いたり、動物園にいったり――。情操教育にもなるし、いい思い出にもなるはずです」

何より僕自身が楽しみにしていたのに。

みんなから、しーっと指を立てられた。

「そんな、当たり前のことを言わないでください。みんなわかってます」

酒井が冷たい声で言い放つ。

「遠足に連れていってあげたいですよね。でも、朝、お弁当を作れない親御さんが多いんですよ。だから、一日かけての遠足はできないんです」

園長は眉尻《まゆじり》を下げ、首を横に振った。

「朝、早く起きられないということですか」

「そういうひともいます」酒井が抑えた声で言った。「端《はな》から作りたくないというひともいるし、当日、すっかり忘れるひともいる。そんなの保育園で用意してよと詰め寄ってくるひとも、働いているのにお弁当なんて作れるわけないでしょと市にクレームを上げるひとまでいるんですよ」

「――もういいです。わかりました」息も継がずに言う酒井の言葉を聞いていたら、こちらまで息苦しくなった。

「ひとり、ふたりならなんとかしようと思いますが、けっこうな数になるので、対応できないんです」園長が言った。「二年に一度、アンケートをとりますが、やはりお弁当は無理という親御さんは一定数いるんです」

「アンケートで賛成しても、当日になってお弁当をもたせない家庭も必ずでてくるはずですよね、と酒井の言葉に辻が賛同した。「あそこは絶対だし、あそこも危ないって、票読みできちゃいますもんね」

「辻先生」

三本木にたしなめられ、辻はぺろっと舌を見せた。

「星野先生、残念だとは思いますが、お弁当を作ってもらえない子供の気持ちを考えて、こらえてくださいね」

「もちろん、僕の気持ちなんてどうでもいいんです」

「俺がみんなの弁当を作ってやる、とか言いださないでください」

そう言った酒井は迷惑そうな顔だった。

「言いませんよ」

そんな熱い気持ちがないわけではなかった。しかし、弁当を作ってもらえない子の分を作ってあげたりしたら、ずるい、うちのも、と言ってくるひとが、弁当をもたせていた家庭からもでてくるだろうと想像できてしまったのだ。

「うちの園ではできないこともあります。でもね、だからって、子供たちがかわいそうなわけではないんですよ。――できることを、一生懸命にやりましょう。それでカバーできることも、たくさんあるんです」

園長の声がいつもとは違った。迫力が感じられないのは、お昼寝の時間だから、というだけではない気がした。

ミーティングが終わり、ノートを開いた。中越爽汰の連絡帳だ。

ああいう非常識なお母さんがいるから、遠足もできない。昨日のことをふいに思いだし、そんな怒りが湧いた。けれど、すぐに呑《の》み込む。ふーっと息をついて吹き飛ばす。

僕は今日の爽汰の行動を頭に浮かべた。

〈今日はココネちゃんと手をつないで、仲良く遊べたよ。キヨタの変顔にもげらげら笑ってた。何度もやってとせがんでいたよ。お兄ちゃんが大好きなんだよね。〉

――そうだ、と思いだした。今日は、トイレに間に合わず、おしっこを漏らしてしまった。替えのズボンはあったけれど、パンツがなかったのでオムツをつけさせていた。

確か、先週もそういうことがあったはずだ。

弁当を忘れる家庭の話を思いだしたが、ふーっとまた吹き飛ばす。ペンをノートに走らせた。

〈今日はおしっこ間に合わずに、一回おもらし。でも泣かなかったし、ちゃーんと先生に言えたね。えらい！　あっ、パンツの替えがありませんでした。忘れずに。〉

3

「おはよう、ユウちゃん。いいね、お母さんにだっこされて」

辻と駆け込み登園を出迎えていた僕は、明るく声をかけた。

樫村祐輔は下りたそうに、体を揺すっていた。祐輔の母親はしっかり抱きかかえている。口を曲げ、怒ったような顔だが、余裕のある表情だ。

「祐輔、だんご虫と遊ぶって、全然動かないんですよ」

母親は甘えたようにそう訴えた。若い母親らしい、自然な声音だった。

「ユウちゃん、だんご虫は、またあとで見にいこうね」

僕はそう言って母親の手から祐輔を受け取る。廊下に下ろして、しっかり手を握った。

辻は着替えと連絡帳を受け取った。

「よろしくお願いします」母親は笑みを浮かべて言った。

「ユウちゃん、お母さんにバイバイね」

祐輔は素直にバイバイと手を振る。母親も「じゃあね」と手を振ると背を向けた。玄関をでるとき、こちらに顔を向け、ちょこっと頭を下げた。

「春だねー」という声に振り返ると、園長だった。満足そうに頷《うなず》き、母親の後ろ姿を見送っていた。

「さあてユウちゃん、いこうか。みんな待ってるよ」

園長は軽々と抱き上げると、部屋に向かって歩きだした。祐輔の頭に顔を近づけ、くんくんと匂いを嗅《か》いでいるのがわかった。

園長は僕の視線に気づいたのか、指で輪っかを作り、オッケーサインをだした。

「春はいいね」とまた言った。

「春の原因は、案外星野先生かもしれませんね」

そう言った辻を振り返った。

「どういう意味？」

「ユウちゃんのお母さんの機嫌がいいのは、星野先生に会えるからかなと思って」

「また、からかってる？」

辻がじっと、僕の顔を見上げる。「私の目を見てください」

「半分からかってる」

辻は、こくんと頷いた。

「でも、ほんとにそう思えるんです。化粧はばっちりだし、ジーンズにカットソーとはいえ、服装もきっちりしてる。星野先生がくる前は、化粧どころか、髪はぼさぼさで、服もジャージとか部屋着みたいな日が多かった」

祐輔の母親は生活保護を受けており、働いていなかった。

「理由はそれだけじゃないのかもしれないけど、きっとタイプなんだと思うな」

「まあ、なんでもいいよ。お母さんの春がずっと続いてくれるなら、なんでもいい」

「そうですね。ほんと、ずっと続けばいいいんですよね」

辻は玄関の外に目を向け、ひとりごとのように言った。その顔に表れた笑みは、無理に作ったもののようにも見えた。

僕がここで働きだしてすぐのころ、酒井が祐輔の匂いを嗅ぐのを見つけ、きっと子供の匂いが好きなんだなと考えたことがあった。しかしそれは、大きな勘違いだった。別に酒井は好きで嗅いでいたわけではないし、子供の匂いを嗅ぐのは酒井だけではない。いまでは僕もやる。

うちの園には虐待やネグレクトの恐れがある子供が何人か通っていた。みつばち園ならなんとかうまくやってくれるだろうと、市から回されてきた子たちだ。ゼロ歳児から二歳児までを預かる家庭保育室は市の認定だが、自前で園児を募集することもできた。ただ保育料の補助がでているため、市からの頼みを無下に断ることはできなかった。

祐輔も市から頼まれ、預かっていた。虐待、ネグレクト、両方の恐れがあった。ちゃんと風呂《ふろ》にいれてもらっているかチェックするため、頭の臭いを嗅ぐ。けがはないか、やせてきていないか、着替えのときは注意して見ていた。定期的に市の保育課へはレポートを上げていた。

祐輔の母親は精神的に不安定で、祐輔は児童相談所に一時保護されていたこともある。園ではもっとも注意を要する家庭だと聞いていたが、僕がきてからはとくに深刻な問題はおきていなかった。この状況がずっと続けばいいとは思う。けれど、永遠に続く春なんて、ありそうになかった。

「あっ、きましたよ。これで最後かしら」

ばたばたと駆けてくる音が聞こえた。見ると、中越爽汰と母親がこちらに向かってくる。軽く息を切らして、玄関に入ってきた。

「おはようございます」と声をかけた。母親は、やや聞き取りにくいものの、「おはようございます」と返した。ただ、僕のほうを見ようとはしない。

まだ、一昨日《おととい》のことを根にもっているのだろうか。昨日の朝は、完全に無視された。

爽汰が靴を脱いで廊下に上がった。母親は着替えを辻に預けた。いつものパンツスーツに大ぶりなショルダーバッグ。今日もパチンコ店に出勤だろうか。

バッグから連絡帳を取りだした。辻に渡すのかと思ったら、僕のほうに顔を向けた。眉間《みけん》に皺《しわ》を寄せた上目遣い。怒っているように見える。

「星野先生、どういうことですか。私に喧嘩《けんか》を売ってるんですか」

「なんのことでしょう。園のお母さんに、喧嘩を売る気なんてまったくありませんよ」

爽汰母は、ふんと鼻を鳴らして連絡帳を突きだした。

「これ、なんです？　昨日の連絡帳、すっごい嫌みったらしい。パンツの替えを忘れることぐらい、誰だってあるでしょう。それをねちねちと――。むかむかして、昨日、眠れませんでした」

「ああ、パンツのことですか。ねちねちとって、最後の一行ぐらいにさらっと書いただけのはずですが」

いったいどんな読み間違いをしたのだろうか。あれに腹を立てるひとがいるとは、どうにも信じられなかった。

「もうユウちゃんもみんなもきてるよ。さあ、あっちで遊ぼう」

辻が爽汰の手を引いて部屋に向かった。

「一行で充分。なんでノートに書くわけ。誰かが読むかもしれないでしょ。私がいたらない母親だと知らせてるようなもんじゃない」

「パンツの替えを忘れるぐらい誰でもあると先ほど言ってたと思うのですが。誰でもあることですから、いたらない母親だとは思われないはず――大丈夫です」

「何？　言い訳する気」

言い訳ではなく、矛盾をついて論破したのに、気づいてくれない。ぎゃふん、とは言ってくれなかった。

よけいなことを言うのはやめよう。爽汰母はヒートアップしていた。細い目がどんどんつり上がっていく。

「とにかく、連絡帳に書かれたことで気を悪くされたのですね」

「連絡帳に書いたことだけど、内容も。両方よ！」

下から突き上げるような声に、僕は一歩後退した。

「どうしました。朝はねえ、いらいらさせられることが本当に多いわよねー」

迫力の声量はそのままで、のんびりした口調だった。園長が援軍に駆けつけてくれた。

「園長先生、ひどいんですよ。星野先生、たいしたことでもないのに、連絡帳でねちねちと注意するんです」

「あらそう、書いちゃったの。すみませんね。星野先生はまだ新人なので、いたらない点はあると思います。園の代表として謝るわね。ごめんなさい」

園長はふっくらした手を前に組み、頭を下げた。

「そんな、園長先生に謝られても……」

母親は声のトーンを落とし、うつむいた。

これで終わるのかと思ったが、爽汰母は顔を上げると、きっ、と僕を睨《にら》みつけた。

「星野先生も謝ってください」

「謝りたいのですが、何に謝ったらいいか、よくわからないんです。書くなと言われても、昨日は早番で、帰りに直接伝えられないから、連絡帳しかなかったんです。そもそも書いてはいけないこととも思えないですし」

「またまた言い訳。このひと、ちょっとおかしいですよ。性格が歪《ゆが》んでる。——もういい、やってらんない」

母親は連絡帳を廊下に叩《たた》きつけると、踵《きびす》を返した。まれにみる表現力で、首の角度から足音の大きさにいたるまで、怒りを的確に表していた。

「すみません。融通がきかなくて。だけど、本当に、なんで怒るのかよくわからなくて」

「何を言われても気に入らないひとはいるものですよ」

園長は連絡帳を拾い上げて言った。

「さあて、これで全員揃ったわね。朝礼を始めましょう」

「僕がいったい何を書いたのか、訊《き》かないんですか」

「あんな大声で怒鳴られなきゃならないようなことを、うちの先生が書くわけないですから」園長は茶目っ気のある目を向けた。「だから、どうでもいいことなんだろうと思って、適当に頭を下げて、帰ってもらおうとしたんですけど、なかなか手強《てごわ》かったですね」

信頼というより、愛を感じて僕は体が熱くなった。

アバウトさも含めて、大きなひとだなと思う。そのぐらいでなければ、この園の園長は務まらないだろう。

「すみません、ちょっと連絡帳を見てもらえますか」

少しでも悪いところがあるなら、指摘してもらおうと思った。

園長はノートを開きページをめくった。食い入るように見つめ、こちらに顔を向けた。

「これは、ひどい」

「やっぱりまずいこと、書いてました？」

園長が開いたノートを無言で差しだす。僕はそれに目を向け、体を引いた。

昨日、僕が書き込んだページの隣に、爽汰母の書き込みがあった。〈忘れ物したことないんですか〉とひとこと、大きく書かれていた。わざわざ毛筆風に太く塗りつぶされた文字は、端が鋭く尖《とが》っていた。たぐいまれなる表現力で、一文字、一文字に込められた怒りが、否応なしに伝わってくる。僕が書いた〈忘れずに〉という言葉の下には、ぐしゃぐしゃと雑なアンダーラインが引かれていた。それだけのことだったが、僕はなんともいえない怨念《おんねん》を感じて、ぶるっと震えた。

注意されたり、間違いを指摘されるのを極端にいやがる父母はけっこういるものらしい。自信のなさの裏返しなのだろうと園長は言った。だから、注意するときは、文字にせず、口で言ったほうがいいとアドバイスをくれた。文字は消えずに残るから、怒りもあとあとまで尾を引く可能性があると。

今後はそうしようと思った。今回のことで、まずいことをしたと反省してはいないが、無用なトラブルはなるべく避けたほうがいいに決まっている。常識が通用しない親がいることを、僕は身に染みて理解し始めていた。

「あれ、今日は着替えたんだ」

六時前、お迎えのラッシュも終わり、園児の声が散発的にしか響かなくなってきたとき、辻が二階で着替えて下りてきた。いつもは仕事がしやすいラフな格好できて、そのまま帰るのに、今日はフラワープリントのワンピースだった。

「金曜日ですから。飲み会ですから」

辻は軽やかなリズムをつけて言った。

「女子会ではないよね」

えへへへと照れ隠しのように笑ったが、辻の表情はどこか自慢げだった。

僕だって今日は飲み会だ。たぶん、辻の飲み会ほど楽しいものではないけれど、ストレス解消ぐらいにはなるだろう。

酒井もいつもどおり、早々と黒エプロンを外していた。ナイロンのトレーニングパンツにTシャツの重ね着姿。仕事着のまま帰るのもいつものことだ。その格好でどこかに寄り道することはないだろう。せいぜいスーパーで買い物をするぐらいのはずだ。

「酒井先生は、いつもうちに帰って何をしてるんですか」

だしっぱなしの絵本を片付ける酒井を手伝いながら、僕は訊いてみた。

酒井は動きを止め、ゆっくりとこちらを振り返った。

「それを知って、星野先生に何かいいことがあるんですか」

「――いや、とくにはないですけど」

「意味もない質問、しないでください」

酒井はもっていた本を乱暴に僕の胸に押しつけると、階段を上がっていった。

「星野先生、ほんとにデリカシーがないですね。こっちがひやひやしました」

辻が咎《とが》めるような目を向けた。

「そんなデリケートな質問だったかな」

「家と仕事の往復だけで何もやることないんですね、と言っているようなものですよ。若い女性は傷つきます」

「そんなつもりはないよ。それに、家で何か充実した活動をしているなら、傷つくことはないんじゃないかな」

「家で充実した活動って、いったいなんですか。酒井先生は実家住まいですよ。家のなかに、独身女子の幸せは落ちていませんから」

いったいなんなんだろう。それが知りたくて僕も訊いたのだ。毎日、早々とエプロンを外して退園時間に備えている。家と職場の往復、といった退屈な生活なら、そんなことはしないだろう。家で何かが待っている。必ずしも楽しいものとは限らないが、何かがあるはずだ。それを知ったところで、僕の得になることはやはりないだろうけれど。

「あっ、お疲れさまです」

辻の声に振り返った。ドンドンと床を踏みならしながらこちらに進んでくるのは爽汰の母親だった。

目が合った。――というよりも、視線をねじ込まれたといったほうが正確か。謝りないよとでも言いたげな、憤怒に燃えた目で睨まれた。

引かれれば引く、押されれば押すのが僕の性格だけれど、まさか園の父母に対して、そこまで素直な感情表現はできない。大人の態度で接することが、結局は相手の心を解きほぐすことにもなるのだと考えた。

「お疲れさまです」通り過ぎる爽汰母に、明るく声をかけた。「爽汰君、今日も元気に遊んでいましたよ」

通り過ぎた母親が、足を止めた。振り返った顔を見て、僕はたじろいだ。目を剝《む》き、口を半開きにした表情は、理性が壊れてしまったかのように見えた。いまにも摑《つか》みかかってきそうな気配を感じて身を硬くした。

何ごとも起こらなかった。ふん、と声なのか鼻息なのか、わかりづらい音を立てて母親は正面に顔を戻す。爽汰のほうに歩きだした。

「星野先生、怒らせようとわざとやってるんですか」辻が声を潜めて言った。

「そんなわけないでしょ。僕はかなり友好的な気持ちで言葉を口にしたんだけど」

「もう、女性の気持ちというか、ひとの心がわかってないです。あれじゃあ、かえって怒らせるの、目に見えているのに」

そうか、何も言わないほうがよかったのかと考えると、ひどく徒労感を覚えた。実際に、どっと疲れがでてくるような――。

週末だから溜《た》まっているものもある。土日でリセットすれば問題ない。週が明けたら、きっと爽汰の母親も気持ちが切り替わっている、――かな。ふーっと溜息《ためいき》が漏れた。

一週間、お疲れさま。

4

「嘘っ、それぐらいで怒り狂うの。うちにはいないな。そんな親御さん」

森川はそう言うと、水みたいにごくごくとビールを呷《あお》った。

「森川さんのところは、常識のある親御さんが多そうですからね。楽してるから、そんなに丸くなるんですよ」

尾花が言うと、森川は突きでた腹を叩《たた》いた。

森川の園はしっかりとした理念をもった自然保育園。子育てに関心の高い家庭が多そうだ。

「うちにもいるよ。ちょっと注意すると怒ったり反発したりする親。まあ、注意されて反発するのはまだわかるけどさ、この間なんて、発疹《はっしん》ができた子のお母さんに、水疱瘡《みずぼうそう》かもしれないと言ったら、絶対に違うと反発するんだ。うちの子はときどきこういうのができるって、完全否定でさ。そうしたら翌日から熱がでて、やっぱり水疱瘡だった」

尾花はふにゃっと顔を歪《ゆが》ませた。

他の園のそういう話を聞くとほっとする。

「うちの子のことは自分がいちばんわかっているって自負なのかね。それにしても、はいはいと聞き流せばいいのに、なんであんなに強く否定するのかわかんないんだよね」

自信のなさの裏返し。井鳩園長の言葉だが、尾花のケースはそういうこととは違うのかもしれない。いずれにしても、珍しいことではないようだ。僕は薄く作ったウーロンハイに口をつけた。

男性保育士の会のメンバーと飲んでいた。今日は月いちの例会ではなく、暇な独身男三人が誘い合って飲んでいるだけ。週末の夜、独身男が集まって、仕事の愚痴をこぼすのは、美しくないシチュエーションだ。以前だったらそんな集まりには絶対に参加したくないと思ったはずなのに、今後この会にどんどん依存していきそうな予感がして、ちょっと怖かった。

「連絡帳も気をつけたほうがいいかも。うちでもノートの書き込みに関するクレームはときどきあるよ。書いたものが証拠として残るから、クレームがつけやすいみたい。ずいぶんあとになって言ってきたりしてさ」

尾花はするめいかをくわえたまま言った。

「みんなそうだと思うけど、連絡帳ってさ、時間がないなか、何人分も大量に書かなきゃならないじゃない。そんなにあれこれ気を配っている余裕はないんだよな。そのへんを父母が理解してくれてればいいんだけどさ」いつもふざけたような顔をしている森川が、少しだけまじめな表情をして言った。

「クレームじゃないけど、俺は親御さんに添削されたことがあるよ。アンダーラインを引かれて、ここの意味がわかりませんとか、この言葉の使い方が間違ってますとか書かれて、けっこうへこんだな」

「こっちが逆に添削なんかしたら、とんでもないクレームがくるんだろうけどね。なのに俺らは、同じように声を上げることはできない。ストレス溜まりますよ」

尾花は顔を歪めて、するめいかを力一杯かみちぎった。

「尾花ちゃん、そんなわかりきったことをいまさら嘆かないの。俺たちは仕事なんだから——。ストレス代として給料をもらってるんだよ」

森川はストレスを感じさせない明るい顔をしていたが、案外突きでた腹にたくさん溜め込んでいるのかもしれない。

「ただ、それに見合った給料をもらっているとは思えないけどね。子供が好きじゃなかったら、ほんとやってられない仕事だよ」

「それは激しく同意です。子供はかわいいですからね」

「ほんとにそうです」僕も大きく頷《うなず》いた。

「目を向けるべきは子供のほうで、親にかまってる暇なんてないんだよ、ほんとは」

尾花は口惜しそうな、もどかしそうな、いい顔をした。いか臭かったけど。

確かに、ここのところ親のほうに気を取られ、僕は子供たちに集中していなかったかもしれない。できることを一生懸命やる。遠足の穴埋めとなるようなことを、まだ何もしていなかった。

「子供にはしっかり目を向けないと。危険なこともあるしね。ここのところ、子供を狙った変質者が、市内に出没しているらしいから。花咲《はなさき》町と田桑《たくわ》で、子供が被害にあったらしい」

「それって、うちの園の近くじゃないですか」

花咲町も田桑も、みつばち園のある美園に隣接していた。

「県警のホームページに『子供を狙った不審者速報』がでているから、見てみたらいいよ」

「そうします」

本当に親の対応どころではない。子供たちをしっかり守らなければ――。もしものときはダイナマイト・ハニーの精神で、悪漢の前に身を投げだす覚悟はできている、はずだ。

5

週が明けた。

四月ももう下旬、来週にはゴールデンウィークが始まる。その週末は端午の節句の会だ。今日、月曜日から、会で使う鯉のぼりの製作を始めた。お歌の練習もだ。

年長の子供たちを中心に、全員分のミニチュアの鯉のぼりを作っていく。大きな鯉のぼりもひとつ作る。紙で作るか布で作るか迷ったが、僕が初めて担当する行事、という手前勝手な理由で、あとあとまで残る布で作ることにした。休日の昨日、手芸店にいって生地は買ってきてある。が、その製作はまだ先。まずは、ミニチュアの鯉のぼりからだった。

あらかじめ鯉のぼりの型を書き込んだ厚紙を、年長の子供たちがハサミで切り抜く。切り抜かれた型に、年中と年少の子供たちが紙を貼り付けていく。年長さんは大忙しだ。自分の鯉のぼりのほかに、二歳児クラスの園児にプレゼントするものも作らなければならなかった。もちろん、大きな鯉のぼり製作にも加わる。保育士たちだって負けず劣らず大変だ。ゼロ歳児と一歳児用の鯉のぼりを作らなければならないし、今年度卒園の二歳児と年長にプレゼントする兜《かぶと》も作らなければならなかった。

「こんにちは」と玄関のほうで声が聞こえたのは、年長の大翔とミトが、二歳児の隼人の鯉のぼりを自分が作ると言い合いを始めたときだった。そのへんの交通整理ができていなかったなと反省しながら、僕は玄関に目を向けた。園にひとが訪ねてくるのは珍しい。園長が玄関に向かった。

「じゃあ、お父さん鯉を大翔、お母さん鯉をミトちゃんが作ったら。それを合わせて隼人にプレゼントしたらいい」

「やだ、あたしお父さん鯉がいい」ミトがぷいと顎《あご》を上げて言った。

「俺も絶対お父さん鯉。大きいやつ」

「じゃあ、どっちがお父さん鯉を作るか、お話しして決めて。喧嘩《けんか》じゃなくて、お話。年長なんだから、もうできるよね」

返事はなかったが、同意したようだ。言い合いはしなくなった。黙って睨《にら》み合ったままなのは、何を話したらいいかわからないからだろう。それでも頭のなかでは考えているはずだ。そのうち解決策を見つけるかもしれない。あるいは歩みよろうとするかもしれない。こんなに小さくても、やらせてみるとすごい能力を発揮したりするものなのだ。

「星野先生、正解」辻が背後から言った。

「いまのすごく先生っぽかったです。——景子先生、いい感じでしたよね」

年中さんと厚紙に紙を貼っていた酒井がこちらに目を向けた。すぐに辻に顔を向け、小刻みに首を縦に振った。笑っていた。

「先生なんですけどね」

働き始めてまだ三週間。周りから見たら、半人前なのは当たり前か。

「星野先生、ちょっときてー！」

玄関のほうから園長のバズーカ声が聞こえた。僕はミトと大翔の肩に手をのせ、「お話、お話」と言ってから、玄関に向かった。

廊下を進んだ。玄関に男が立っていた。四十代半ばぐらいの年齢だろうか。白髪交じりの髪をきっちり横からわけている。銀縁の眼鏡をかけた顔は、生真面目そうだった。近づく僕に頭を下げる。浮かんだ笑みは、ちょっと気弱そうだ。

「星野先生、市の保育課の佐伯《さえき》さんです」

園長はひとさし指でさして紹介した。たぶん知り合いなのだろうと思った。

「星野です、こんにちは」

市の職員がいったいなんの用だろう。

もしや、と考えて、僕は胸をときめかせた。市の保育士に欠員がでて、僕を繰り上げ採用するというのではないか。他に考えられる用件などまるでなかった。

「佐伯です。すみませんね、お仕事中に」

「いえ、大丈夫です」

僕は最高の愛想笑いを浮かべた。

「星野先生、佐伯さんは、爽汰君のお母さんの件でわざわざやってきたの」

園長の声が横から聞こえた。僕は「ああそうですか」とそれを受け流す。

「そうなんです、中越爽汰君のお母さんから市のほうにクレームが寄せられましてね」

「えっ」僕は佐伯の話を聞いて、突然園長の言葉を理解した。慌てて園長のほうに顔を振る。

園長は眉間《みけん》に皺《しわ》を寄せ、唇をすぼめていた。珍しく、怒ったような顔だった。

「連絡帳の件ですって」

ドスのきいた、と表現しても差し支《つか》えのない低い声。園長は腕組みをした。

僕はぶるっと震えた。

完全に怒っている。いつも優しさに溢《あふ》れた園長の怒りに僕は凍りついた。

「すみません。僕のせいで、市まで乗りだすことになってしまって。園に迷惑をかけます」

迷惑がかかるのかどうかはわからない。とにかく、怒りを収めて欲しかった。

「星野先生？　私、怒ってないですよ。ちょっと苛《いら》っときただけです、市役所からやってきたひとに。――ねえ、たいしたことでもないのにわざわざやってきて」

「たまたま近くに用事があったので、寄ってみただけで――」

佐伯は空笑いを響かせた。

「とにかくですね、今日、中越さんがいらっしゃって、星野さんにひどいことを書かれて傷ついた、市はどういう指導をしているのかとお叱りを受けたことを、星野さんにまずお伝えしなければなりません」

「ひどいことなの、あれが」井鳩園長は呆《あき》れたように、声を裏返した。

「いやいや、連絡帳のコピーを見せてもらいました。どうしてあれで腹を立てるのか、私にも理解できません。ただ、文章で書かれると傷つく、見るたび辛《つら》くなると言われてしまうと、そういう性質のひともいるかなと。それに以前にもこういうことが井鳩先生のところでありましたでしょう。ですから、いちおう、念のため――」

「わかってます。あれ以来、連絡帳で注意をしたり保育料の催促をしたりはやめてますよ。星野先生は新人なものだから――」

「すみません」

背後から声がして振り返った。酒井が廊下をやってくる。

「星野先生は何も悪くないんです。連絡帳で注意をしたりしないようにと教えなかった、チーフの私の責任なんです。すみません」

酒井が頭を下げて謝った。

「そんな大袈裟《おおげさ》なことじゃないんですよ。誰かの責任を追及する気なんてありません」

「今日クレームがあって、すぐに飛んでくるんだから、相当うるさく言われたんでしょうね」

「まあ、それなりにですね」佐伯は一瞬、ぐったり疲れたような表情を見せた。「とにかく、原因はどうあれ、かなりご立腹のようですので、そのへんは園のほうでうまく収めてください。大変だとは思いますが」

ご愁傷さまですと言いかねない、沈鬱《ちんうつ》な表情をして頭を下げた。「では、おじゃましました」

「お疲れさま。お互い、戦っていきましょう」

園長が佐伯の背中に声をかけた。

「すみません。市役所まで巻き込み、騒ぎが大きくなってしまいました」廊下を戻りながら僕は言った。

「いいのよ。ときどきあることだから。佐伯さんも、うちに問題ないことはわかってるはず。ただ、わざわざくるのは珍しい。よっぽど、中越さんにうるさく言われたのね」

「園長すみません。星野先生も。私がしっかり教えていればこんなことにならなかったんです」酒井がまた謝った。

「いいんです。僕は書いたことが悪いとは思っていないんで」

あれにクレームをつけるほうがおかしい。結局は、連絡帳に何を書いたかではなく、パチンコ店での一件が尾を引いているだけなのだろうと推察した。

「もう佐伯さん、帰りましたか」部屋に戻ると、辻が言った。「星野先生、気を落とさないでくださいね。これでだめだと決まったわけではないですから」

辻は何度も頷《うなず》き、目を瞬く。慰めているのだとはわかるけれど――。

「なんの話をしているんだろう」僕は床に腰を下ろしながら訊《たず》ねた。

「市の保育課に睨まれたら、採用試験、厳しいですよね」

「えっ、そういうことになる？」

秋に行われる彩咲市の保育士採用試験を僕は受ける。それに今回のことが影響するとは考えもしなかったが、どうなんだろう。トラブルメーカーとして保育課から目をつけられたりしたら、かなりのマイナスポイントになりそうな気はする。

「そういう可能性もあるんじゃないかと思って。――ああ、でも、それをはね返すようなものがあれば、きっと大丈夫ですよ」

そんなものがないから、昨年は落ちたのだ。

「辻先生、そんな脅かしたら、かわいそうですよ。大丈夫、今日のことが試験に影響することはないです」

園長が大らかな声で言った。

「本当ですか、だったらいいんですけど」

「市役所中に星野先生の名前が知れ渡るくらいのトラブルならともかく、あれくらいのことで、試験関係者が今回のことを認知するわけないですから」

「そうですよね」

市の保育士だった園長が言うのだからきっと間違いないだろう。そう思いながらも、心のなかにもやもやしたものが残った。

「星野先生ごめんなさい。脅かそうと思ったわけじゃなくて、本当にそう思ったから。景子先生と、やばいかもって心配してたんです」

「心配してくれてありがとう。気にしてないよ」

酒井は厚紙に紙を貼る作業に戻っていた。その姿が目に入って、僕はふいに気づいた。

「もしかして酒井先生、さっき佐伯さんに謝ったのは、僕を庇《かば》ってくれたんですか」

「別に庇ったわけじゃありません。本当に私の責任だから、そう言っただけ」酒井は手を動かしながら、こちらに目も向けずに言う。

「はあ……、わかりました」僕は気の抜けた声で言うと、背を向けた。

「どうだ、みんなうまく切れてるかな」

仕事に戻って、年長の様子を窺《うかが》った。

みんな黙々と型を切り抜いている。年長とはいえ、まだうまくハサミを使えない子が多い。硬い厚紙を切るのに難儀していた。

「うー」と大翔が声を発した。うまく切れなくて、もどかしいのだろう。

「ああそうだ、大翔とミト、どうなったんだ。お話はできたの？」

ミトも黙々と型を切り抜いていた。

「したよ」ミトが大きく口を開けて言った。「いっぱいこれ切んの。いっぱいできたほうがお父さん鯉にするの、──ねえ」

「俺、絶対ミトよりいっぱい切るんだもん」

大翔は厚紙から目を離さない。体までくねらせ、型に沿って切り抜こうと奮闘する。

「そうか、自分たちでちゃんと決められたんだ。偉いぞ」

「もう話しかけないで。できない」

「ああ、ごめんごめん」

ミトに怒られ、慌てて言った。

本当にすごいと思う。こんな小さいのに、ふたりで話し合って、解決策を導きだしたのだ。大人だって簡単にできることではない。

僕は立ち上がって、ミトと大翔の頭をぐしゃぐしゃっとなでた。ふたりから猛烈な抗議を受けたのは言うまでもない。

辻と酒井が呆れた顔で見ていた。

6

お迎えの時間、早めに迎えにきた爽汰の母親は僕を無視した。「お疲れさま」と遠くから声をかけても返事がないのは以前からだが、謝りなさいよというような目で睨むこともなかった。

それでも、僕を強く意識しているのはわかる。市から注意を受け、しょげた僕が、謝りにくるのを期待しているのだろう。

謝る気は相変わらずなかった。それでも話はしたいと思っていた。ただ、また怒りを煽《あお》るだけに終わっては意味がないので、少し時間をおくつもりでいた。市の保育課にまでクレームをつけたのだから、あとはもうどこにも駆け込むところはない。無視をされるだけなら、しばらく放っておいても問題はないはずだ。

しかしそれは甘い考えだった。爽汰の母親は思った以上に執念深く、そして行動が速い。その週の木曜日、さらに厄介な人物がみつばち園を訪ねてきた。

「ちいさいひごいは、こどもたち。おもしろそうに、およいでる」

誰かがうたいだしたら、ほどなく合唱になった。子供は飽きっぽいともいわれるが、恐ろしいまでの執念で繰り返す。近所の公園から園までの帰り道、うたいどおしだった。

お昼前に外遊びから帰ってきた。認可外チームに二歳児クラスを加えての編成で、僕と酒井と辻の三人で引率した。

「ちょっとストップ。止まれー」

園の敷地の前まできて僕は声をかけた。子供たちの足が止まる。歌もやんだ。

園の敷地内に男がいた。玄関の前でうろうろしている。僕の頭に浮かんだのは、森川から聞いた変質者の話だった。

ネットで県警の不審者速報を確認しているが、その後変質者は現れていなかった。しかし、逮捕もされていない。

「なんだろうね、あの男」玄関のほうに目を向けた酒井が、訝《いぶか》しげな顔で言った。

「僕が訊《き》いてくるので、ここで待っていてください。――みんな、ちょっと待っててね」

「お腹空《す》いたー」と叫び声が上がった。

男がこちらを向いた。僕は歩道を進み、園の門を入った。

男はスーツを着ていた。しっかりした身なりの変質者というのもあり得るだろう。年齢は僕より少し上くらいか。がっちりしているが小柄だった。

「どちら様ですか。何かうちの園にご用で――」

そう訊ねると、男は意外な返答をした。

「僕のことを知りませんか」

それだけで暑苦しくなりそうな、張りのある声だった。つんつんと立たせた短髪に幅の広い顔。僕の苦手な体育会系風だった。

「知りません。それより、いま玄関の前でうろうろしてましたが」

「少し前にも一度きたんですよ。ドアが開いてたのでおじゃましたら、ひとりで料理を作っていた高齢の女性に、勝手に入ってくるなとひどく叱られたもんで、ちょっと声をかけづらかったんだ」

給食担当の西原さんだ。怒ったらなかなか迫力がありそうだった。

「それに、星野さんもまだ帰ってきてないようだったので」

「えっ、僕に用なんですか」

男は急に顔を引き締めて言った。

「市議会議員の近藤《こんどう》よしはるです。中越すみれさんから相談を受けましてね。星野さんからひどいことを言われて苦しんでいるのに、市役所も動いてくれないということで、僕のところにきたんだ。色々、お話を伺いたい」

男は名刺を差しだした。そこには確かに彩咲市市議会議員、近藤よしはると書かれていた。

僕はうんざりしながら、どこか自慢げな表情の近藤に目を向けた。

「まったく反省はしていないというのか」

「反省のしようがないじゃないですか。もう連絡帳には書きませんが、また忘れ物を繰り返すお母さんがいたら、忘れないようにと言いますよ。もしその場に近藤さんがいらっしゃったら、そんなことを言っちゃいかんと僕を責めますか？」

「――そんな仮定の話をされても答えられない」

近藤は言葉を詰まらせたが、声だけは大きい。

「近藤さん、ここへきたことを後悔してるんじゃないですか」

「何を言ってるんだ。辛《つら》い思いをしている市民がいるなら、そのひとのためにできる限りのことをする。たとえ相手が話のわからんやつで、無駄足になっても、後悔はしない」

何をかっこのいいことを言っているんだろう。さっきまで的外れなことばかり言っていたくせに。

爽汰の母親は、市へのクレームでは思うような成果が得られなかったことから学習したのか、近藤へは少し話を盛って伝えていたようだ。それでも、市議会議員が乗りだすようなことでもないと思うのだけれど、近藤は、中越さんに謝りなさいと僕に詰め寄る。

「市議会議員というのは暇なんですかね」

やたらに偉そうな態度が、僕は気に入らなかった。たぶん向こうも、僕のことを気に入ってはいないと思う。

「失礼なことを言うな。ここは家庭保育室だろ。市から援助を得ているんだろ。君の給料にも市の金が含まれている。だったら、市民を代表する議員に少しは敬意を払ったらどうなんだ」

「それを自分から言ってしまうひとには、誰も敬意を払わないと思いますよ。」

「君ね——」

近藤は目を剝《む》き、頰を震わせた。

「あの、そろそろ食事をしないと時間がなくなってしまうのですが」

腕時計を見ながら酒井が声をかけた。

近藤が議員だとわかってから、子供たちは園舎に戻った。園長は所用で外出中で、僕の援護に酒井が残ってくれた。とはいえ、玄関先のバトルで僕は優勢に戦いを進め、ほとんど援護を必要とはしなかった。

「こんなときに食事だと?」

「食事を摂《と》らないと、しっかりした保育はできません。それでもかまわないと市議さんがおっしゃるんですか」

近藤は喉《のど》を詰まらせたみたいに目を丸め、酒井を見つめた。

「まさか、そんなことを言うわけないでしょ。どうぞ食事にしてください。——この園は、若いひとの教育がしっかりしていないのかな」

近藤は初めて声を抑えて言った。それでも、普通のひとが喋《しゃべ》るときの声音ていどだ。

玄関から離れたので帰るのかと思ったら、近藤は立ち止まった。こちらを振り返り、園舎を見上げた。

「さっき大きい子たちもいたね。この園は認可外も併設してるんだね」

近藤は戻ってきて言った。

「──はい、そうです」

酒井が答えたが、どこか躊躇《ためら》うような感じがあった。

「確か、小さい子たちもいたような気がしたんだけど」

「ああ、お散歩の子たちとそこで一緒になったんです」

僕は、えっと驚いたが、口にはしなかった。なんでそんな嘘をつく必要があるのだろう。二歳児クラスとはずっと一緒だったのに。

「園のなかを見学させてもらえるか」

「急に言われても困ります。そういうことはちゃんとアポイントをとってください」

「そうか。それじゃあ、また今度、アポイントを入れてからくるよ」

にやにやと笑う近藤は、嫌みな感じがした。

「いずれにしても、中越さんに今日のことを報告して、必要があれば、またくる。中越さんがこれで満足するとは思えない。僕もかなり不満足だ。きっとまた君に会うことになるだろう」

近藤は僕を指さし、熱い視線を送ってよこす。

それにしても酒井はどうしたのだろう。思い詰めたような顔で園舎を見つめていた。鬱陶《うっとう》しいと思うが、きたらまた返り討ちにするだけだ。

「あの近藤って議員、保育関係者の間ではそこそこ有名なのよ」

酒井が連絡帳を閉じて言った。

「小さい子供がいる主婦の間でも、まあ有名かな。色んなところに顔をだしているみたいだから」パートの村上さんがつけ加えた。

「うちの市は、三年前まで待機児童ゼロをうたってた。待機児童には市が紹介した保育施設を断った家庭は含まれないんだけど、そのなかには家から遠く離れた保育施設や、兄弟とは別の保育園を紹介されて断ったひともいたみたい。近藤は、そんな断るしかない施設を紹介しておいて、自ら断ったから待機児童ではないとするのはおかしいと、市はを激しく追及したの。子育て関係のNPOなども抗議の声を上げるようになって、市は待機児童ゼロの看板を下ろさざるを得なくなった」

「その話は僕も知ってます。採用試験対策で、市の保育がらみの話題をチェックしてたから」

追及した議員の名前まではさすがに覚えていなかった。

誰かが起きてきた。寝ぼけた顔でキヨタが「おしっこ」と言った。

「私がいきます」と村上が立ち上がった。

お願いしますと言って、酒井が続けた。

「近藤の言っていることは正論で、それで助かったひともいるでしょうからいいんだけど、市を追及するときに突きつけた、隠れ待機児童の数字がね、ちょっと怪しいのよ」

辻が「怪しいのよ」とあいのてを入れた。

「実際に家からとんでもなく遠い施設を紹介されたひともいたんでしょうけど、近藤が挙げた数字を構成するのは、駅とは反対方向の施設を紹介されたとか、ちょっと遠いどの家庭がほとんどだったらしいの。そんなの、待機児童が何百人もいるような都会だったら、当たり前のことでしょ。うちの市もそれはわかっていたけど、抗議の声に負けて保育拡充の施策を行った。それも、そこだけ見れば悪くないけど、予算には限りがあるから、削られるものもでてきて、全体で見ればけっしていいことではなかった」

既存のものに皺寄《しわよ》せがくる。この園にも何か影響はあったのだろうか。

「近藤は全体のことなんて、関心がなかったんでしょ。たまたま知った隠れ待機児童の問題を追及して名前を売りたかっただけなんだと思う。実際名前は売れたし、それ以来、保育問題に精通した議員として、市の保育行政に色々口だしするようになったの。でもまあ、あるていど知識はあるんでしょう。さっき、家庭外混合保育を疑うようなこと言ってたから」

「家庭外混合保育とはなんでしょう」

聞き慣れない言葉だった。

「星野先生、知らないんですね。だから、採用試験に落ちたのかもしれませんよ」

辻が僕の視界にむりやり入ってきて言った。連絡帳を書き終え、退屈なのだろうか。

「自分でも、その可能性を考えて、ひやりとした」

僕が認めてしまうと、辻はつまらなそうな顔をして視界から消えていった。

「星野先生、うちは、家庭保育室と認可外保育所を併設しているでしょ」副園長の三本木が酒井のあとを引き継ぐように言った。「市の規定では、家庭保育室と認可外保育所を併設する場合、施設も保育士も完全にわけなければならないんですよ。一緒でいいのは給食だけ。うちも認可外は二階で保育すると市に申告してるの。実際はなんの垣根もなくやってますけどね」

三本木は布団が敷き詰められた部屋を見渡した。真っ直ぐに結んだ口元が誇らしげで、なんとも素敵な表情だった。

「その状態が家庭外混合保育なんですね」

三本木は頷《うなず》いた。

「本来、それが発覚したら、家庭保育室の認定を取り消されかねないんですけど、保育課のひとはわかっててお目こぼししてくれてるの。うちが問題のある家庭を引き受けているので、もちつもたれつの関係だと考えてくれているみたい。ただ、それは現場レベルの話でね、先日の佐伯さんとかは何かと協力してくれて問題ないですけど、上のほうに知られると、厄介なことになる可能性もある。だから、なるべくトラブルはおこさず、目立たないようにはしてるの」

「じゃあ、中越さんのクレームとかも――」

「あんなのは大丈夫よ」

酒井が親からのクレームをさかんに気にしていたのは、そういうことだったのだと理解した。

「近藤議員はどうだろう。本気でうちの園の実態を調べる気なのかな」僕は不安と後悔で胸をいっぱいにした。

「やらないでしょ。混合保育を暴いても、誰も喜ばないし、褒めてもくれない。そこまで暇じゃないはず」酒井は書き込んでいた連絡帳から、視線を上げて言った。

「いやがらせで、やるかもしれない。僕がさんざん怒らせるようなこと言ったから」

自尊心が肥大化したようなあの手のタイプは、根にもちそうだ。

「いずれにしても、またやってくる。中越さんのことが解決しさえすれば、うちのことなんてどうでもよくなるんだろうけど……」

「星野先生、無理に爽汰君のお母さんに謝る必要はないですよ。――園長ならそう言うでしょうね」

三本木はそう言って笑みを浮かべた。

「謝る気は……、ないです」

謝る必要はない、とずっと思っている。だけどいまは、子供がだだをこねているのと同じではないか、とも感じられて心が乱れた。

誰かの溜息《ためいき》と自分の溜息が重なった。

「それにしても、爽汰君のお母さんはなんなんでしょうね。どうしてそこまでして、星野先生を謝らせたいんでしょう。パチンコの件から尾を引いてると考えると、よくそこまで怒りがもつなと不思議です」

辻は怒りとは無縁な顔をして言った。

「離婚や会社を潰《つぶ》したことで、プライドがずたずたなのかもしれませんね」三本木が言った。

「結局、自分が好きなんですよ。星野先生が謝らないのと同じことなんじゃないですか」

酒井が判決を下した。


僕の父親は転勤の多いサラリーマンだった。中学三年のときに、保育園時代に住んでいた静岡に、二回目の赴任で引っ越してきた。受験を控えた時期では、転校生に興味を示す者など誰もいない。ほとんど馴染《なじ》みのない土地での受験で、ただでさえ心細いのに、友達はできないし、高校の情報は入ってこないし、中学生の僕は孤独と不安に押し潰されそうだった。

受験勉強にまったく身が入らなかった夏休み、僕は気まぐれでかつて自分が通った、かもしか保育園にいってみた。外から園庭を眺めていたら、園長が声をかけてきた。園長は僕のことを覚えていなかったものの、夏休み、いくところがないんだったら、遊びにおいでと言ってくれた。それから僕は、毎日のように園に通い、園児たちと遊んだ。結果的にこれが僕を立ち直らせてくれた。僕を頼り、遊びにくるのを待ってくれている園児たちと接するうち、この子たちに恥ずかしくないよう、お兄ちゃんは頑張らなきゃいけないと思えるようになったのだ。できの悪い青春映画のようだけれど、僕はそれから猛勉強をし、県内で二番目の進学校に合格することができた。友達は高校に入るまでできなかったけれど、僕の心のなかのもやもやは保育園に通うことで解消できた。そして、その体験が、いまの仕事に繋《つな》がっている。

午後六時前、お迎えが揃った暇な時間、僕はそんな昔のことを思いだしていた。

子供たちと遊ぶのも楽しかったけれど、それだけじゃなかった。かもしか保育園の水《み》田《た》園長は井鳩園長に似ていて、底なしに優しく、とてもパワフルなひとだった。直接的に励ますことはなくても、伝染するくらいのパワーだったから、一緒にいるだけで元気をもらえた。

みつばち園で働き始めて一ヶ月弱。この園に思い入れなどまだないはずなのに、どうして近藤の実態調査をこれほど恐れるのだろうと僕は考えていた。ただの腰掛けで、ずっと勤める気もないのだから、園の家庭保育室の認定が取り消されても、たいして支障はない。なのに、みつばち園がなくなることを想像すると、こんなに胸が痛むのはなぜだ。

ここにいると、かもしか保育園を思いだすからなのだろうか。水田園長は、何かあったらいつでもここに帰ってきていいんだよ、とよく言った。無意識に、帰ってきたような居心地のよさをみつばち園に感じているのかもしれない。

たぶん当たってはいないだろう。頭に浮かんだ、懐かしい思い出とむりやり結びつけようとしているだけ。だいたい、園長がパワフルだったり、子供たちがかわいかったりするのは一緒だが、かもしか保育園には酒井も辻もいなかった。あんな毒をもった保育士はひとりもいなかったのだから――。

摑《つか》んでもすぐに逃げていくような理由など、どうでもいいだろう。恐れと胸の痛みは間違いようのない事実なのだから。

僕が自分が好きなこともやはり事実。それは以前から自分でも認めていたけれど、それと謝らないことが関係しているのかはよくわからなかった。ただ言えるのは、謝ったとしても、自分を嫌いになることはない、ということだ。

「さようなら」と元気な声が響いた。なんて絶妙のタイミングなのかと僕は幸運に感謝した。残る親子はひと組だけになった。

すーっと最後の親子が僕の前を通り過ぎていく。言葉もなく、視線も向けず、レジ袋の音がいやに耳についた。僕は背中に呼びかけた。

「中越さん、お話があります」

爽汰の母親の足が止まった。爽汰も引っぱられるようにして止まった。

「謝罪をさせてください」

爽汰から手を離し、母親は振り返った。

「もしよかったら奥のほうへでも。爽汰君は見ていますので」

声に振り向くと辻と目が合った。頷《うなず》いてこちらへ向かう。

「いいわよ、ここで。いったい何を謝るの」

母親の尖《とが》った声に、辻はすごすご引っ込んだ。

「もちろん、連絡帳のことです。忘れずにと注意をしたこともですが、その後の態度もすべて謝罪します。本当に申しわけありませんでした」

僕は腰を四十五度に折り、綺麗《きれい》に頭を下げた。

「言葉であれこれ言うと、言い訳みたいになってしまうのですが、とにかく、中越さんを傷つけたことを深く反省し、お詫《わ》びします」

今度は五十度くらいまで傾けた。頭を下げ続ける。

なんだか不思議な感じがした。あれだけ謝りたくなかったのに、謝ってみると、とても清々《すがすが》しいのだ。もっと早く謝ればよかったと後悔が湧くほどに――。

「頭上げてよ」

母親の声が聞こえたが、まだ上げない。

「頭上げなさいよ！」

叫び声が聞こえて、僕はびくんと背筋を伸ばした。

「いったいなんなのよ、全然面白くない」

母親の顔に、いまにも摑みかかってきそうな怒りが見えた。

「すみません」頭を下げるしかなかった。

「そんなに頭さげたいなら、土下座してよ。床に頭こすりつけてよ」

「土下座ですか」

「できないの」

歪《ゆが》んだ笑みが怖かった。

「わかりました」

ここまできたら、徹底的に謝ろう。僕は腿《もも》に手を当て、膝《ひざ》を曲げた。

「ちょっと、なんなの。なんでそんな簡単に土下座するの」

「お詫びしたいからです」

「お詫びしたいんだったら全部謝って。最初から全部。パチンコをばかにしたこと、ひとを見る目がないってばかにしたこと、謝りなさいよ」

やはりそこなのか。ばかにした覚えはなかったが、それでも謝ろうと僕は思った。

「申しわけありませんでした」

「いいかげんにして。そんなに謝りたいんだったら、ひとりで勝手に謝りなさいよ。あなたのお詫びショーなんかにつき合ってられない。爽汰、帰るわよ」

母親は爽汰の手を引っ摑むと、荒々しい足取りで廊下を進んでいった。

いったいなんなんだ。謝れって言うから謝ったのに。僕は盛大な溜息をついて、振り返った。

辻と村上が並んでこちらを見ていた。

「あれじゃあだめですよ。怒るのも当然です」

辻が咎《とが》めるような目をして言った。

「どこがだめなの。さんざん謝ったのに」

「星野先生、全然勉強してない先生の謝り方、爽《さわ》やかなんです。立派な態度で謝られたら、謝らせたほうが悪者みたいじゃないですか。もっと口惜しそうに、ほんとは謝りたくないのに、って気持ちを表せば、向こうも勝ったって気分になって、満足するんです」

「ほんと。あれだったら、私だって怒りますよ」村上が呆《あき》れたように言った。

「――そんなもんですか」

言われてもしかたがないとも思う。自分が好きな僕には、きっとそういう謝り方はできない。

とにかく、謝ってもだめだったのだから、もうできることはない。近藤はまたやってくる。みつばち園は、どうなってしまうのだろう。

7

週が明けて、月曜日。今週末はいよいよ端午の節句の会だ。鯉のぼり作りの進行が遅れていたので、延長保育の時間も、残っている子たちで、ミニ鯉のぼりの色塗りをした。

五時半前、そろそろお迎えがやってくるという時間になって、片付けを始めた。筆を洗いに洗面所に向かったとき、外でひとの声がした。

荒っぽい男の声。そんなに遠くではない。僕はスニーカーを履いて外へでた。

表の歩道にひとかたまりの集団がいた。すぐに、制服の警官に気づいた。事件だと瞬時に判断して、僕は玄関のドアを閉めた。

警官はぐるりとひとを取り囲んでいるようだった。声を上げているのは、そのなかにいる男だ。かなり背丈があるようで、姿はよく見えないが、頭がにょきっと飛びでている。

いや、違う。あれは頭ではない。僕は警官たちのほうに足を向けた。

頭だと思ったものは髪の毛だった。頭上高く結ったちょんまげ。警官に取り囲まれているのは、――御嵩小虎の父親だ。

「御嵩さん」

顔がはっきり見えるところまでいって声をかけた。警官がいっせいにこちらを向くので、思わず、あとずさりした。

「このひとを知っているんですか」

私服の刑事らしき男が言った。

「……ええ、うちの園児のお父さんです。子供のお迎えにきたんだと思いますが」

「そうなのか」

訊《き》かれた御嵩は小刻みに頭を振った。

「なんで最初からそう言わないんですか」

「いきなり取り囲むからさ、ちょっと遊んでやろうと思ったんだ」

御嵩はそう言うと、刀を抜く真似をする。身がまえた警官たちが飛びかかるのではないかと、一瞬肝を冷やした。

「失礼しました。もうけっこうです」

私服の刑事はうんざりしたように言うと、御嵩から離れた。他の警官たちも移動し、御嵩を取り囲んでいた円陣は崩れた。

「大丈夫ですか」僕は御嵩に訊《たず》ねた。

「ちょっとどきどきしたよ。たまには必要だな、そういう感覚が」

「スリル、ですか」

「違うな。似てるけど、違う。もっと非現実的なあれだ」

どんなものかよくわからないが、遠くを見るような目をして微笑む御嵩を見ていたら、その感覚を体験してみたいと少し思った。

最初に会った日、御嵩は手に血をつけて、園に戻ってきた。たぶん山本天翔の父親を殴ったのだと思ったが、結局はっきりしなかった。天翔の父親は、元不良少年といった感じで、喧嘩《けんか》で負けたことを、自分から言いふらしそうになかった。

御嵩は体が大きく、迫力はあるが、粗暴な感じはしなかった。どちらかというと芸術家風。エキセントリックでふわふわとした印象だった。実際の御嵩は何者でもなかった。現在失業中で生活保護を受けている。

「保育園の先生ですか」

先ほどの私服の刑事が近づいてきた。

「そうです」

「子供を狙った変質者が出没していまして、現在捜索中です。不審者を見かけたら、すぐに通報してください。もう子供たちは退園を――？」

それに答えようとしたとき異変が起きた。

警官たちがいっせいに駆けだした。目の前の刑事もイヤホンを押さえ、表情を変えた。失礼と言って駆けだす。「三丁目だ」という声が聞こえた。

ふと気づくと、御嵩の姿がない。警官のいったほうに目をやると、なぜか御嵩も走っていた。気合の入った走りで、後方から警官を追い抜いていく。

僕も駆けだした。頭のなかには、血のついた御嵩の手が浮かんでいた。とんでもないことをしでかさないか心配だった。

すぐに追いつける距離ではなかったが、子供たちと毎日走り回っていて、足には自信があった。見失わないよう、少しずつ距離を詰めながら走った。

警官たちはタイヤ公園のほうに向かっていた。静かな住宅街に入り、最初の角を曲がったとき、路上に警官たちの姿があった。荒っぽい言葉が響き渡っている。

はあはあと息をつきながら、警官たちのほうへ近づいていく。御嵩の姿を捜すとすぐに見つかった。意外にもお行儀よく、警官たちから離れたところで見ていた。

「御嵩さん」

声をかけると、御嵩が振り返った。驚いた風もなく、軽く息を切らしていた。

「着いたときにはもう押さえ込まれてたよ」

残念そうに言うのは、自分が捕まえようと思っていたからなのか。

「それより先生、見てみなよあの犯人」

言われなくても見ていた。犯人は地面にうつぶせにされ、三人の警官に押さえ込まれていた。何もやってないと甲高い声で叫び、おとなしくしてろと怒鳴られた。

「おいおい、わかんないの。あの男だよ」

そう言われてもわからない。そもそも小虎の父親と共有する体験などほとんどない。

そう考えたとき、男がいやいやするように首を振り、頭を上げた。

僕は、「あっ」と思わず叫んだ。

おかっぱ風の頭で思いだした。鰤《ぶり》Tを着ていてくれたらすぐにわかったのに。

「あの男だ。爽汰君を迎えにきた、パチンコ仲間」

8

「怖いわよね」という声がどこかから聞こえた。僕はまたあの話かと少々うんざりした。布の特大鯉のぼりを辻に手伝ってもらって二階に運んだ。お迎えラッシュの一階と違い、二階は静かだった。絵の具を乾かすため、鯉のぼりを床に広げた。

端午の節句の会前日、ようやくすべての製作物が完成した。綺麗《きれい》というよりちょっとどぎつい色の鯉のぼりは子供たちが思い思いの色を重ねていった結果で、なかなかアートっぽいと僕はとても気に入っていた。

「ちょっと、あれじゃ、肩身狭すぎですよね」

辻が階段のほうに顔を向け、言った。

「そうだね。今日なんて、誰にも会わないように、朝いちばんにきていたらしいから」

爽汰のお迎えにやってきた男が、実は子供を狙う変質者だったという話はあっという間に園の父母の間に広まった。パチンコ店で知り合った男だということまで知られている。

爽汰の母親は話が広まってからは誰とも話さないのでどんな心境かわからないが、送り迎えの際は、できるだけひとのいない時間を狙ってささっと出入りしていた。爽汰は何もわからず、普通に過ごしているから、その点はまだよかった。

園内に変質者が入り込んでいたという事実は恐ろしく、保育士たちも衝撃を受けた。けれど、実際には何もおこらなかったし、逮捕されたあとのことなので、いつまでもその話でもちきりなのは、ただ噂話に花を咲かせているのとかわりなかった。いいかげん、心にしまえばいいのにと僕は思っていた。

父母に話を流したのは小虎の父か母だろう。あの男のことを知っているのは保育士と小虎の父親だけで、保育士は誰にも喋《しゃべ》っていないから、そういうことになる。

六時、延長保育も終わりの時間で、今日は滑り込みで迎えにきた親もいない。けれど、子供がひとり残ってしまった。爽汰の母親がまだ迎えにこない。

待っている家族もいないし、楽しい飲み会もないし、「大丈夫ですか」と辻に心配されたが僕が残った。帰りの準備をして、ふたりで玄関に腰を下ろした。「お母さんまだかなー」と適当な節回しをつけ、足をぶらぶらさせた。六時を十分過ぎたころ、母親が顔を覗《のぞ》かせた。玄関のふたりを見て、驚いた顔をした。

「お疲れさまです。――さあ、お迎えきたよ」

背中を押すと、爽汰は玄関に下りた。

お疲れさまですと、ぼそっと声が聞こえて僕は驚いた。母親の顔をまじまじと見た。うつむきかげんの顔に怒りは見えない。ただ、ひどく強《こわ》ばっていた。

「私、ひとを見る目ないですよね」

調子の外れた声が玄関に響いた。

「変質者に子供のお迎え任せるなんて、ほんとどうかしてる」

とくに返す言葉はなかった。座ったまま、膝《ひざ》に手を置き、じっとしていた。

「先生はすごい。ちゃんと私のことを見抜いてたんですね」

僕は首を横に振った。「ひとを見る目がないってことじゃないんです。残念ながら、世の中、いいひとばかりじゃないと言いたかっただけです」

「ほんとにそのとおり。結婚したのはダメ男だし、仕事のパートナーにはお金を使い込まれるし。もういいかげん、見る目ないことを認めないと、また同じことを繰り返す」

僕は頷《うなず》いた。

「先生が正しかった。だから、もう文句言いませんから」

「じゃあ、近藤議員にはもう相談しませんか。誤解だったと伝えていただけますか？」

ええと頷いた。

「それだけです。それじゃあ、さようなら」

「あの、パチンコは？」

母親は怪訝《けげん》な顔をして言った。

「パチンコは調子いいですよ。今日も出続けていてほんとは終わりにしたくなかったんですけど……。すみません、それで遅くなりました」

眠れない。

端午の節句の会が楽しみで興奮しているからではなかった。最高の会にするためのアイデアが浮かび、小道具を作り始めたのが夜中の十二時で、作業は朝までかかりそうだった。

心身ともに万全な調子で臨みたいところだけれど、子供たちに喜んでもらうことのほうが大事だ。まだまだ若いから、一晩ぐらい寝なくてもどうにかなる。それに、子供たちのために夜なべする自分が好きだったりする。

寝ないつもりが朝方うとうとしてしまい、起きたときにはひどい眠気があったが、保育園についたらしゃきっとした。節句の会は十時からお昼まで。もう眠気の波はこないだろう。

「節分に登場したばかりですよ。登場頻度が高くないですか」

昨晩、思いついたアイデアを先生がたに相談したら、思わぬ反発にあった。

「それほど人気のあるキャラでもないですしね」

「日本の伝統的キャラクターですよ。大事にしていきましょうよ。それに、子供にとっての三ヶ月はかなり長いです。またでた感は少ないと思うな」

一晩かけて作った鬼のお面がボツになりかねない危機に瀕《ひん》して、僕は熱く語りかけた。着なくなったセーターをほどき、髭《ひげ》までつけた力作で、できのよさだけはみんな認めてくれた。

「節分のときもそうだけど、いつも女の先生の鬼さんだから、男の先生の迫力の鬼を見せるのもいいんじゃない。これぞ鬼ってやつ」

やはり最後は園長だった。まあ、そうですねえ、と乗り気には見えないが、どうにかみんなの同意を得ることができた。

鬼の出番は、年長と二歳児クラスのお歌の時間。例年は兜《かぶと》をかぶってうたうだけだが、最後に鬼が乱入し、みんなでその鬼をやっつけるのだ。

歌の途中で僕がいなくなっても、子供たちは気づかない。僕は洗面所に隠れてお面をつけた。歌の終了が出番の合図だ。元気な声が収まったとき、僕は飛びだしていった。

思った以上の悲鳴が上がって、鬼もびっくりだった。

座っていた子たちも半分くらい立ち上がって逃げ惑う。ほとんどパニック状態と言っていい混乱ぶりは、予想以上で、僕がパニックになりそうだった。

当初の目標を思いだす。ひとかたまりになっている若武者たちに襲いかかる。

年長はさすがに向かってくる、と思ったが、ちりぢりになって逃げだす。泣く子もいた。

「おーっ、鬼がきたぞ。みんなでやっつけろー」

声色を使った酒井のアニメ声は、やけにのんびりしていて、パニック状態の風景とはあまりにアンバランス。もはやシュールと呼べた。しかし、そんなことを気にする風もなく、酒井は続ける。

「おーにが怖くて、子供なんてやってられるかー」

そのとおり。逃げないでかかってこい。

そのうち、慣れてきたのか、僕だと見破ったのか、鬼に向かってくる若武者がでてきた。どんどん、増えてくる。

ぽかぽか、ぱんぱん、まだまだ弱い。いちばん威力があるのは、泣きながら叩《たた》く、悠斗だ。

「鬼はなんだか弱ってきてるぞ。いまだー、みんなで総攻撃」

兜をかぶっていない子たちもやってくる。腕を振り上げ、声を上げると、みんな逃げだす。が、すぐに向かってきた。

もう鬼なんて怖くない。どんどん力強くなっていく。もっと強く、もっと強く。

大人なんて当てにできないぞ。

強くなれ。強くなーれ。

3　ごっつんパーク

1

「ダイナマイト・ハニーがなんなのか知りたいんですか」

僕が問い返すと、尾花は餌を待つ犬のように、口を開いて小刻みに頷いた。カラオケのリモコンを操作していた森川も興味を引かれたらしく、こちらに顔を向けた。

僕は一度頷いてから、もったいつけて大きく息を吐きだす。ようやく話を始めた。

「五年前に起きたある事件をきっかけに、うちの園は市の保育課のなかでそう呼ばれるようになったそうです」

あそこはダイナマイト・ハニーだからしかたがない。またダイナマイト・ハニーが何かやらかしたのか。きっとそんな使われかたをされている。あくまで僕の想像だけれど。

「で、どんな事件なんだい」

尾花は眠たげだった目を見開き、顔を近づけてきた。「いま話しますから」と僕は尾花の胸を押し返した。

尾花は保育課の職員とたまたま電話で話をしていたとき、ダイナマイト・ハニーという言葉を耳にしたらしい。もちろんそれは何かと訊《たず》ねたが、市の職員は恐ろしい話だから電話ではちょっと、と言葉を濁したという。

「五年前のある日、うちの園にダイナマイトをもった男が侵入してきたんです」

「えっ」とふたりの声が同時に響いた。

「そのまんまかよ」

森川が頭のてっぺんから抜けたような、甲高い声で言った。

「そうです。なんの捻《ひね》りもなくそのまんまなんです」

僕も最初に聞いたときは驚いた。そのまんまな驚きとともに、非日常の塊、ダイナマイトが、まさかの登場となった驚きでもあった。

「男は園児の父親でした。離婚調停中で、別居している妻とも子供とも会えなかったらしい。男は妻をここに呼べとダイナマイトとライターを振りかざして要求したんです」

話をしてくれた酒井によると、ダイナマイトというものがあまりに現実ばなれしていて、怖いと実感できなかったそうだ。それでも興奮して叫ぶ男に、脅威は感じたという。

「ちょうど、園内でお絵かきをしていたときでした。子供たちはパニックになって泣き叫んでいたそうです。その声に男は苛立《いらだ》ち、ますます大きな声で怒鳴る。気が動転したひとりの先生が、思わず筆洗い用のバケツを摑《つか》み、中身を男にぶちまけたんです」

それが酒井だった。続いて副園長がバケツの水をかける。止めは給食の準備をしていた西原さんだ。まだ沸騰はしていなかったらしいが、火にかけていた鍋《なべ》をもってきて、男に湯を浴びせた。男はたまらず、ダイナマイトをほうりだして転げ回ったそうだ。

そんなことが行われていた陰で、園長は冷静に警察を呼んでいた。すぐに警察はやってきて、すっかり戦意を失い、おとなしくなっていた男を逮捕した。

「すっごい話だね。ダイナマイトをものともしない女たち」と森川。

「まさに、ダイナマイト・ハニーだね」と尾花はすっきりした顔で言った。

結局、ダイナマイトはにせものだった。刃物で脅すのは自分自身が怖いと思った気弱な男は、紙の筒にテープを巻きつけ、ダイナマイトもどきを自作したらしい。とはいえ、それは事後わかったことで、警察からも市の保育課からも、子供たちの安全を考え、無謀な行動は慎むようにと、園長はきついお叱りを受けたようだ。

それはもっともなことだし、子供たちの安全を第一に考えたいと思うが、とっさに体が動いてしまったのだから、次に同じようなことがあってもやってしまうかもしれないと、酒井はすました顔で言っていた。きっと、子供たちを守らなければという、強い気持ちがさせたことで、子供たちの安全を——という気持ちとは紙一重。ブレーキを踏むかアクセルを踏むかは、確かに、そのときになってみなければわからないだろう。

いい悪いは別として、ダイナマイトをもった男に向かっていった先生たちを、僕はすごいと思う。そういう状況にでくわしたとき、果たして自分の体が動いてくれるかどうか、確信がもてなかった。

「ダイナマイト・ハニーの謎が解けて、すっきりした。さーて、本腰入れて、うたおうかな」尾花が歌本を広げて言った。

いつもの男性保育士の会の非公式会合。週末、暇な独身男が集まり向かった先は、カラオケだった。もともとカラオケがさほど好きではない僕は、男だけでカラオケにくるのは初めてだった。とうとうここまできてしまったかと、軽い敗北感を覚えつつ、マイクを握らされていた。

「もう次の曲は入れてあるからね、星野君」森川はそう言うとにんまり笑った。「SMAPの『ダイナマイト』を入れたから」

「捻りがない」尾花と僕は声を揃えた。

サビ以外、わからないという僕の抗議をよそに、イントロが始まる。森川がマイクをもってすかさず立ち上がる。

「今宵も夜の街に、寂しい男の花が開く。子供が好き。だから戦う。だって僕もダイナマイト・ハニーだもん」

やめろといっても勝手に始める森川の司会は、昭和の香りがぷんぷん漂う。曲調など無視して、いつも演歌の前振り調だった。

「いいね、男だね。戦ってるんだよな」尾花がしみじみと言う。あくまでも『ダイナマイト』はノリノリの曲だ。

「さあ、うたってもらいましょう。SMAPの『ダイナマイト』」

やっぱりおかしいよ。なんで僕は戦うんだ。保育園は子供たちを預かり育てる、平和な園。戦いの場ではない。でだしからメロディーがわからず、つまずきながら、僕はふいにそんなことを思った。

みつばち園に勤め始めて三ヶ月。僕は日々戦ってきたような気がする。しかしそれは必然ではなく、周りに――とくに酒井に影響され戦闘モードに入っていたからではないのか。戦うのではなく、もっと愛で優しくくるむのが正しいやりかたではないのかと、メロディーを探り探りしながら、急に思えたのだ。

酔っているからか。森川の迷調子を聞かされたせいかもしれない。とにかく僕は、戦うのはやめようと心に決めた。

2

「おはようございます。すみません遅くなりました」

明るい声とともに、二歳児クラスの七堀雪乃《ななほりゆきの》と母親が入ってきた。

「大丈夫ですよ。いちばん最後ではありません」辻が笑顔で軽い皮肉を言う。

「着替えを預かります」

僕はそう言って着替えを受け取った。

「ありがとうございます。——あら、星野先生、アップリケ増えましたね」

雪乃の母親は大袈裟《おおげさ》に目を見開き、僕のエプロンを指さした。

「そろそろ夏のものを、と思いまして」

まだ梅雨は明けていないけれど、七月に入ったのですいかのアップリケを加えてみた。

「かわいいですよ。よくできてる。じゃあ、秋は栗ですかね」

「どうですかね。楽しみにしていてください」

完全に当てられた。そのつもりだったが、また秋になったら考えよう。

「楽しみにしてまーす。じゃあ、雪ちゃん、帰りはパパだからね。一日いい子でね」

母親は手を振り、こちらに頭を下げて玄関をでていった。

雪乃の母親はいつも細かいところに気がつく。リアクションもとてもよく、感じがいいひとだった。ご主人も、前髪が襟足より長いという変わった髪型だが、穏やかで感じは悪くない。もしかしたら、七堀家が、園でいちばんまともな家庭かもしれない。

「滑り込みセーフ」

着替えをもって雪乃を奥に連れていこうとしたとき、背後で辻の声が聞こえた。振り返ると、祐輔と母親が飛び込んできた。

「おはようございまーす」

僕はふたりに言った。

樫村祐輔の母親は目のやり場に困るくらいのミニスカートだった。夏が近づき日に日にスカートの丈が短くなっていく。化粧もそれに比例して濃くなる。ここらで打ち止めならまだいいけれど、さらにエスカレートするのだとしたら、どちらもちょっと怖い気がする。

腿《もも》にラメがキラッと光ったような気がしたが、何かの間違いだろう。僕が園児のお母さんの腿に目を向けるはずはないのだから。

辻が着替えを受け取り、祐輔が廊下に上がった。母親はバイバイをしながら、口を開いた。

「星野先生、にんにく食べました？」

「あっ、気づきましたか」僕は口を押さえて言った。「昨日、焼き肉を食べたんです。夏に向けてスタミナをつけておこうと思って。すみません」

「いいんですよ。男のひとは、スタミナがないと。頑張ってください」

祐輔ママは拳《こぶし》を握り、軽いガッツポーズをとる。何に頑張ればいいのかわからないが、僕はありがとうと口を押さえたまま答えた。

「スタミナつけてどうするんですか」

奥の部屋へいき、着替え袋に服を詰めながら、辻がそんなことを訊《き》いてきた。

「もちろん、仕事に励むんだよ」

辻はからかうような笑みをすぐに引っ込め、咎《とが》めるような目を向けた。

「星野先生、園児のお母さんに、ちょっかいだしたらだめですよ」

「なんでそんな話に……。僕がするわけないでしょ」

「まあ、星野先生なら大丈夫だとは思いますけど、念のため」

「いっとくけど、僕は草食系じゃないよ。念のため」

辻ははいはいと軽く流した。

「とにかく、園内での恋愛は周りも巻き込んで、何かと面倒なことになりますから」

「これまでそういうことあったの？」

辻は顔をしかめて頷《うなず》いた。

「あったみたいです。みつばち園の創立以来、三組のカップルが誕生しているそうです」

「男の先生は僕が初めてだから、じゃあ、女の先生とお父さんができちゃったわけ？」

「違います。園児のお母さんとお父さんが突っ走っちゃったんです。母親がバツイチで独身のケースもあったみたいですけど、互いが家庭を捨てて一緒になったケースもあって、どろどろと大もめで、園も巻き込まれたとか。――七堀さんのところもそうですよ。うちの園でできたカップルです」

「ええっ、七堀さんが。じゃあ、雪乃ちゃんは――？」

「雪乃ちゃんは、あのふたりの子です。前の家族の子はそれぞれ相手が引き取ったようです。私は知らないですけど、園長や他の先生がたは、その子たちを知っているわけで、複雑な気持ちがあるようです」

なぜ、また子供を同じ保育園に通わせようと思ったのか不思議だ。度胸がいいのは間違いないだろう。

「とてもいい家族に見えたけどね」

「見えたんですか」

驚いた顔をする辻に、僕は反発を感じた。

「別に不倫して結ばれたからって、だめな家族ってわけではないだろ。そりゃあ元の家族は傷つけたかもしれないけど、ひとを好きになってしまうのは、どうしようもない」

人間には自分ではどうにも抑えられない感情もある。それがあったからって、すべてがだめと決まるわけではない。僕は不倫擁護派ではなかったが、一度、不倫という事象を愛でてくるんでみた。

「不倫はいけません。だから不倫なんです」

険しく、迫力のある声が背後で響いた。

振り返って見ると、キッチンで給食の支度をしていた西原さんが、険しい顔でこちらを見ていた。

「不倫なんて、体に悪いものを食べているから、するんです。バランスのとれたものを食べていたら、そんな気になるはずありません」

西原さんは手を動かしながら、堂々と言い切った。

「そんな単純なものでは——」

「単純なの。真理はいつでも単純なものです」

長老のお告げに逆らってはいけない。遺伝子にそう書き込まれているのではないかと感じるくらい自然に、反論する気が失せた。

追い打ちをかけるように、酒井がやってきて、「何、油売ってるの。朝礼、始めるわよ」と、きつい言葉を浴びせた。さらには、みんながいるほうに向かいながら、「不倫で家族を傷つけたら、もうそれでひととしておわり」と、ぞっとするくらいに冷たい声で言った。どうやら話を聞かれていたようだ。

「そういうレッテルを貼ることはできると思う。ただ僕が言いたいのは、そうであっても、外見上は、とてもいいひとに見えることもあるだろうってだけで――」

「頭で考えただけの言葉だってわかります。星野先生、もっと人生経験を積んでくださいね」

酒井の妙に優しげな声に、僕はかっと顔を火照らせた。

「酒井先生、お忘れかもしれないですけど、僕は会社勤めもしてるんです。それなりに経験は積んでいます」

酒井は「そうですか」と笑みを浮かべて言うと、すーっと先へいってしまった。まるで相手にしていない。さらには辻までが、「それはすごいですねー」と軽い調子で囁《ささや》き、通り過ぎていく。

なんで彼女たちは、僕をむしゃくしゃさせるのがこんなにうまいのだろう。それは人生経験の差ではけっしてないはずだ。

「今日の外遊び、タイヤ公園に連れていったんですけど、先にレインボー保育室がきてたんです。うちが入っていっても、全然帰る気配ないんで、美園団地の公園にいったんですけど、レインボーさん、タイヤ公園がうちのホームだと知らないんですかね」

副園長の三本木が小声で言った。

「あの園はできたばかりだから、このへんのしきたりとかわからないのかもしれませんね」

井鳩園長が言った。

「そんなことないはずです。前にもそういうことがあって、私、はっきりと伝えました。そのときはそれで帰っていきましたけど」

酒井の声には怒りがはっきり聞き取れた。それでも、声音は抑えられていた。

お昼寝時間のミーティング中。すやすや眠る子供たちの寝息は、平和の証に思えた。

「でも、先にきていたなら、しかたないんじゃないですかね。ホームの公園で優先的に遊べるのは暗黙の了解みたいなものですから。あとからきたほうが引くか、仲良く一緒に遊べばいいんじゃないかな」

僕は、ほとんどでんぐり返しのように転がるキヨタの豪快な寝返りに目を向けながら、穏やかに言った。

「仲良くなんて遊べませんよ。遊具の少ないところで、順番待ちなんていっても、子供の忍耐力がもちません」酒井は端《はな》から忍耐力などもち合わせていないとばかりに、声を苛立《いらだ》たせた。「ホーム制度は確かに暗黙の了解ですけど、時間を無駄にせず、なおかつ子供たちを安全に遊ばせるために、駆け引きや譲歩をしながら長い時間かけてできあがったものです。ひとつの園が、うちは新しくできたからそんなの知らないと勝手に振る舞って、壊されていいもんじゃないんです」

園庭のない認可外保育所にとっては、一般の児童公園などが主な外遊びの場となる。みつばち園がある彩咲市は大小の公園が割と豊富にある。ただし保育所の数も多く、他園とかち合ってトラブルが起きないよう、西彩咲駅を中心としたこの近辺では、ホームとなる公園を保育所ごとに決め、優先的に使用できるようにしていた。それでトラブルは起きないし、空いている公園を探して街をさまよい歩く心配もなくなった。

とはいえ、新設の保育所は今後も増えていくだろう。しかし、公園の数には限りがあるし、今後新設される見込みなどない。ホームとなる公園を確保できない園に、あとからできたんだからがまんしろと不自由を強いてもいいものだろうか。単純に、決まっているから、で終わらせるのはどうかと、平和を愛する僕は思うのだ。

「レインボーさんって、タイヤ公園より市の運動公園のほうが近いですよね。なんでわざわざくるのかしら」

パートの村上も憤慨したように言った。

運動公園のなかには、ふたつの児童公園がある。大きな芝生の広場もあって、他園とバッティングする可能性はまずない。僕の旗色は俄然《がぜん》悪くなる。

「散歩がしたかったのかもしれませんね。その途中で寄ったのかも」

不用意に言葉を発するものではない。すかさず、「だったら、さっさとあとからきた園に譲って、散歩を続ければいいでしょ」とまるで僕が何かしでかしたとでもいうように、酒井に激しく突っ込まれた。

僕はふと気づいて辻に目を向けた。普段、どんな話にも首を突っ込んでくる辻が今日はおとなしい。連絡帳に視線を落とし、みんなのやりとりに意識を向けている様子はなかった。

「園の体質なんですかね」井鳩園長が溜息《ためいき》をつきながら言った。

「レインボー保育室を経営しているのは、若い男の実業家らしいですね。七色の保育理念が売りものだそうですけど、ひとつにばしっと決められないのかしら。ビジネスで培ったノウハウを保育の現場に導入してよりよい保育を、というようなことなんでしょうけど、私はそういうのあまり好きじゃないですね」

園長の言葉が僕の心に棘《とげ》のように刺さった。会社勤めの経験を時折アピールする僕を批判しているようにも聞こえた。園長にそんな気がないことは、わかっているけれど。ちょっとブルーになった僕は黙り、話は怒りとぼやきだけになって、結論のようなものはとくにでなかった。しかし、話はそれで終わったわけではない。

翌日のお昼寝時間、酒井が再びその話題をもちだした。

「他園の知り合い何人かに訊《き》いてみたんです、公園でレインボーとバッティングしたことないかって。そうしたら、レインボーは、他の園のホームの公園では、ちゃんとルールを守って、引き下がっているんですって。うちのホームでだけみたいなんですよ、居座るのは」

酒井の声は抑えられていたが、大きな目には冷たい怒りの炎が揺れていた。

「うちに対するいやがらせ？」

村上は火に油を注ぐつもりはないだろうが、どこか楽しそうだった。

「タイヤ公園は市の管理じゃないし、ただの空き地だと思ってるのかもしれない」

火消しのつもりで言った僕の言葉で炎上するのは、いつものことだ。

「あそこは、うちの立派なホームです」

酒井ばかりか園長にまで突っ込まれた。

辻は今日も黙っていた。この話題に絡みたくない理由でもあるのだろうか。

「とにかく、今度レインボーさんにどこかで会ったら、ちょっと話をしてみてください」

園長はそう話をまとめた。

酒井や村上のみならず、副園長の三本木までが、憤慨したような表情をして頷《うなず》いた。

女性は感情で動く生き物、などとレッテルを貼りたくはないが、そのときがきたら、ちょっと話をするだけではすまない気がした。

3

週のまんなか水曜日。からっと晴れることはないが薄日が差していた。昼ごろから雨が降ると天気予報が伝えているので、早めに外遊びにでかけた。

今日は酒井がお休みだった。僕と辻、ふたりの引率で、公園に向かった。頼りないふたりだから、子供たちは、頼りになる年長と年中だけ。その年齢ならば、雨が降ってきても、さっと帰ってこられる。

子供たちは公園に向かいながら、アニメソングのメロディーにのせて、勝手な替え歌をうたい続けた。子供たちは下ネタがお好きだ。僕は卑猥《ひわい》な言葉がでるたびにたしなめるのだが、面白がってよけいに連発する。そんな悪循環を繰り返すうち、うんちとおしっことお尻《しり》だけで構成された歌ができあがった。ちょうど公園にたどり着いた。

いた。少し道路より高いところにあるタイヤ公園から先客の声が聞こえた。階段を上がっていくと、子供たちが走り回っていた。

「レインボーですよ」と辻が耳打ちした。

「じゃあ、ちょっと話をしてみないといけませんね」

僕はそう言って、辻を指さし、自分を指さす。辻は僕に向かって指をさした。

「了解。僕がいってこよう。みんな、まだ遊ばないで、ここで待っててね」

えーっと不満の声が上がるが、すぐに替え歌が聞こえ始める。僕は、ブランコの向こうに固まって立つ、レインボー保育室の先生たちのほうに進んでいった。

「こんにちはー」

僕は適度な笑みを浮かべて近づいていった。当然、こんにちはの返事があった。しかし、僕が「みつばち園の星野です」と名乗っても、適度な笑みは返ってこない。笑みは見せているのだけれど、上から見下ろすような、なんともいえない、いやな感じの表情だった。まったく女性というやつはと、心のなかで嘆いた。

レインボー保育室の保育士は三人だった。二十代後半と思《おぼ》しきふたりは、ベビーカーに乗せた子供たちについていた。三十代半ばぐらいの女性はふたりから少し離れて、全体を監視しているようだった。

「レインボー保育室の先生でいらっしゃいますか」

「そうですけど」

髪をひっつめにした、肩幅のがっしりした年長の保育士が答えた。僕は彼女に向き直り、「星野といいます、こんにちは」と再び挨拶《あいさつ》をした。

「こんにちは」

彼女はどこを見ているのか、僕から視線を外して斜めに首を傾げた。ずっと腕組みをしている。酒井とは違ったタイプだが、攻撃的な感じがする。おそらく体育会系なのだろう。僕は名乗らない彼女に、カントクと名前をつけた。

「レインボーさんもこの公園がお気に入りなんですね。一昨日《おととい》もいらしてたとか」

「ひとがあまりきませんから」

僕らはひとではないのか、という言葉を飲み込み、僕はにっこり頷いた。

「実は僕は、みつばち園にきてまだ日が浅いもんでよくわかってないんですが、このへんでは、園ごとにホームの公園を決めて、優先的に使用できるようにしているらしいんです。ご存じでしたか」

「なんなんですか。何か言いたいわけ」

カントクはあからさまに敵意を見せた。

「いえいえ、まだ何も言いたくなってません。それを探るために、質問しているのです。――で、ご存じでしたか」

「知ってますけど」

「つまり、知っているけど、そんな勝手に作ったしきたりになんて従わないという考えですよね。僕たちに公園を譲ったりはしないと」

「譲らなければならないんですか」

「まさか、そんなわけはない」僕は大きく体を後ろに引き、大袈裟《おおげさ》な笑みを浮かべた。

カントクは一瞬、ぎょっとしたような表情を見せた。

「ただの、しきたりですから、従うひともいれば、従わないひともいる。カントクがどちらなのか知りたかっただけです」

「カントク？」顎《あご》を突きだし、怪訝《けげん》な顔をした。

「あっ、いえ、別なことを考えていたもので。――ところで、たまたま他園のひとから聞いたんですが、他の公園では、ホームにしている園がきたら、レインボーさんが帰っていったと言うんです。どうしてなんでしょう」

カントクは、「それは――」と言って間を空けた。

「それはたまたま帰る時間になったから、公園をでただけです」

嘘くさかった。やはり、何からちの園に対して思うところがあるのだろう。無闇に攻撃的になるのは、後ろめたさを感じている証に思える。

「私たちの行動を、訊いて回ってたんですか」

「どうして他では守っているのに、この公園でだけは、しきたりに従わないんでしょう」

「私が嘘をついてるって言うんですか」

僕は笑みを浮かべ、曖昧《あいまい》に首を振った。「本音で話しませんか。そのほうが楽ですよ。そんなにつんけんしないですみますから」

僕も楽だ。攻撃的な相手に笑顔で接し続けるのは、にわか平和主義者の僕には荷が重い。

カントクは顔を強《こわ》ばらせた。頬が震えた。

「もう、話すことはありません。子供たちを見なければならないので」

ぷいっと横を向いて歩きだす。ブランコの順番を待っている子たちのところにいって、何か声をかけていた。

僕はみんなが待っているところに戻った。

「譲る気はないって。やっぱり、うちの園に対してか、この公園に対してか、何か含むところがあるみたいだな。やたら攻撃的なんだよな、カントク」

「カントク?」暗い顔をして聞いていた辻が、眉《まゆ》をひそめた。

「いや、なんでもない。それよりどうかした。表情が冴《さ》えないよ」

辻はなんでもありませんと首を振った。

「それじゃあ、ひとまず、今日は退散しようか。どこの公園に移りましょうかね。あまり遠くにはいけないもんな。やっぱり、美園団地の公園あたりが無難かな」

「いきません!」

辻が突然、大声をだした。

「――どうしたの」

「ここから、動きません。ここは私たちの公園だから」

「そうだけど、他の園の子たちと交ざるのは好ましくないよ」

辻はうつむいた。

「竹谷《たけたに》先生、私のこと、何か言ってませんでしたか」

「竹谷先生って?」

「星野先生が話していたレインボーの先生です」

「知り合いなの？」

辻は顔を上げて、ブランコのほうに目をやった。

「私、みつばち園にくる前、他の園で働いてたんです。竹谷先生とはそこで一緒でした」

「そうだったんだ。知らなかった」

みつばち園へは新卒で入ったのだと思っていた。

「みつばち園とは違って、先生が二十人もいるような大きな園だったんですけど、一年ももたなかった。先輩たちからいじめみたいに、毎日怒られたり、嫌みを言われたり。なんだか精神的におかしくなって、園にいけなくなっちゃったんです」

辻は強ばった筋肉を解《ほぐ》すように、自分の腕をぎゅっぎゅっと握っていた。

「レインボーがここに居座るのは、きっと私のせいです。私に対するいやがらせなんだと思う。竹谷先生はそういうひとですから」

辻が僕に顔を向けた。ぎゅっと口を結び、目からは強い視線を送りだした。

「私、逃げません。ここでみんなと遊びます。子供たちと元気いっぱい走り回りたいんです」

僕はほとんど何も考えなかった。ただ、心に湧き上がった思いを口にした。

「辻先生、戦いましょう。そうですよ、逃げちゃだめ。戦わないと」

辻は目を丸くし、やがて大きく頷《うなず》いた。

「みんな、お待たせー。遊んでいいぞ。だけど、今日は、タイヤの空き地だけだよ。ブランコや鉄棒のほうにはいっちゃだめ」

えー、と不満の声が子供たちから上がる。今日は年長と年中の七人だけだから、他園と交ざっても、目を行き届かせることは充分可能だった。

「そのかわり、辻先生が、すっごく面白い遊びを教えてくれるって」

「えっ」と、辻が声を上げた。眉を八の字にして僕を見る。子供たちに顔を向けた。

「よーし、辻ちゃんが、すっごく面白い石当て遊びを教えてあげる。ついておいで」

辻はそう言うと、空き地に向かって駆けだした。園児たちも遅れまいとぞろぞろついていく。

いやだな。僕ってやつはなんて単純で節操がないんだろ。早くも崩れてしまった平和主義を惜しむ気もなく、にやにやと笑いながら思った。

ふと目を向けると、カントクがこちらを見ていた。腕を組んだ仁王立ち。僕も駆けだしながら、カントクに向かって爽《さわ》やかに手を振った。

それが僕の宣戦布告だ。

4

ミーティングで、午前中のタイヤ公園でのできごとを報告した。竹谷との因縁は、辻が自分の口で語った。

園長から何か小言を言われるかと思ったが、でたのは意外な言葉だった。

「やるじゃない」

絶対ここは自分の場所だ、と足を踏ん張って主張しないといけないときがあるのよ。そういうのを子供たちは見ているから、と熱く語った。ただし、今日は連れていった園児が少ないからいいが、多いときは安全と遊びの質を考えて引き下がるようにとつけ加えた。

これで園の方針が固まった。いけるときは、ぐいと前にでてもいい。とはいえ、戦うことが目的ではない。午前中は、辻の話を聞き、戦いそのものが目的になっていたが、これからはいやがらせを終わらせるための戦いだ。引き下がらないとわかって、やめてくれればいいけれど。

翌日から雨が続き、外遊びはできなかった。週が明けて、やっと雨が上がった。しかも、本格的な夏を思わせる太陽が顔を覗《のぞ》かせた。初物のぎらぎら太陽を浴びながら勇んでタイヤ公園に向かったが、レインボー保育室は現れなかった。前回、いやがらせに屈しなかったことで、諦《あきら》めたのかもしれない。

翌日の火曜日も晴天だった。風もあって気持ちのいい陽気。ゼロ歳児を除くみんなで朝からちょっと遠出をした。ピクニック気分で川沿いを歩き、水場のあるあかね川《がわ》公園に向かった。

ホームの公園が決まっていても、そこばかりで遊ばせるわけにはいかなかった。子供にとっての遊びは、けっして暇つぶしではない。体を作るための大事な仕事だ。基本は足腰で、走り回ればこと足りる。それはタイヤ公園でも充分鍛えられるが、腕力も必要だし、バランス感覚も養いたい。だから時折、タイヤ公園でできない遊びをさせるため、他の公園にも足を向ける。

あかね川公園はそこそこ広い敷地をもつが、多くは花壇で、遊具が設置された遊び場は住宅街の児童公園ほどの広さしかなかった。ただ、ジャングルジムや鎖のラダーなど、遊具が充実しているのが魅力だ。噴水から流れでた水がせせらぎとなる水場もある。

ここはどこの園のホームにもなっていなかった。ただ、広くはないので、どこかの園が遊んでいたら遠慮するしかないのだが、今日はいちばん乗り。意気揚々と園内に入っていった。

入ってすぐのところに水場がある。そこで遊ぶ子供たちは、さっそく靴を脱ぎ始めた。

水場で遊ぶ子たちの見守りは僕と酒井が務めることになった。小道の先にある遊び場の見守りは、三本木と村上の担当だ。

「おーい、水はかけるなよ」

そう言われて、素直に聞くとは端《はな》から思っていなかった。どうせ濡《ぬ》れても、今日の陽気なら、園に帰り着くまでに乾くだろう。

「うわっ、冷て」

大翔が手ですくった水をかけた。僕はズボンの裾《すそ》をまくって、じゃぶじゃぶとせせらぎのなかに入る。こらー、と逃げる大翔を追いかけようとしたら、酒井に肩を叩《たた》かれた。

「ちょっと、なんか、きたわよ」

酒井が指さすほうを振り返った。

カントクを先頭に、子供たちがぞろぞろ入ってきた。二班にわかれていたようで、そのあとからも入ってくる。今日はベビーカー組はいないようだが、それでもうちよりは多い。三十人はいそうだ。

「こんにちは。よく会いますね」

こちらに進んできた竹谷に声をかけた。軽く頭だけ下げて返事はなかった。

「奥の遊び場にも、うちの子たちがいますよ」

やはり返事はなく、通り過ぎていく。かわりに子供たちが挨拶《あいさつ》をしてくれた。

「ハロー」

「ハロー、エブリバディー」

なぜか英語だった。

「今日は英語の日なのかな」

そう訊《たず》ねてみたら、目がくりっとしたかわいい女の子が、「シャラップ」と答えた。

子供はおしなべてかわいいもの。けれど、英語を話す子供はなんだかかわいくない。

「どういうつもりだろ。むりやり入り込む気かしら」

きつい口調に反し、竹谷たちを追う酒井の目は心配そうだった。

レインボーの一団は小道を進み、遊び場の入り口で止まった。

「どんな状況か確認しにいっただけでしょう。この人数じゃ無理だと諦めますよ」

僕は確信をもって言った。辻はいないし、ホームのタイヤ公園ではないし、いやがらせする理由もないだろうと思った。

「全然はずれ。入っていった」

酒井は、険のある目を僕に向けた。

「この間の仕返しのつもりなのかな」

「あそこはうちのホームでしょ」

「向こうにしてみたらそんなの関係ないですよ」

「それに、人数が全然違う。この間バッティングしたとき、うちは十人もいなかったんじゃないの」

「そうですけど、向こうにとっては、うちが迷惑かけたかどうかも関係ない。追い払えなかったことが口惜しいんです」

「星野先生、なんで向こうの立場にたってばかりいるんですか」

酒井は苛立《いらだ》った声を上げた。

「子供たちがもめ事を起こす前に、なぜか僕たちがもめてますね」

酒井は何も言わず、僕に向けていた顔を遊び場のほうに戻した。

ふたつの園がかち合ったからといって、必ず何かが起こるわけでもない。ただ、狭い敷地にひとの密集度が高くなれば、もめ事が起こりやすくなるのは大人も子供も同じだ。とくに園児は言葉が拙いから、手がでやすい。ここは遊具が多く、順番待ちなど、火種も多い。

「こっちにもくるかしら」

「どうでしょうね」

むしろきてくれたほうが、遊び場の密集度が下がるので、助かる気はする。

「ちょっと、電話をかけて、向こうの様子を訊《き》いてみます」

僕はウェストバッグから携帯を取りだし、三本木にかけた。

ここから、子供たちが駆け回っているのが見える。傍目《はため》には、とくにひとが増えたな、とまでは感じなかった。

「あら、どうも」電話が繋《つな》がると、三本木はいつもの調子でそう言った。

「どうですかそちらの様子は」

「うーん、けっこう厳しいかしらね。もう、滑り台の上がいっぱい。あちらに声をかけてみたんですけど、一時間半だけ遊ばせたら帰ります、とは言うのよ」

それだけ遊ばせれば充分だろう。

「どうかしらね、三十分ももちそうにない気がするのよね。早々に撤収も考えてます。――ああ、だめだめ、もう始まっちゃった」

駆けだしたようだ。三本木の声が揺れた。その背後に子供の泣き声も聞こえた。

「なんか始まっちゃったみたい。いってきていいですか」僕はいてもたってもいられず、酒井に訊ねた。

酒井は人差し指を立てて、大きく腕を振り、ゴー。遊び場のほうを真っ直ぐ指した。僕は濡れたままの足をスニーカーに押し込み、遊び場に向かった。

駆けつけてみると、いたるところで摑《つか》み合いが始まっていた。ほとんど男の子同士だが、年長のミトが、レインボーの男の子と取っ組み合っている。

両園の先生が、止めに入っていた。僕も間に入って、ふたりをわけた。もう大丈夫、落ち着いたと確信がもてて、次に向かう。

カントクがキヨタとレインボーの子を止めていた。僕はすっと間に入って、キヨタを抱き止める。向こうが先に叩いたと主張するキヨタに、喧嘩《けんか》にあとも先もないと一喝した。

「竹谷さん、大人の喧嘩も一緒。あとも先もないので、いやがらせすることについては何も言いません。ただ、子供を巻き込むのはやめてください。それができないなら、保育士をやめてください」

「何、言ってるのよ」

もっと逆上するかと思ったら、それだけだった。自己正当化する気はないらしい。竹谷は子供の手を引いて離れていった。

「レインボーのみんな集まって。帰るわよ。さっさとこないと置いていくから」

竹谷が通る声で叫んだ。

レインボーの園児たちは文句も言わずに集まる。大きい子と小さい子が手を繋ぎ、あっという間に隊列を作った。なかなか訓練されている。人数を確認すると、カントクは子供たちを従え、歩きだした。

もちろん挨拶などない。逃げるようだ、ともいえるけれど、それにしては堂々としている。子供たちにバイバイと言ったら、「グッバイ」と普通に返ってきた。やってきたときに声をかけた目がくりっとした子に、「楽しかった?」と訊ねてみた。

女の子は口を尖《とが》らせ、僕を指さした。

「ユーアードッグ」

なかなか考えさせられる答えだった。

5

子供たちの小競り合い。結果的には、けがもなく、たいしたことはなかった。ただ、公園が過密状態になったのは見逃せなかった。滑り台の上も子供でいっぱいになっていた。誤って落ちたりしたら、大きなけがに繋がる。マナーも守れない、常識のないひとたちに何を言ってもしかたがない。関わらないようにしましょうと、ミーティングで園長が言った。

状況を見ながら、タイヤ公園でバッティングしても引かない方針にかわりはなかったが、数が多いとみたら、何も考えることなく、相手に背を向ける。戦う姿勢としてはかなり後退した。向こうの思惑どおりに進んでいるのだとしたら口惜しいが、子供たちの安全を考えたらしかたがないことだった。

「私のためにすみません」と辻が謝った。

「辻先生が謝ることないですよ」園長が優しく言った。「でも、ほんとに辻先生へのいやがらせでやってるのかしらね」

園長の疑問が、僕の疑問と結びついた。僕が子供を巻き込むのはやめろと言っても、とくに言い訳しようとしなかったカントク。もしかしたら、彼女はやりたくてやっているわけではないのではないか。そんな風にも思えた。

翌朝、登園してきた子供たちや親たちでごった返す時間、雪乃の両親に捕まった。七堀夫妻はふたり揃ってやってくることがたまにあった。他にそういう家族はあまりなく、仲がいい夫婦だなと僕は思っていた。

「星野先生、昨日、何かあったんですか。雪乃が公園で知らないお兄ちゃんに髪のリボンをとられたと言うんです」

父親が落ち着いた声で言った。

前髪が重たく長いのがいつも気になってしまう。この父親には似合っていると思うが、スーツ姿には合っていなかった。

「そうだったんですか。昨日、他の園の子供たちと遊び場でバッティングして、ちょっと混乱してしまったんです」

「なるほど。その園の子にとられたわけですね。雪乃が大事にしているリボンだったんですよ。昨日はうちに帰ってきてから、ずっと泣き通しでした」

父親は低くていい声をしていた。それだけに芝居がかって聞こえた。

「そうか、先生、気づかなくてごめんな」僕はしゃがみ込んで雪乃に言った。「でも、何かされたら、そのとき先生に言おうね。雪乃ちゃん言えるよね」

雪乃は三歳になった。二歳児クラスのなかでも言葉の発達が速く、ちゃんと意思表示ができる。

「困ったな、ほんとに気に入ってたものなので。星野先生、探しにいってもらえますか」

父親はすまなそうに頭を下げる。隣の母親もだ。そんなすまなそうな顔をするぐらいなら、頼まなければいい。普通は頼まない。そうは思ったけれど、昨日のもめ事に、引け目を感じた僕は、わかりましたと了解した。

「帰りにでも、見てみます。男の子ならリボンをもち帰ることもないでしょうから、落ちているかもしれない」

「もし見つからなかったらどうしますか」

僕は思わず「はい？」と訊き返した。

「大事なリボンなんです。見つからなかったら、園としてはどういう対応をしてくれるんでしょう」

父親は特別、どうということもない表情をしていた。どちらかといえば、隣の母親のほうが普通ではない。ご主人の横顔を一心に見つめ、微笑んでいた。

「とられたリボンですよね。どう対応しましょうかね。どうしても、何かして欲しいというのでしたら、向こうの園に、そういうことがあったと報告してもいいですけれども」

僕は何もするつもりはないということを、遠回しに伝えた。

「それじゃあ、何もしないのと同じ気がするのですが」

ちゃんと僕の言葉を理解してくれたようだ。

いったい、何が望みなのかわからない父親は腕を組んだ。朝の忙しい時間に、長々と話を続けるつもりなのだろうか。

「ねえ先生、リボンって、雪ちゃんのリボン？」

階段から下りてきたキヨタが言った。

「そうだよ。何か知ってるの」

「昨日、コウヘイってやつにとられた。年長だけど、全然弱いんだよ」

「リボンをどうしたか知ってる」

キヨタはしばらく考えたが、わからないと答えた。

父親に目を向けると、思案げな顔をしていた。すぐに、笑みを浮かべる。

「ところで先生、バッティングした園というのはどこの園なんですか」

「レインボー保育室というところです」

父親は母親に顔を向けた。

「知ってる。パートの西崎《にしざき》さんの子供が通ってる」

「じゃあ、そっちの線のほうが、脈ありじゃね？」

なんだかわからないことをふたりでごちょごちょ話し、こちらに顔を向けた。

「すいません、忙しいときに長々と。やっぱり、リボンを探すのはいいです。自分たちで探してみますので」

娘にバイバイを言い、失礼しますと踵《きびす》を返す。仲良く腕を組んで、でていった。

「何かあった？」

部屋に入ると、酒井が訊《き》いてきた。僕は雪乃のリボンの話を聞かせた。

「なんなんだろう、あそこの夫婦は。モンスターっぽさが、ちらちら顔をだすけど、そう言い切れるほどのクレームはこれまでない」

酒井は、早くもおもらしした千夏《ちなつ》の着替えを手伝いながら言った。

「モンスターに化けそうな気配があっても、人当たりは悪くなかったですね」

感じのいい夫婦という第一印象に、僕はまだこだわっていた。

「仲もいいですよね。夫婦揃ってときどき送り迎えにくる。他にいませんもんね、うちの園で」

「仲がいいって話じゃないですけど」酒井は硬い声で言った。「雪乃ちゃんのお母さん、ご主人をひとりで園にやるのが心配なんですよ。女性にちょっかいだすんじゃないかって。それでついてきてるんだと思う」

「お父さん、ほんとにそんなことしてるの」

「食事にいきませんかって、誘われました」

「酒井先生を誘ったんですか？」

驚きすぎただろうか。怖い目で睨《にら》まれた。

「私も誘われましたよ」さっきまで部屋の隅にいたはずの辻が、いつもながらのタイミングのよさで、話に飛び込んできた。

「断ったら、レストラン予約しちゃったのにな、困るなって、ずっとぶちぶち言ってました。困るのはこっちなんですけどね」

辻に声を落とすように言った。まだ園内には父母が残っていた。

「それを雪乃ちゃんのお母さんは知ってるんですかね」

「どこかから耳に入ってると思う。でもたぶん、それを注意したりしないんでしょ。お母さん、ご主人にべたぼれだから」

「うちの主人って、みつばち園のお父さんのなかでいちばんかっこいいですよねって、よく口にしますもんね。エリア設定の狭さというか、身近さが、本気度を物語っている気がしてならないんです」辻はそう言って、ぐったり疲れたような顔をした。

「ひとを好きになるって怖いな。かっこよく見えちゃうんだね。きっと女性は、愛するより愛されるほうが幸せになれるような気がするな」

辻と酒井が押し黙った。強い視線が向かってくる。

僕の恋愛論なんて、どうせただの上っ面。実際、ふと思いついた言葉を口にしただけだった。

わかったようなこと言わないでと酒井に説教されそうな気がして背を向けた。そっとふたりから離れていく。

背後で、ふーっと大きな溜息《ためいき》が聞こえた。

6

雪乃のリボンのことなどすっかり忘れていた翌週の月曜日、園児がすべて退園した六時過ぎから、緊急のミーティングが開かれた。

園長は珍しく怒っていた。怒りが募って頭痛がするらしく、しきりにこめかみを押さえた。

「ほんとに、あったまにきちゃう。雪乃の父さんはいったい何かんがえてるんだろ。レインボーの園長も、ほんといいがかりばっかり。だけどなんにも言えないのが口惜しいのよ。——ああ、ありがとう。もう大丈夫」

肩も凝るというので、辻が園長の肩をもんであげていた。

「とくにみなさんに、どうこうして欲しいということはないです。ただ、こういうことがあったと、周知させておきたかったの。まあ、レインボーに関わるとろくなことにならないというのはあるわね。もうあそことは、ほんとに関わらないで」

負けか。僕はそう考え、ふーっと息をついた。とくに自分たちが敗因を作ったわけでもないから、しかたがないなと諦《あきら》めることはできた。

雪乃の父親は先週の土曜日、雪乃のリボンをとった、レインボー保育室のコウヘイの家に乗り込んでいったそうだ。娘が大事にしているリボンをどうしてくれるんだと言って、コウヘイの親をあかね川公園に引っぱっていった。そこで探せといっても、もう四日もたっているから見つかるわけはなかった。すると雪乃の父親は、同じものは手に入らない、どう誠意を見せてくれるのかと、コウヘイの親に迫ったそうだ。

雪乃の父親は、とくに脅すような感じではなかったという。ただ、普通の顔をして非常識なことをするのが不気味で、コウヘイの親は金を渡してさっさと帰ってもらった。いくら渡したかはわからない。

今日、コウヘイの親がレインボー保育室にそのことを話し、それで園長同士の電話会談となった。

向こうの園長は、いったいどういう教育をしているんだといわんばかりに、雪乃の父親の行動に対するうちの園の監督責任を責めたてたようだ。もちろん園に親の教育義務などあるわけはないし、監督責任だって本来はない。ただ今回のような場合、まずは園同士で連絡を取るのが普通で、トラブルを認知していながら何の対応もとらず、被害者の親を加害者のところにいかせてしまったという構図の上では、監督責任云々と言われてもしかたがなかった。つまりはあのとき、僕がもっと踏み込んだ対応をすればよかったのだ。そのへんを深く反省していた。

井鳩園長は謝罪しつつ、そもそもの発端は、レインボーがあとからきて子供たちを遊ばせ、場を混乱させたことにあると事実を指摘した。しかし向こうは、ことの発端を作ったのはおたくのほうで、タイヤ公園であとからきて遊ばせたのが悪いと主張した。それ以上言っても水掛け論になるし、雪乃の父親のことで負い目もあるので、園長は引き下がらざるを得なかった。

園長の口惜しさは、僕らみんなの口惜しさだった。口惜しさを晴らすためにできることはないが、気持ちを分かち合うことだけはできた。

「こういうのは、奥さんも知ってるのかしらね。せめてお母さんだけは、常識があって欲しいと願うばかりよ」

園長はかぶりを振って、そう言った。

「残念ですけど園長、お母さんも知ってますし、悪いことだとは思っていないようです」

酒井が気怠《けだる》い声で言って、スマホをみんなの前に差しだした。

「これ、雪乃ちゃんのお母さんのツイッターなんです。先週の土曜日のツイートに、そのことについて呟《つぶや》いていると思われるものがありました」

みんなで額を寄せ、目を凝らした。そこに書かれていたものを見て、溜息が重なった。

〈うちのパパさんカッコイイ！　男気見せて、二万円ゲット〉

〈臨時収入で今日はお寿司。パパさんありがとう。ユキちゃんも、いつかパパの愛情のすごさをわかる日がくるかな〉

男気の意味が違う。話のどこらへんに愛情が絡んでいるのかわからない。僕はなんだか怖くなって、心のなかで、ひたすら突っ込みをいれ続けた。

ひとを好きになるのは、本当に恐ろしいことだ。

7

翌日の帰り時間、七堀夫妻に園にきてもらって園長が話をした。

父親はひとを傷つけたら誠意を見せるのが当たり前と開き直った。あるいは、本気でそう思っている。母親は、娘を思う気持ちから相手のところにいったのだと夫を庇《かば》った。あるいは本気でそう信じている。園長は、ではもし雪乃がひとを傷つけたとき、同じように誠意を見せなさい、さもないとただのゆすりたかりと一緒になると、最後に言ったそうだ。そのときの話をしてくれた園長は、明らかに徒労を感じていた。

色々いやなこともあるが、そんなものも焼き尽くしてしまうくらい、日差しの強い日が続いた。朝やってきた辻は、大きく伸びをして「サマーッ」と叫んだ。何か昨日とは違うものを見つけたような、吹っ切れた声だった。

「今日はどこへいく」

木曜日、また辻とふたりで年長、年中の外遊びを任された。スニーカーに足を突っ込み、玄関をでながら僕は訊《たず》ねた。

「やっぱり、またいってみます？」

「いいけど、もしレインボーがいたら、回れ右して、退散しなければいけないんだよ」

「いいです、もう勝ち負けとかは。この間、星野先生と居座っただけで、けっこうすっきりしました」

「そう、ならよかった。結局、戦おうなんて言ったのが間違いだったんだろうな。ホームを守る必要もあったけど、辻先生の過去の因縁がらみで鼓舞するんだったら、意地を見せてやろうぐらいでよかったのかもしれない」

にわか平和主義になんかなっていたから、振り幅が大きくなってしまったのだろう。

「でも、星野先生の戦おうって言葉、じーんときましたよ。すごく嬉《うれ》しかったし、力が湧いた」

僕は無言で頷《うなず》き、正面を向いた。

「あの、星野先生に恋したりしてませんから。勘違いしないでくださいね」

「なんで、いつもそういう話になるのかな」

きっと照れ屋なのだろう。僕と一緒だ。

タイヤ公園に先客はいなかった。午前中でも日差しは肌が焼けつくほど強烈で、一時間ほど遊んだだけで、園に戻ってきた。

門の手前まできて、園の敷地のなかに男の姿があるのに気づいた。玄関の前でうろうろする怪しい男。僕が門を入っていくと、こちらを振り向いた。泥棒よりも会いたくない人物だった。

「何か用ですか」

声をかけると、ポロシャツの裾《すそ》をズボンのなかにきっちり入れた男は、近づいてきた。

「また話を聞かなければならないことがあってね」

けっして友好的ではない笑みを浮かべて言った。市議会議員の近藤よしはるだ。

「いつも気のきかない時間に現れますね」

「こっちも忙しいもんでね」

辻が子供たちを連れて園舎に入っていった。

「僕のところには色々と保育関係の情報が集まってくるんだ。君のところは、レインボー保育室ともめているらしいな。ひどい迷惑をかけたとか」

「それ、情報が集まってくるとかじゃなく、ただレインボー保育室のひとから聞いただけでしょ。そんな小さな話が色んなところに広まってるわけありませんから」

近藤は驚いたように目を見開き、むっとした表情を見せた。

「で、それが近藤さんに、何か関係があるのですか」

「保育に関することは、なんだって僕の範疇《はんちゅう》だ。君のところには、ひどい親御さんがいるそうだね」

「そういう話はしたくありません。個人情報に関わりますし、そもそも、保護者のしたことは園の責任の範囲外ですから」

「保護者のケアも保育園の仕事ではないのか」

「子育てに関わる全般的な相談、支援をするという意味です。保護者に目を光らせてなきゃいけないわけじゃありません」

保育所保育指針の第六章だ。ここのところ、市の保育士採用試験に向けた勉強になかなか手がつけられなかったが、すっとでてきたのでほっとした。

「まあいい、話はそのことじゃないんだ。公園でトラブルをおこしたそうじゃないか」

「おこしていないですよ。おこしたのはレインボーのほう。マナーの悪い保育所で、大勢であとからきて、そのまま居座ったんです。あんなに大勢の子供が一緒になったら、混乱が起きるのは当然です」

「当然？　聞き捨てならないな」近藤はにやりと笑って言った。「混乱が起きないように、人員配置をするべきなんじゃないか。レインボー保育室から聴取したところによると、君のところの保育士が少なすぎるんじゃないかということだ。それで混乱が起きたと言ってたぞ。ふたりしかいなかったと」

「ベテランの先生ふたりでしたから、充分だと思いますよ」

僕は涼しい顔で言いながら、まずいことになるのではないかと恐れた。レインボーは思った以上に執念深く、頭も切れるのかもしれない。

「充分？　その場には三歳児以上の子もいたと聞いたよ。つまり認可外の子だ。保育士は別々のはずだから、認可外と家庭保育室、それぞれひとりしか保育士がついてなかったってことだよね」

「それぞれわけて考えると——わけて考えるのが当然ですが、子供たちも少なくなるので、ひとりの先生で充分だと思いますよ」

「本当に別々にみてたの。ふたりの保育士で、認可外も家庭保育室もまとめてみてたんじゃないのかな」

近藤は細く整えた眉《まゆ》を上げ下げし、とてもいやらしい表情を向ける。

「違います。それぞれの保育士が、担当する子供たちをみていました」

「子供たちが交ざり合って、一緒になって遊んだらわからなくなるだろ」

「犬や猫じゃないんだから、はっきりわかります」

目を見開き、驚いた表情の近藤は、鼻の穴まで広げてわざとらしかった。いやらしいというより、おぞましいと呼べるレベルで、さすがに僕もたじろいだ。

いったい、この男は何を問題にしようとしているのだろう。

「つまりは、子供たちが交ざり合っていたことを認めるんだね。家庭保育室と認可外の子たちが一緒に遊んでいるんだな」

「一緒に遊ばせたらまずいですか」

「いいわけないだろ。家庭保育室と認可外は別々に保育するのが決まりだ」

「それは園内施設での話です。園外でも一緒に遊んではいけないんですか。じゃあ、別々の保育園が公園でたまたま一緒になって、子供たちが仲良く遊んだら規則違反になるんですか。そんなはずないですよね。それぞれの保育士が見守っていれば問題ない。考えればわかることです。もっと勉強してください」

「何、言うんだ。僕は保育の勉強しかしていない君にくらべたら、かなり勉強している。そこそこ名の知れた大学を卒業してるんだ」

「近藤議員、それ間違いですよ」

サンダルをつっかけ、でてきた辻が、突然、話に入ってきた。

「星野先生は一度企業に勤めてから保育士になったんです。けっこうエリートなんです」

そう言って僕の出身大学を教えた。

近藤は気まずげに視線をそらす。

「どこの大学をでたかなんて、仕事には関係ないなあ」僕は当然のことを口にした。

「その言葉って、一流の大学をでたひとじゃないと言えないですよね。かっこいい」

変な抑揚、最後は棒読み。近藤への当てつけであり、僕への嫌み。辻は芸が細かい。

「とにかくだ、一度、市の立ち入り検査をしたほうがいいかもしれないな。そうすればはっきりする」

「ちょっと、なんでそんな——」

それはまずい。さらにこの男は、自分も立ち会うなどと言いだすのではないか。やはり、以前に怒らせたことを根にもったようだ。

「慌てることないだろ。なんの問題もないなら、堂々と公開したらいいじゃないか」

近藤は額の汗を指で拭《ぬぐ》い、それを口へ——ぺろっと舐《な》めた。

焼け付くような太陽の下、僕は寒気を感じた。

8

園長に近藤とのやりとりを報告した。園長はうろたえることなく大丈夫と言った。

「立ち入り検査といっても、抜き打ちでやるわけじゃないから、そのときだけ体裁を整えておけば問題なし。もともと秘密ってほどでもないんだから。保育課の現場の職員はみんな知ってるし、入園希望者の見学のときもすべてオープンに見せているぐらいよ」

「でも、近藤が自分も立ち会うとか言いだしそうですよ」

園長は、うーんと唸《うな》り、首を傾げた。「議員が立ち会うことはできるかもしれないけど、そこまではやらないんじゃない。そもそもうちを本気で潰《つぶ》そうと思うなら、あらかじめ立ち入り検査の話をして、心の準備をする余裕など与えないと思うのよ」

残念ながら、近藤はそこまで頭が回りそうな男ではなかった。それだけに何をするかわからず、怖い。

翌日もタイヤ公園にいった。日差しが強いため、なるべく歩かずにいける公園と考えると、どうしてもそこに足が向く。

昨日同様、先客はいなかった。遊具も少なく、もともと不人気な公園なのだ。けれど僕はけっこう気に入っている。遊具に頼らず、考えて遊びができるし、でこぼこの地面はけつまずきそうでスリリングだし、奥の茂みは何かが潜んでいそうで恐ろしげ。ただ遊ぶだけではすまないのがいい。ひとつ残念なのは、いい枝振りの木があるのに、木登り禁止なこと。

今日は酒井と村上と僕の三人で二歳児以上を連れてやってきた。

僕はタイヤの上を走り回る鬼ごっこに参加した。強い日差しがじりじりと頭を熱した。帽子を忘れるなと子供たちにさんざん言っていたくせに、自分がかぶってくるのを忘れていた。五分も動きまわったら、水浴びしたみたいに汗びっしょりになった。二十分ほどして、そろそろ休憩にしようかと考えていたとき、近くにいた村上が僕を呼んだ。

「星野先生、きましたよ」

僕は足を止めて振り返る。後ろからきた大翔にどんと押され、タイヤから落ちた。頭がくらっときた。公園の入り口のほうに向き直り、目を細めて見た。

白っぽく乾いた土から、陽炎《かげろう》が揺らめき、立ち昇っていた。そのなかをカントクを先頭に、レインボーの子供たちがやってくる。

ざっざっと小石を踏みしめる音が聞こえた。いや、本当に聞こえたのかはわからない。ただ、そんな音がしそうな重い足取りに見えた。

「早くも退散しなきゃですね」

村上はどうしようもないとばかりに眉を上げた。

僕は歩きだした。ざっざっと足音を立てているつもりになって、一歩一歩、竹谷に近づいていった。

「なんの用?」

立ち止まった竹谷は、腰に手を当て首を傾げた。

「そちらこそ、何しにきたんだ」

僕も立ち止まる。ふたりの間に風が吹き抜け、砂埃《すなぼこり》がひゅるひゅる舞い上がった――気がした。

「なんなのよ。やけに喧嘩《けんか》腰《ごし》じゃない」

熱い熱い、頭が焦げつきそうだ。

「子供たちを巻き込むなと、この間言ったはずですよ。レインボーさんは運動公園のほうが近いでしょ。いやがらせするために、わざわざ五分も長くこの炎天下、子供たちを歩かせたんですか」

「なに言ってんの。まだ日は高く昇ってないわよ。ちょっとぐらい長く歩いたからって……」

竹谷は子供たちのほうに顔を向けた。「みんな遊んでいいわよ。お水をときどき飲んでね」

わーっと声を上げ、子供たちは散らばり始める。先生たちは日陰を求めてか、木のほうに足を向けた。

「ひととして、保育士として、情けなく思わないんですか。そんな暇があったら、もっと子供たちに向き合ってください」

僕は内に溜《た》まった圧力に押しだされるように、言葉を吐きだした。

竹谷の顔がぐしゃっと歪《ゆが》んだ。汗が光った。

「暇？　あたしが暇だって言うの」

とんがった声が裏返る。たじろいだ僕は、一歩足を引いた。

「いやがらせする暇があったら、と言っただけなんですけど」

「暇？」声を上ずらせてまた言った。「ばっかじゃないの。保育士にそんなものあると思ってんの。どんだけ仕事があると思ってんだよ。月案作って七夕の準備。やってもやっても終わらない。毎日、夜中まで残業だよ。ジャンピング天の川をひとりで作ったの、あたしだよ。わかってる？」

「そんなの知りませんよ。──ジャンピング天の川ってなんです？」

竹谷に両手でどんと胸を突かれた。後ろによろけた。

「あんたみたいな若造は、なんにもわかってないんだ。それで残業代がでると思ったんでしょ——笑っちゃう。まったく、なんなの。これ以上あたしに、何しろっていうの。保育士として情けないですって？　これが保育士でしょ」

竹谷がまた胸を突いた。僕は大きくよろけたけれど、踏みとどまった。

「これが保育士って、どういうことです。いやがらせするのが、当たり前だっていうんですか。そんなわけないでしょ。僕たちは子供たちの手本にならないといけないんだ。それが保育士だっていうなら、僕は保育士なんて——」言葉を止めた。

竹谷ははあはあと息をつき、虚《うつ》ろな目をしていた。話が耳に入っていない感じだ。そもそも僕に言われなくても、自分が間違っていることぐらいわかっているはずだ。

竹谷が忙しいのはよくわかった。けれど、彼女の憤懣《ふんまん》はそれだけではないだろ。

「ちょっと、何やってんのよ。子供たちの前でみっともないでしょ」

酒井が間に入り、僕の腕を摑《つか》んだ。

僕はあたりを見回した。子供たちはこちらに目を向けることもなく、遊び回っている。ただひとり、先日の目のくりっとした女の子が傍らに立っていた。じっとこちらを見ている。「ハロー」と声をかけたら、「ニーハオ」と返ってきた。

「頭、おかしくなった？」

低い声で訊《たず》ねる酒井に、僕は迷うことなく頷《うなず》いた。

この暑さにやられたのだ。きっと竹谷も一緒だろう。ほつれた髪が額に張りつき、目が据わっている。まるで熱病にでも冒されているみたいだ。

頭がおかしくなってはいるけれど、自分が何をやっているかはわかっていた。僕は辻に戦おうと言ったのが間違いだったと話したが、それも間違いだと気づいた。ちゃんと戦わなかったのがいけなかったのだ。だから僕は戦いを挑んだ。それだけだ。

「さあ、帰りましょう。これ以上いたら、私までおかしくなりそう」

酒井に腕を引かれ、竹谷に背を向けた。

「ちょっと待ちなさい。このまま帰る気？　仲直りしていきなさいよ。子供が見てるでしょ」

僕は足を止めた。女の子に目を向け、竹谷に視線を移した。

「子供の手本になるんでしょ」

竹谷の顔が引きつっている。無理に笑おうとしているのかもしれない。

「まあ、そう言うのでしたら、いちおう仲直りということで」

僕は引き返し、手を差しだした。

「色々言い過ぎました。本心ですけど」

「こちらこそ、色々――」

竹谷は手を握った。ようやく、笑みっぽいものが顔に表れた。

「私は、嘘がいっぱい」

握る手に力がこもった。ぐいと腕を引っぱられ、体が前につんのめる。竹谷の顔が近づいてきて、嚙《か》みつかれる、と思った。

「市議会議員の近藤を知っているわよね」竹谷が耳元で囁《ささや》いた。

なんで近藤の名前がでてくるんだ。僕は戸惑い、とりあえず頷いた。

「近藤とうちのオーナー、高校が同じで親友らしいの。みつばち園へのいやがらせは近藤の意向だと思う。近藤がうちの園にやってきて、オーナーとごちょごちょ何か話していた。そのあとオーナーにいやがらせするよう指示されたから」

ええっ、そういうことなの。


園に帰り、近藤に電話をした。三十分以内にこないと、あなたがうちの園に対してしたことを公にすると脅したのだが、やってきたのは四日後だった。

近藤は、レインボー保育室のオーナーと親友であることは認めたが、あとは知らぬ存ぜぬで通した。竹谷も近藤がオーナーに指示をするところまでは聞いていなかったので、それ以上はこちらも問い詰めることはできなかった。

ただ、終始、物腰が柔らかかったのは後ろめたいことがあったからだろう。帰り際、あらぬ疑いをかけられぬよう、これまで以上に保育関係のみなさんのために頑張ります、と殊勝な顔をして言った。もちろん、レインボー保育室のいやがらせは、それ以降ぴたりと止まった。

竹谷のいやがらせが自分に向けられたものではないとわかったところで、辻に何か変化があるわけではなかった。すでに吹っ切れていた辻は、戦いなどまるで無縁な日常に戻っていた。仕事中、夏の旅の計画を考えていたりするが、きっとそれでいいのだと思う。

僕はといえば、腹は立ったが、近藤に対する怒りは最初から燃え上がらなかった。たぶん、戦う相手が同じ保育士ではなかったとわかって、気抜けしてしまったのだろう。それと、竹谷の血を吐くような言葉を聞いたせいかもしれない。たとえいじめをしていようと、うちの園にいやがらせしようと、僕の胸を突きながら言った言葉の真実味は失われない。

結局竹谷も戦っていた。僕が戦っている相手とは違うだろうが、戦いのなかにいるのは間違いない。戦いなんて言葉は保育園にそぐわないと思ったが、現実は色んなところで、戦いが繰り広げられている気がした。

この職業はどこかが間違っている。僕が公務員を目指さなければならないことを含めて、間違っている気がした。とはいえそれをしっかり判断できるほど、まだ働いてはいなかった。まずは戦いながらでもなんでも、働き続けること。それに、採用試験の勉強もしなければ。

夏は短い。あっという間に、秋がきてしまうだろう。僕は始まったばかりの夏を惜しむように、「サマーッ」と叫んでみた。

4　辛口ハニー

1

夏を制する者が受験を制す。

受験界に伝わるその格言に、僕はなんの疑いももっていない。そもそも、僕が受ける彩咲市の保育士採用試験は、九月の終わりに筆記の一次試験が実施されるのだから、いまやらなきゃ、来年、頑張るはめになる。

冷房のきいたファミレスで、テーブルに参考書を積み上げていた。八月最初の日曜日。降り注ぐ夏の日差しは海や川へと誘っていたが、僕は誘惑を余裕ではねのけ、勉強をしにやってきた。しかし、積み上げた参考書を開くことはほとんどなかった。最初にぱらぱらとめくり、おおよそ記憶していることに安心してしまって、八月の誕生日会の準備を始めたら止まらなくなった。

今月の誕生日会の担当は僕だった。八月は他にイベントはなく、しかも初めての担当なものだから、気合が入っていた。いつもは月末に行われる誕生日会だが、八月末では暑さも和らぎ、夏のイベントとしては弱い。八月生まれを祝うなら、太陽がぎらぎら輝く夏の盛りが相応《ふさわ》しいと僕が提案し、お盆休み後に行われることになった。準備期間が少なく、自分の首を絞めることになったものの、自分が仕切る初めての誕生日会を心待ちにしていた。

プレゼントとバースデイカードを作るのが担当の主な仕事だ。当日は西原さん手作りのお菓子を食べながら、みんなで歌をうたって四人の八月生まれをお祝いする。部屋の飾り付けや歌のセレクトはするが、準備が必要なだしものとかはなかった。

バースデイカード作りはなかなか難しい。「誕生日おめでとう」という言葉は入れるけれど、字が読めるわけではない子供たちに、お祝いの気持ちを伝えるにはどうしたらいいか。それぞれに名前を書いた四枚のカードを並べて僕は悩んでいた。誕生日に関するものであることを示すため、バースデイケーキの絵は必須《ひっす》だろう。あとは、笑顔で拍手をする、僕の顔でも描いてみようか。あるいは、それぞれの子が興味をもっていそうなものがいいか。いずれにしても、意図したとおりのものが描けるかどうかは運しだい。

県道沿いにあるファミレスは昼時を過ぎて、すっかり客が減っていた。考えごとをするには適した環境で、うるさくもなければ、眠気を誘うほどに静まり返っているわけでもない。ひとまず、カードの中心にバースデイケーキの絵を描いてみようとペンをもったとき、店の奥のほう――喫煙席のほうから剣呑《けんのん》な大声が聞こえた。

「ふざけんな。もう二度と連絡してくんな！」そう言いながら、男が喫煙席のほうからでてきた。長髪をなびかせ、肩を揺すりながら歩く。いくら夏でも、焼きすぎでしょ、というくらいに肌が黒く、顔の造作がよくわからなかった。

男を追って、女がでてきた。待ってと叫びながら駆けてくる。男に追いつき、腕を摑《つか》んだ。男は振り向きざまに、女の肩を突いた。女は倒れ込み、テーブルの陰に消えた。男はそのまま早足で進み、エントランスをでていく。僕は倒れた女性が気になったが、ウェイトレスが駆け寄るのを見て浮かした腰をソファーに戻した。

昼下がりの痴話喧嘩《ちわげんか》。このあたりではそんな光景も珍しくない気もするが、実際に目にするのは初めてだった。あの女性は突き飛ばされた上に、支払いもしなければならないんだなと、男がでていったエントランスに目をやりながら、僕はぼんやり考えていた。

ウェイトレスに支えられるようにして、女は立ち上がった。たぶん、大丈夫ですとでも言ったのだろう。すぐに、ウェイトレスは離れていった。女はうつむけていた顔を上げ、歩き始めた。顔にかかっていた髪を乱暴に払った。

僕は驚きに目を丸くして、彼女を見た。

あの顔は——。

2

「いただきます」の元気な声が園舎に響きわたる。みんないっせいに箸《はし》やスプーンを手にし、食事にくらいついた。

保育士たちも、給食担当の西原も、みんな一緒に卓を囲む。まだひとりで食べられない子もいるから、保育士たちは世話をしながらになるが、自分たちの食事が片手間になっても、みんなで同じものを一緒に食べるのは、家族のような一体感があっていい。

みつばち園の子たちは、食欲旺盛《おうせい》だった。がつがつと食べる姿は見ていて気持ちがいい。生きる力が溢《あふ》れているようで、僕は遊ぶ姿と同じくらい好きだった。

もちろん、みんながよく食べるのは、西原さんの食事がおいしいからだろう。化学調味料など使わず、しっかり出汁《だし》をとって作った料理は大人が食べてもおいしい家庭料理だった。正直にいえば、かなりの薄味で、外食に慣れている僕にはもの足りなく感じたりもするが、それでも、出汁や食材そのもののうまみはわかる。園児たちは食べ慣れているから、子供の舌であっても、その繊細な味わいを感じ取ることができるのだろう。

方針としてとくに力を入れているというわけではないが、食にこだわりのある西原が先頭に立ち、みつばち園での食育への対応はばっちりだった。

僕は魚の煮付けに箸を伸ばしながら、スプーンが止まっていた樫村祐輔を促した。祐輔はスプーンで茶碗《ちゃわん》をこんこんと叩《たた》いてから、ご飯をすくった。僕は魚の身を口へと運ぶ。もちろん、魚の小骨を事前に取り除いたりはしてない。最初は注意が必要だが、年中や年長になれば、僕よりうまく口のなかで小骨をより分けることができる。

「おい大翔、なんでほうれん草を残してるんだ」

ごちそうさまと、力強く宣言した大翔に僕は言った。

他は綺麗《きれい》にたいらげているのに、ほうれん草のおひたしだけが皿の上に残っていた。

「だっておいしくないんだもん」

「そんなことないだろ。栄養になるんだから、ちゃんと食べなきゃだめだ」

カリフラワーでもにんじんでも、いつも残さず食べる大翔だから、これくらい食べられないはずはないと思った。

「いやなら食べなくてもいいわよ」

嗄《しわが》れた声で横から言ったのは西原だった。

「いいんですか」僕は驚いて、西原のほうに首を突きだした。

「しかたないでしょ。食べたくないいんだから。おいしくないものを、無理に食べる必要はないの」

「そんなものですか」

西原は結んだ口をへの字に曲げ、大きく頷《うなず》いた。

西原こそ、だされたものは残さず食べなさいと注意しそうなタイプだったから、意外に感じた。

「でも大翔、あなたは前はほうれん草を残さず食べていたでしょ」西原は大翔に訊《たず》ねた。

「前は食べれたけど、嫌いになった」

「そうなの。ならしかたないわね」西原はあっさりと言った。「だけど、最後に一口だけ食べてくれないかね。ちょっとでいいから」

大翔はそう言われて、気は進まなそうだったが、箸でちょこっとつまんで口に運ぶ。

「どんな、味がしましたか」

「なんか、土の味」

「ああそう、そこがいやなのね。じゃあ、今度は別の味がするように作ってみるから、そのときは食べてね」西原は言った。

そこがほうれん草のおいしさでしょ、と言いそうな気がしたから、ますます意外だった。

食事が終わり、布団を敷き詰め、お昼寝の時間に入った。今日は月初めの月例会議だった。連絡帳を書く手を休めて、園長の話に耳を傾ける。熱中症対策を再確認し、来月の行事の担当者を決めた。最後に、今月唯一の行事である誕生日会の進捗《しんちょく》状況を、担当者である僕に訊ねた。

僕はプレゼントの作製はすでに終わっていることを、胸を張って報告した。

「昨日、県道沿いのバニーズにいって、半日がかりで作ったんです」

「あらそう、それは頑張ったわね」

右隣に座る酒井が言った。もちろん、嫌みな感じだ。

「景子先生、よく考えてください。四人分ですよ。それを半日で作るというのは、かなり流れ作業的で、イージーな感じがしませんか」左隣の辻が言った。

「子供たちへの愛情が薄いのかな。ぱっぱっと作っちゃえって、感じかもね」

「あのね、批判するなら、できあがったものを見てからにしてくれませんか」子供たちを起こさないよう、抑えた声で僕は言った。「なんですか、また僕を挟んで嫌みったらしい。今月は僕に辛《つら》く当たる月間目標でも立てたんですか」

「前から気づいていましたけど、星野先生、勘がいい。当たりです」辻が嬉《うれ》しそうな顔をして言った。「星野先生が働き始めてもう四ヶ月ですもんね。そろそろ気が緩むころかなと思って、緊張感を与えてあげましょうと景子先生と決めたんです」

私たちって、なんて優しいのかしらと、僕を挟んで酒井と辻は互いを称《たた》え合う。

「なんでもいいですけど、僕は休みの日に仕事をしたことを自慢したかったわけではないです。まだ、話の続きがあるんですよ」

少し声が大きくなった。副園長の三本木が唇に指を当て、しーっとやった。

「実は昨日、バニーズである場面を目撃してしまったんです。ひとの秘密をこんなところでべらべら喋《しゃべ》っていいものか、いまも迷っているんですが」

「秘密ですか？　気になる。聞かせてください」

辻がパートの村上と肩を寄せ合い、好奇心に満ちた視線を送ってくる。こういうのがいるから、どうしようか迷うのだ。

「星野先生、園児の家庭に関することなんでしょ」園長の井鳩が言った。「気になることがあるなら、話してみてください。大丈夫、誰も漏らしたりしませんから」

僕は眉間《みけん》に皺《しわ》を寄せ、牽制《けんせい》するような視線を辻に向けた。

「実は昨日、祐輔のお母さんを見かけたんです。詳しいことはまったくわかりませんが、男ともめている感じでした」昨日見た一部始終を話した。

ファミレスで男に突き飛ばされたのは、樫村祐輔の母親だった。このところ園にやってくるときと同じく、短いスカートをはいて、明るいメイクをしていたが、園では見せることのない、生気のない表情をしていた。あのあとすぐに帰っていったが、まるでふわふわ浮いているような足取りでレジに向かった。

「二度と連絡してくるなと言ったんですね。つまりは別れ話ってことになりますね」

園長が顔を曇らせて言った。

「そうともとれますが、ただ喧嘩《けんか》をして、いっときの感情でそんな言葉を吐いた可能性もあります」

「別れ話だとしても、その後仲直りした可能性もありますもんね」

辻はガールズトークなみの弾んだ声だったが無理にそうしているようにも感じた。

「そんなのんきなこと言ってる場合じゃないでしょ。こういうときは、悪いほうに考えるの。ユウちゃんを守ることを考えないと」

酒井の言葉が強く響いた。早くも戦いの顔になっている。

「そうね、酒井先生の言うとおり。最悪の場合を想定しておくべきね。星野先生、話してくれてありがとう」

園長の言葉は意外にも穏やかだった。子供たちの寝息とシンクロするような声だった。

3

園のなかで最も注意を要するのが、樫村祐輔の家庭だった。母親とふたり暮らしの母子家庭で、育児放棄、虐待の恐れありとして、祐輔の様子を日々観察し、定期的に市の保育課に報告をしていた。

ここのところ母親の機嫌はよく、祐輔を観察していても育児放棄や虐待の兆候は見られなかった。それは、男との関係がうまくいっているからだろうと、園長はみていた。感情の浮き沈みが、つき合っている男との関係に左右されたことが以前にあったそうだ。今回も、もし男との仲が破局を迎えたのだとしたら、母親の機嫌はいっきに下降線を辿《たど》る。祐輔への虐待が再開しないか心配だった。

その日の朝は、誰も祐輔の母親を見ていなかった。気づいたら、祐輔は着替えをもって園舎にいた。帰りも、お迎えラッシュの時間にきて、さっさと祐輔の手を引いてでていこうとした。園長が見つけて声をかけたが、無視してそのまま帰ってしまった。

本格的な問題行動の兆候が翌朝、はっきりと確認できた。

いつもどおり、辻とふたりで駆け込み登園の園児を玄関で待っていたとき、外でけたたましい泣き声が上がった。外にでてみると、祐輔が門を入ったところで、地面にしゃがみ込んでいた。泣きながら、ママ、ママと大声で叫ぶ。周りには、着替えや連絡帳が散乱していた。

「ユウちゃん、大丈夫だよ。帰りにママは迎えにくるからね。それまで、先生たちと遊ぼうね」

僕は祐輔を抱き上げた。そのまま門をでて、道の先を窺《うかが》ってみるが、母親の姿は見あたらなかった。

祐輔の頭に鼻を近づけた。シャンプーの匂いはしないが、ひどい臭いでもない。男との関係が悪化してから間がないなら、ネグレクトが始まっていても、そんなものだろう。

辻が着替えや連絡帳を拾い集めた。一緒に園舎に戻った。

「ユウちゃん、どうしたの。ママがいっちゃって、寂しいのかな」

小虎の着替えを手伝っていた酒井が、見上げて言った。着替え終わった小虎のお尻《しり》をポンと叩《たた》き、祐輔のほうに両手を伸ばした。

僕は祐輔のお腹を抱え、床に座る酒井に渡そうとした。

「あれっ？」

お腹の感触に違和感を覚えた僕は、祐輔をいったん床に下ろした。

「どうかした」

「お腹が膨らんでいないんだ」怪訝《けげん》な顔をする酒井に言った。

幼児はもともとお腹がでている子が多いが、食事を摂《と》るとさらに膨れる。この時間はまだ朝食の影響でぽっこりでているのが普通だった。

泣きやまない祐輔のTシャツをめくった。ぺったんこのお腹を見て僕は息を呑《の》んだ。

「ユウちゃん、朝ご飯食べてないの？」

訊《たず》ねてみたが、泣き声を強めただけで返事はなかった。

酒井がキッチンのほうを振り返り、大声で叫んだ。

「西原さん、ユウちゃんに朝ご飯」

西原はよけいなことは訊《き》かず、「はいよー」とひと声上げた。一分とかからず、皿をもってやってきた。

「ひとまず、こんなもんでがまんしてね。お昼には、うんとおいしいものを作るから」

差しだした皿には小さいパンケーキが二枚。西原お手製のゆずジャムが塗られていた。

祐輔はぎこちなく手を伸ばし、パンケーキを摑《つか》んだ。まだ泣き声が漏れる口を、それで塞《ふさ》いだ。

「いつも、こういうのを用意してるんですか」

僕は、初めて見るみつばち園の朝ご飯に目を丸くした。

「ときどきいますからね、食べさせてもらえない子が。たいていは、私のおやつになるから、いいんですけど」

西原は祐輔の食べる様子を見つめながらそう言った。

天翔が近寄ってきて「祐輔だけずるい」と不満を口にした。

「何、言ってんだよ。こんなにお腹が膨らんでるじゃん」僕は天翔のお腹をさすった。

「これ以上膨らませたら、遊び回れなくなるぞ」

お尻を叩くと、天翔は下唇を突きだし、離れていった。

「子供は際限ないですから。お腹がいっぱいでも、食べたいものは食べたい。だけど、そんな贅沢《ぜいたく》を言ってられない子が、いまのこの時代でもいるの。保育園で食べる昼食が唯一の食事かもしれない。そう考えたらねえ、子供たちにおいしくないものは食べさせられないんですよ。栄養とかバランスの前に、食事はおいしい、楽しい、と感じてもらいたいんですよ、私は」

僕は西原の食に対する考えを理解した。昨日の昼食時、意外に感じた言動も、西原らしいものだったと納得することができた。

「手を抜いてるのは、食事だけじゃないわね」

祐輔のお尻に手を当てていた酒井がズボンのウェストゴムをオムツごと引っぱった。中を覗《のぞ》いて顔を歪《ゆが》めたのは、臭いのせいばかりではないだろう。

パンケーキを食べ終わってから、祐輔の服を脱がせた。暴力的な虐待の痕跡《こんせき》は見られなかったが、オムツをしばらく替えていなかったため、お尻や股《また》がかぶれていた。この時期オムツを替えないのは、暴力と同じだ。

風呂場《ふろば》でお尻を洗い、よく乾かしてから、パウダーを当てた。祐輔は心なしか、さっぱりした顔をしていた。服を着せると、酒井が「ユウちゃん、大好き」と言ってぎゅっと抱きしめた。僕にもやれと目配せするので、「ユウちゃん、もうすぐ誕生日だね、楽しみだね」と言って抱きしめた。祐輔が「好き?」と訊くので、「もちろん、好き。みんな、ユウちゃんが大好きなんだよ」と答えた。目を見て言ったが、すぐに見ていられなくなって、祐輔のふっくらした頰に自分の頰を寄せた。

今日、園長は家庭保育室制度の見直しを検討する市のヒアリングにでかけていて、午前中は不在だった。祐輔の件は三本木に報告しておいた。

「ネグレクトが始まっているのは間違いない。このあと、どうなっていくんでしょうね」

少し出遅れたが、あかね川公園にきていた。水場で遊ぶ子供たちを見守りながら、僕は酒井に訊《たず》ねた。

「はっきりはわからない。だけど、ユウちゃんにとって、いい方向に向かうことがないのは確かだと思う」

「どうにかしないと」

「どうにかって?」酒井は咎《とが》めるような目を向けた。

「それはもちろん、お母さんに働きかけるんですよ。ただアドバイスするんじゃなく、もう少し踏み込んでサポートするんです」

「井鳩園長みたいなこと言うのね。——無駄なことを考えるのはやめたほうがいいわよ。園長はきっと今回も、樫村さんに深く関わろうとすると思うけど、星野先生がそれにつき合う必要はないんだからね。ほうっておいたほうがいい」

いつもの黒いエプロン、いつもの冷めた言葉。ただ、酒井が園長に対して批判めいたことを口にするのは初めてで、僕は驚いていた。

「どうして、関わっちゃいけないんですか」

「言ったでしょ、無駄だから。家庭に入り込んで親身にサポートしたところで、樫村さんが行動を改めるようなことはないともうわかってる。樫村さんは男性依存症なの。男との関係を修復させるか、次の男を見つけるまでは、情緒が不安定で、まともな子育てはできない。必要なのはカウンセリングで、前に何度か促してみたけど、全然通ってくれなかった」

酒井はただ事実を述べているだけという感じで、母親を批判するような響きはなかった。

「まあ、無駄なだけなら、好きにすればと言うかもしれない。でも、情緒不安定なひとと関わるのは精神的にかなり疲れるもの。園長みたいなベテランならまだしも、星野先生のような半人前だと、きっと園の仕事に集中できなくなる。それに、星野先生、勉強もしなければならないんでしょ。——どうせ、ずっとうちの園にいるわけではないんだから、なおのこと、無駄な労力を使う必要はないと思う」

「……そんな」

部外者、といわれた気がして、軽いショックを受けた。

「だからって、ほうっておけないでしょ。酒井先生だって、昨日、ユウちゃんを守るって言ってたじゃないですか」

「守ります。園にいる間、たっぷり愛情を注いで、ユウちゃんの心を守る。あなたは憎まれているわけじゃなく、ひととしてみんな大切に思っていることを伝えるの。大人は怖い存在じゃないことを知ってもらうの。危害を加えられる恐れがでてきたら、すみやかにアクションをおこすよう、児相に訴えます。それが私の言った守ることです」

「それじゃあ、ユウちゃん、お母さんと離ればなれになりますよ」

ひどい虐待をするならば、それもしかたがない。だから、そうなる前に、なんとかしなければと僕は言っているのだ。

「親元にいるのがいちばんだという考えが間違っているんです。それで苦しんでいる子たちがいっぱいいる。私たちがせめてできるのは、親のかわりに愛情を注いであげることじゃないですか。私は、園が家庭のかわりになると、信じてますから」

酒井はひどく頑《かたく》なな言い方をした。

4

翌朝、僕はスニーカーを履き、ドアの陰に隠れて、駆け込み登園をする樫村親子を待った。

「ああ、もう。ひとりでいけるでしょ。さっさといって」

外から険のある声が聞こえてきたのは、九時ちょっと前。僕は、廊下に立つ辻に頷《うなず》きかけた。ドアの陰から飛びだし、外に向かった。

「ああ、どうもどうも。ユウちゃん、おはよう。——あれ、お母さんと顔を合わせるの、久しぶりのような気がするな」

祐輔の母親は不意打ちをくらい、固まったような表情で目を瞬いた。すぐに気を取り直し、自転車を引いて歩きだす。

僕は慌てて門をでる。自転車の荷台を摑んだ。

「あれ、この自転車、前とかわりました？」

わざとらしいし、どうでもいいことだけれど、僕は気にしない。

母親は訝《いぶか》るように眉間《みけん》に皺《しわ》を寄せ、首を横に振った。先週まではばっちりメイクだったのに、今日は化粧っけがなく、眉《まゆ》は半分しかなかった。服装もミニスカートではなく、Tシャツにジャージのパンツだ。

「いやー、今日もいい天気ですね。暑くなりそうだ」

僕は空を見上げた。自転車の荷台はしっかり摑んでいる。

「あらー、ユウちゃんのお母さんじゃない」

腹から吐きだしたような、よく響く声が聞こえた。目を向けると、サンダルをつっかけた園長が向かってくる。

「どうしたの。このところ、姿が見えなかったじゃない。顔を見ないと寂しいわよ」

門をでてきた園長が、母親の肩に手を回し、体を揺さぶった。僕は自転車の荷台から手を離した。

「おはようございます」

自転車のブレーキの音とともに、声が聞こえた。石橋星亜と母親だった。

「おはようございます。ぎりぎりセーフってところですね」

「すみませーん」と星亜の母親は軽い調子で言った。

「それじゃあ、ここでお母さんとバイバイしようか」

僕は星亜にそう言い、母親から着替えを受け取った。

星亜の母親は訝しげに、園長と祐輔の母親のほうをちらちら見ていた。

「お母さんは園長先生とお話があるから、あっちいこうか」

傍らにきょとんとして立っていた祐輔を、僕は抱き上げた。

「もう、ユウちゃんはお母さんを頼りにしてるんだよ。ちょっとだけ頑張ってみようよ」

振り返って見ると、祐輔の母親は、また園長に肩を揺すられていた。顔をうつむけ、何度も頷く。

自転車にまたがった星亜の母親がその様子を見ていた。ひどく険しい視線を投げかけ、ペダルを踏んだ。

園長の言葉でいくらか心がほぐれたのか、翌日の朝、母親はちゃんと玄関まで祐輔を送り届けた。祐輔に朝ご飯も食べさせたようだし、オムツも新しいものだった。

抱き上げた酒井が祐輔の頭に鼻を近づけた。僕のほうに顔を向け、大丈夫と頷きかけた。「でも、まだ安心はできないわよ」

酒井は、無駄と言った自分の言葉にこだわっているわけではないだろう。僕も、このまますんなり、いい方向に向かうとは思っていなかった。

その日の帰り、迎えの父母でごった返す六時前、園内に女性の悲鳴が響き渡った。それを耳にしたとき、僕はまさか祐輔の母親に関わることだとは思いもしなかった。

廊下でミトやキヨタと僕はミニボウリングをしていた。声がした奥の部屋に駆けつけてみると、祐輔の母親が星亜の母親の肩を拳《こぶし》で殴りつけていた。

「何すんのよ」

星亜の母親は怯《ひる》むことなく、腕を伸ばし、祐輔の母親の髪の毛を掴《つか》んだ。

ふたりの後ろには、園長と辻がいた。母親たちをそれぞれ羽交い締めにしているが、星亜の母親が髪の毛を掴んでいるため、無理に引き離せないでいた。僕は一、二発殴られる覚悟で間に割って入った。

「子供たちが見てますよ。明日《あした》から、髪を掴む喧嘩《けんか》がはやりますよ。大人の真似をしただけだと言い訳するんだろうな」

僕は星亜の母親に向かって、のんびりした口調で言った。目が合ってから、ほどなくして、母親は髪の毛から手を離した。

「放してよ。この女、許せない」

祐輔の母親はまだ興奮していた。引き離されても、手を伸ばして掴みかかろうとする。

「仕事もしてないくせに、なんで延長保育なのかって、あたしに言うのよ」

「そんなこと言ったの？」

祐輔の母親を押さえていた園長は、子供の喧嘩のときと変わらず、ちょっとわざとらしく、驚いたように訊《き》いた。

「不思議に思ったから訊いただけです。別に悪気があったわけじゃないのに」

星亜の母親は落ち着いた声で言ったが、嫌みな感じではあった。

「わかったわ。とにかく、石橋さんは帰ってくれるかしら。仲直りは、また今度ね」

園長に言われて、星亜の母親は、「はいはい」と歩きだした。「星亜、帰るわよ」

僕は星亜にバイバイと手を振り、近くにいた祐輔を抱き上げた。

「樫村さんは、二階にいって、少しお話ししましょうか」

「いいです。別に話すことはありませんから」

星亜の母親が見えなくなったからか、だいぶ落ち着いてきた。

「話はなくても心に溜《た》まったものとかはあるでしょ。文句でもなんでも私にぶちまけて。今日はすっきりして帰りましょう」園長は母親の腰に回していた腕を離した。

園内にいた父母が、みるみる減っていく。

「すいません、なんか腹が立ったから」祐輔の母親は顔をうつむけ、かぶりを振った。

「偉そうに、働けばいいのにとか言うもんだから。なんであのひとに上から言われなきゃならないの。あたしと同じなのに」

星亜の母親も離婚していて母子家庭だった。確か、住んでいるのも同じ団地だったはずだ。

「そうよね、ひとから言われたくないわよね。ちょっと、デリカシーに欠けたかもしれないわね。でも、石橋さんもほんとに悪気はなかったんだと思うのよ。ちょっとアドバイスをするぐらいのつもりだったんじゃないのかな。働いたほうがいいのは確かだし」

母親は、さっと顔を上げた。

「園長先生まであたしに働けっていうの？」

「そうじゃないわよ。一般的に、働けばお金はもらえるし、まあいいんじゃないの、ってぐらいのことよ」

「やっぱりそうじゃない。仕事をしないあたしを見下してるんでしょ」

また興奮が高まり、声が大きくなった。

祐輔が僕の腕のなかで小さくなる。

「違う。よく聞いて――」

「もういい、帰ります」

母親は激しい足音を立てて廊下へ向かった。完全に祐輔を忘れている。僕は祐輔を連れて母親のあとを追った。

玄関で祐輔を引き渡した。とはいっても靴を履かせようともしないので、僕が履かせた。何も言わずにでていこうとする母親に「さようなら」と過剰に明るく声をかけた。

母親は足を止めてこちらに顔を向けた。

「明日も顔を見せてくださいね。園は家族みたいなものだから、本当に顔を見ないと寂しいんですよ」

園が家庭のかわりになると言った酒井の言葉が頭に残っていたからだろうか。僕はそんなことを口にした。

祐輔の母親は仏頂面で何も言わなかった。それでも小さく頷《うなず》いた。

5

金曜日。なんだか長い一週間だったが、あと二時間で今週の仕事も終わりだ。ただ、二日休みで、ほっとするかというと、そうでもない。母親はちゃんと祐輔の面倒を見ているだろうかと、休みの間も心は落ち着かないはずだ。

残念ながら、今朝、祐輔の母親は玄関に顔を見せなかった。とぼとぼとひとりで祐輔は入ってきた。顔を見せなかったのは祐輔の母親ばかりでなく、星亜の母親もだった。厄介のたねが増えなければいいなと案じていたが、その日のうちに見事に厄介の花が咲いた。

日差しがいくらか和らいだ四時過ぎ、酒井らと延長保育の子供たちを連れてタイヤ公園にやってきた。駆け回るにはまだ暑いから、地味に泥んこ遊びをしていたとき、携帯電話が鳴った。

泥だらけにならないよう、爪の先で摑んで携帯を取りだした。井鳩園長からだった。いったいなんだろうと不思議には思いながら電話にでると、いきなり井鳩の慌てた声が耳に刺さった。

「星野先生、すぐに美園団地まできてちょうだい。星亜のお母さんが自殺するって。私もすぐいくから――」


団地の入り口で園長と合流した。

「さあ、いきましょう」とすぐに部屋に向かって駆けだした。園長は学生のころバレーボールの選手として鳴らしたらしく、いまでもかなりの体力だった。六十近い年齢とは思えない走りで進んでいく。僕も息を切らして並んで走っているが、切迫感はあまりなかった。

タイヤ公園に一緒にきていた酒井と辻に、園長からの電話の内容を話し、しばらく抜けることを告げた。酒井から返ってきた言葉を聞き、僕は耳を疑った。

「いく必要もないと思うけど」

冷たい顔でそう言うのだ。

僕は「星亜の母親は自殺すると言ってるんですよ」と繰り返した。すると今度は辻が、

「言ってるだけ、言ってるだけ」と呆《あき》れたような笑みを浮かべた。

星亜の母親は、以前にも自殺騒ぎを起こしているようだ。そのときは酒井が園長と駆けつけた。部屋に入ってみると、母親は紐《ひも》を手にし、首を吊《つ》って死んでやると息巻いたが、紐はどこにも繋《つな》がれておらず、輪っかもできていなかった。紐をセットする間、ふたりが黙って眺めているはずもなく、本気で実行する気がないのは明らかだったそうだ。

「ただかまって欲しいだけよ」

酒井の言葉が正しいのだとしても、いかないわけにはいかず、僕は美園団地にやってきた。

階段を駆け上がった。二階の外廊下を進むとすぐに園長は「ここよ」と叫んだ。ドアには鍵《かぎ》はかかっていなかった。なかに入ると、すぐに母親の姿が目に入る。星亜の母親はベランダにいた。しゃがみ込んで、のんびりと煙草を吸っていた。

「石橋さん」

園長は叫びながら部屋に上がった。僕も靴を脱いであとに続いた。

「こないでよ。飛び降りるわよ」

しっかりと、煙草を灰皿でもみ消してから立ち上がった。

「いったいどうしたのよ。ばかなことはやめてちょうだい」

ベランダの窓は開いているから、園長の声は母親の耳にもしっかり届いたはずだ。

「どうせあたしはばかですよ。それにデリカシーがないですから。昨日、園長先生、あたしのことをそう言ってたんでしょ」

「えっ」と驚いた顔をした井鳩は、すぐに「ああ」と頷いた。「樫村さんとの話ね。あれは、そうでも言わないと、樫村さんが収まらないでしょ。ごめんなさいね。私のほうが、デリカシーがなかったわね」

園長は頭を下げた。謝ったからもういいだろうと、僕は窓に近づいた。

「近寄らないで。きたらほんとに飛び降りるから」

母親は手すりに張りつき、切迫感のある声で言った。

「石橋さん、わかっていると思いますけど、ここは二階ですよ。飛び降りても死ねません。痛い思いをするだけですから、やめておいたほうがいい」

僕はそう言いながら、さらに近づく。母親は「こないで」と言って、手すりに足をかける。僕は止まった。園長を振り返った。

「石橋さん、ほんとだめよ。飛び降りても死ねないんだから。上にいきましょう、屋上に。そこで、もう一度話しましょう。きっと高いところにいけば、本当に死にたいかどうか、わかるはずだから」

園長はそう言うと踵《きびす》を返した。僕もベランダに背中を向け、玄関に向かった。

「ちょっと待ってよ」

母親が叫んだ。僕は立ち止まって振り返った。

「置いてかないでよ。あたしをひとりにしないでよ」

「なに言ってんですか、置いてくわけないでしょ。一緒にいきましょう。さあ、こっちへいらっしゃい」

園長はそう言って、腕を広げた。

星亜の母親はうつむいた。しばらくそのまま動かなかった。やがて手すりから離れ、部屋のなかに足を踏み入れる。顔を上げると、ぐしゃっと潰《つぶ》れるように表情が歪《ゆが》んだ。

母親は駆けだした。床に散らばるファッション雑誌やコンビニのレジ袋を踏みつけながら、「もう、部屋のなかを駆け抜ける。園長の胸に飛び込んだ。

「もう、あたしのことなんて誰も心配してくれない。だから死んだっていいと思ったのよ」湿っぽい声で、子供のように訴えた。

「そんなはずないでしょ。私だって気にかけてましたよ。いつも石橋さんのことを見てた。星亜ちゃんとふたりで、ほーんとによく頑張ってたから、心配ないなと思ってただけよ。石橋さんは頑張り屋さんだもんね」

「園長先生」と声を震わす星亜の母親。井鳩はその背中を優しくさすった。

最初から最後まで、ばかばかしいと僕は思う。なのに、ふたりの姿を見ていたら、なぜだか目が潤んできた。

延長保育のお迎えが始まるころに、僕は園に戻った。園長はそのまま星亜のうちに残り、しばらく母親の様子を見るようだ。星亜は同じ団地に住む大翔の母親に預けて、送ってもらうことにした。

子供たちがみんな帰ってから、酒井と辻に、ことの顚末《てんまつ》を話して聞かせた。

「じゃあ、ユウちゃんのお母さんへの嫉妬《しっと》みたいなものなんだ」酒井が軽く頷きながら言った。

「そんな感じ。同じ母子家庭なのに、樫村さんのところばかり心配するから口惜しかったみたいだな」

「まるで子供みたい」辻が呆れたような顔で言った。

「そうよ、子供よ。親の愛情を確かめるためいたずらするのとおんなじ。園長の愛情が大きいから、そんな気になっちゃうのよ」

まるでそれが悪いと言っているようにも聞こえた。

「樫村さんも似たようなもの。園長の愛情を試してるようなところあるから。でも、樫村さんにとっては、男の愛情のほうが影響力が強いと思うけど。みんな愛に飢えてるのよね」酒井は溜息《ためいき》をついた。

「ねえ星野先生」辻が妙に張り切った声で言った。何か突拍子もないことを言いだすのではないかと、僕は警戒した。

「先生がユウちゃんのお母さんとつき合っちゃえばいいんですよ。そうすればユウちゃん、安心して暮らせる」

「何、ばかなことを——」心の準備ができていたから、僕は落ち着いて受け流す。「ばかなことかもしれないですけど、星野先生ならユウちゃんのお母さんを泣かせるようなこともしなそうだし、きっと樫村家はこれまでになく、穏やかな生活が送れる気がしたんですよね。これ、本音で、星野先生をとても褒めてるつもりです」

僕は大きく首を振った。「愛情がなければ意味がないよ。形ばかりで愛がないなんて、逆に悲しい気がするんだけど」

愛情はあとからついてきたりするものだけどと、小声でごちょごちょ辻は言っていた。

ふと気づくと、酒井が僕を見つめていた。

「どうかしました」と訊《たず》ねると、「別に」と言って視線を外した。

なんだろう。とくに険があるものではなかったが、強い視線だった。

6

週が明けた月曜日、祐輔は無事に登園した。食事はしていたようだし、どこにもきずはなかった。少しお尻《しり》がかぶれていたものの、オムツもちゃんと替えられていた。ただひとつ、ひと目見てわかる、大きな異変があった。髪の毛がいびつな散切《ざんぎ》り頭になっていた。所々、十円はげに見えるくらい極端に短くなっていて、素人が切ったにしても、ひどすぎる。意識的にやったことは間違いなく、祐輔の母親はなんらかの意思表示をしているように思えて、僕たちは警戒した。

翌日も、祐輔は元気に登園した。しかし帰りに問題が起きた。延長保育が終わる六時を過ぎても母親が迎えにこないのだ。電話をかけても繋《つな》がらず、とにかく待つしかない。そのあとなんの予定もない僕が、祐輔とふたりで待つことになった。

十分おきくらいに電話をかけた。コール音はするものの、母親がでることはなかった。そろそろ絵本を読むのにも飽きてきた七時ごろ、ようやく母親から電話がかかってきた。

「ああ、星野先生だったんですね。なんか、いっぱい着信通知があったから」

僕が名乗ると母親はそう言った。

「ええ、何度も電話しましたよ」

「で、なんの用ですか」

僕は喉《のど》が鳴るくらい強く息を吸った。

「――あのですね、お迎えの時間はとっくに過ぎているんですよ。僕は園でユウちゃんと待っているんですけど」

「――ですよねえ」

母親の返答に大きな溜息をついた。しかし、忘れていただけなら、わざと迎えにこないより罪はない。どうして忘れることができるのかは不思議だったけれど。

「とにかく、すぐに迎えにきてください」

「それはちょっと、難しい」

「どうしてですか、まさかパチンコでもやっているんですか」

「パチンコなんてあたし、やらない。いま、お酒飲んでるんですよ、お店で。だからちょっとでれないんです」

酒を飲んでいるから迎えにこられないという理屈が、僕にはわからなかった。

「お願い、こっちに連れてきてください。お酒ごちそうしますから」


バスに乗って十分ほどで、花咲町団地に着いた。

花咲町団地は祐輔が住む美園団地と県道を挟んで接しており、歩いても五分くらいでうちには帰れるだろう。団地のなかには小さなアーケードがあり、そのなかの「どっこいしょ」という居酒屋で祐輔の母親は飲んでいた。

結局、店まで祐輔を送ることになったが、別に酒に釣られたわけではない。母親が、実はお金が足りなくて店をでられないと言うから、他に選択肢はなかったのだ。それに、酒を飲みながら話をすれば、母親の心情を訊《き》きだせるかもしれないという期待もあった。

祐輔に煮込みうどんを食べさせながら、僕は母親の話を聞いた。母親は電話をかけてきたときから酔っぱらっていたが、思いの外、たちは悪くなかった。泣いたり、怒ったり、しつこく絡んだりはしない。ただ、もともとが情緒不安定だから、危うさはある。僕のグラスが空くとすかさず注ぐ。なかなか減らないと、飲んで飲んでと促す。断ると爆発しそうな気配が覗《のぞ》くものだから、言われるがまま、されるがままで、しこたま飲むはめになった。僕は酒に弱い。

「いやー、もう、いま思いだしても、死ぬほどキモイ。あり得なくない？　グッチだよ、帽子だよ、遠くからでも目立つんだから」

祐輔の母親は、肩をすくめて怯《おび》えたように震えた。

「ニキビ面の、いかにも中学生って感じの安っぽい服きた子が、頭だけグッチ柄なんだもん。一緒に歩くのがほんと恥ずかしかった」

「それだけ、気合が入ってたんでしょ。樫村さんのことが好きだったんですよ」

祐輔の母親は中学時代の、初デートの思い出を語っていた。酔いが回って頭痛のする僕は、こめかみを押さえながら、ぼんやり聞いていた。

「さすが星野先生、よくわかるぅ。いま思うと、その子がいちばん優しかったし、あたしのことを思っていてくれた気がする。まあ、中学生だったからかもしんないけど。――森田《もりた》君、いまどうしてるのかな」

母親は思いを巡らせるように宙に視線を漂わせていたが、急に思いだしたように、僕のグラスにビールを注いだ。じっと僕を見つめる。僕はグラスに手を伸ばし、口へと運んだ。

祐輔はもう寝ていた。僕の膝《ひざ》に頭をのせ、隣の椅子に体を伸ばして横になっていた。だから、気兼ねなくなんでも話ができるのだが、まだ実のある話はできていなかった。

ただ、酒を飲まされてばかりでは、きた意味がない。酔いが回っていた僕は、恋愛話がでたついでだと、地雷覚悟であの話をしてみることにした。

「実は先日、県道沿いのバニーズで樫村さんを見かけたんですよ。なんか、男のひととともめてる感じだったので、声はかけなかったんですが」

グラスに口をつけていた母親は、表情を強《こわ》ばらせた。グラスをテーブルに戻すと、おどけたようなしかめ面を僕に向けた。

「いやだ、見てたんですか。彼と喧嘩《けんか》してたんです。——けっこう、やばい場面とか見られちゃったのかな。恥ずかしい」

彼女はそう言うと顔を背けた。こちらに顔を戻すと、酔いが抜けたような締まった表情をしていた。

「ていうか、あたしが一方的に言われてた。勝手に携帯の履歴を見たとか、突然部屋にやってきたとか、仕事中に電話かけてきたとか、そんなどうでもいいことにキレられた。それより、あたしがどれだけ、彼のことを思っているかのほうが大事だと思うのに」

僕は大きく頷《うなず》いた。おっしゃる通り。ただ、心のなかは見えないから、表にでる行動も大切だとは思う。

祐輔の母親は彼の気持ちがわからないと言った。彼女自身、見えない心に悩まされている。我が身を振り返ればわかりそうなことがわからないのを責めてはいけない。恋とはそういうものだろう。

あれから彼とは連絡がとれないそうだ。つまりは連絡をとろうとしているということだ。まだ好きなんですねと、ぽつりと言うと、祐輔の母親は固まったように動きを止めた。やがてグラスを摑《つか》んで、いっきに空けた。こういうとき、僕の社会経験などたいしたものではないなと痛感する。彼女の心を解きほぐしてやれればいいのだが、何も言葉はでてこない。せめて酒ぐらいはつき合おうと、ビールを呷《あお》った。

十一時近くになって店をでた。結局、祐輔の母親は最後まで感情を乱すことはなかった。「星野先生、聞き上手。なんかすっきりした」と家路を辿《たど》りながら言った。すっきりして子育てに励んでくれれば、僕も酔っぱらった甲斐《かい》があるのだけれど——。

頭が痛い。足がふらつく。しかし、まだ帰るわけにはいかない。すっかり寝込んでしまった祐輔をだっこして、部屋まで送り届けるつもりだった。

飲みたくもない酒を飲んで、ふらふらになりながら、子供をうちまで運ぶ。おまけに、店の勘定もすべて僕もち。なんでそこまでしなければならないのか。別に疑問に思っているわけではなく、ただ嘆いてみたかっただけだ。保育士なのだから、それくらいするのは当たり前。僕もダイナマイト・ハニーの一員なのだから。ああー、眠い。

最後の階段はきつかった。四階まで上がり、部屋に到着した。

布団は敷きっぱなしだった。あとはオムツを替えて、寝間着に着替えさせるだけ。それぐらいは、お母さん、あなたにもできるはず。

「すみません、お水を一杯ください」僕はそう言って、腰を下ろした。

「ちょっと待ってて」と声が聞こえたから、僕は待った。しかし、いつになっても水はやってこなかった。

目を覚ましたとき、自分がどこにいるのかわからなかった。ただ、頭が割れそうに痛くて、そんなことはたいして気にもならなかった。

傍らに女性が寝ているのに気づき、痛みを一瞬忘れた。祐輔の寝顔を見て、保育園にいるのかと頭が混乱する。薄暗い部屋の風景は、見覚えのないものだった。僕はふいに昨晩のことを思いだし、慌てて時計を見た。

六時半。薄いカーテンは大量の朝陽をはらんでいた。

ここは樫村親子の部屋。昨晩、座り込んだまま、壁にもたれて眠ってしまったようだ。僕は立ち上がった。ひどく喉が渇いていたが、潤そうとも思わず、とにかく早く部屋をでることを考えていた。足音を忍ばせ、玄関をでた。朝陽が眩《まぶ》しかった。

祐輔をうちまで送り届けただけだ。そのまますぐに帰っても、ちょっと眠ってから帰っても、その行為の意味合いにはなんの違いもないはずなのに、なんで朝だと、こんなに後ろめたいのだろう。僕はうつむきながら階段を下りた。

建物からでたとき、住民とすれ違った。「おはようございます」と声をかけられ、うつむいたまま「おはようございます」と返した。バス停に向かって歩き始めたとき、ふと、いまの女性の声に聞き覚えがある気がした。

7

昨晩の顚末《てんまつ》は園にしっかりと報告した。ただし、祐輔をうちに送り届けたところまで。その先は座り込んで寝てしまっただけなのだから、報告する必要はない。

朝、祐輔を送ってきた母親と顔を合わせた。今日は玄関までやってきたし、化粧もしていたし、ミニスカートもはいていた。おはようございます、昨日はどうもと、言葉を交わしただけだったが、久しぶりに笑みを見せた。園長が迎えを忘れないよう注意しても、はいと素直な言葉が返ってきた。

「いったい、何をしたんですか」母親が帰っていくと、辻がからかうように言った。

「お酒を飲んで話をしただけだよ」

母親は昨晩、すっきりしたと言っていたから、効果があったのだろう。なんだか自分でも信じられないが、少しでも心がほぐれたのであれば、酔っぱらった甲斐はあった。

何事もなく時間は進んでいく。今日は男性保育士の会の非公式会合の日だった。暇な独身男が集まり、酒を飲んでくだをまくだけ。楽しみなはずはないのに、なぜか仕事が終わるのが待ち遠しい。きっとストレスが溜《た》まっているんだなと、僕は自分を労《ねぎら》った。

――ファイトッ。

四時を過ぎて、お迎えの父母がやってきたとき、どこか様子がおかしかった。やけに視線を感じるのだ。すぐに延長保育の子供たちを連れて外へでたので、それほど気にはしなかった。しかし、外から戻り、延長保育のお迎えが始まると、また同じだった。視線を感じるだけではなく、言葉を交わしてもなんだかよそよそしい。いったいなんだろうと僕は動揺し始めた。

「星野先生」と声をかけられたのは、僕の尻《しり》に指で〝浣腸《かんちょう》〟をした大翔を叱っていたときだった。目を向けると酒井が手招きする。心音の母親が隣にいた。

大翔への小言を打ち切り、そちらへ向かった。

「どうかしました」

僕は心音の母親に会釈をした。無理に作ったような硬い笑みが返ってきた。

「星野先生の変な噂が、お母さんたちの間で飛び交っているようなんです」酒井が感情を込めずに、さらりと言った。

「メールがきたんですけど、あたし、こういうの信じません。いやな感じですよね」

心音の母親は悲しむような表情を見せた。

これっ、と言って、酒井が携帯を差しだす。僕は勢い込んでそれを手にした。

〈星野先生が樫村さんの部屋から朝帰りするところを見ちゃった。ずっとうつむいて顔を隠してるの。まるで芸能人みたい〉

僕は顔を上げた。酒井と目が合った。言い訳しようにも、書いてあることは全部本当だ。言葉がでない。

「星野先生、意外に根性ありますね。本当につき合っちゃったんですか」

——違う。でも書いてあることはほんと。僕はどうにか首を横に振った。

8

「それはまずいね」

尾花が我がことのように、怯《おび》えた顔をして言った。

「脇が甘い、と言っても、星野君は酒が弱いから、しかたがないもんな」

森川はしょげる僕の背中を叩《たた》いた。

「運もないんですよ。でてきたところを見られるなんて。しかも、いちばん見られちゃまずい人物に——」僕はグラスを摑み、もう飲みたくもない酒を呷った。

あのメールの発信源は石橋星亜の母親だった。建物からでてきたときにすれ違ったのは、彼女だったのだろう。

「大丈夫だよ。決定的なところを見られていなければ、やってないって言い張れる。堂々としてればいいんだ」

「あの、僕はほんとに何もしてないんですけど。信じてくれてます？」

森川はもちろんと言って嘘くさい笑みを浮かべた。

園でもちゃんと釈明はしておいた。僕が酒に弱いことは知っているし、草食系のイメージが定着しているから、どうにか、先生がたは信じてくれただろう。しかし、問題は父母の目だ。

書かれていることは本当のことで、先回りして何もなかったんですよ、とみんなに釈明するのもなんだかおかしい。心音の母親が仲のいい園のお母さんに事実を伝えてあげると言ってくれたが、噂が消えるまでには時間がかかるだろう。

「基本的に保育園って、お母さんがたも含めて女性ばかりだからな。男がぽつんと入ると、どうしてもこういう噂って出回っちゃうもんだよ。もともと女性はそういうの、好きだし」

森川が言うと、尾花は大きく頷《うなず》いた。

「そういう男女間のトラブルがいやで、男性保育士を雇わないって園もあるらしいよ」

「頑張っていこうぜ——俺たち」

森川が大きな声で言うと、グラスを高く掲げた。それに尾花が自分のグラスを打ちつける。僕は低いところに留めたが、ふたりのグラスが寄ってきた。

「それにしても、みつばち園は大変だね。色んなことがおこる。みんな寂しいのかね。話を聞いてるとそんな気がする」

「ある先生は、愛に飢えてる、って言ってましたよ」

僕は森川に言った。

「それは大変だ。愛っていうのがいちばん厄介なんだ。ほんと厄介なものさ」

「尾花ちゃん、言うね。愛のひとつも見つけられないくせに」

尾花は顎《あご》をつきだし、森川に顔を近づける。「だから厄介なんでしょ！」

森川はまあまあ落ち着いてと尾花をなだめた。

僕は尾花の言葉に深く納得した。みつばち園でおこることのほとんどは、厄介な愛が絡んでいる気がした。

しかし僕は、その厄介さをまだ理解してはいなかった。

9

翌朝、おもらしした鳳翠の着替えを手伝っているとき、辻に声をかけられた。登園してきたばかりの祐輔を連れて、こちらへやってきた。

「星野先生、ユウちゃんのお母さんが先生にお話があるって」

辻は笑みを無理に抑えているような表情をしていた。

「話って何」

「さあ——。私はここにいますので、どうぞごゆっくり」

玄関のほうを指さした。

僕は今日、駆け込み登園の出迎えに立たなかった。父母からいらぬ詮索《せんさく》をされないよう、祐輔の母親との接触を避けていた。昨日も、メールの件が発覚してからは、園長に言われて二階に隠れていた。

避けるといっても、名指しで呼ばれてしまったら、拒否するわけにもいかない。そんなことをしようものなら、また別の厄介がもちあがりそうだ。

「おはようございます」

僕は玄関にいき、挨拶《あいさつ》をした。

祐輔の母親は、今日もばっちりメイクにミニスカート。手には小さな紙袋をもっている。

「おはようございます。ごめんなさい、忙しいお時間に」

「いえいえ、いいんです。何かありましたか」

「この間は迷惑かけたでしょ。だからそのお詫《わ》びもかねて、お弁当を作ってきたんです」

彼女ははにかんだ笑みを浮かべて、紙袋を差しだした。

「いやー、ありがとうございます。だけど……」

困ったな。

「大丈夫ですよ。この間、泊まっていったことは内緒にしておきます。ふたりだけの秘密ですから」

口の脇に手を添えて、小声で言った。

内緒って言われても、もうみんな知ってるし、秘密にするようなことはなかったわけだし、弁当を受け取る理由にもならないし……。

「あーら、お弁当なの。ユウちゃんのお母さん、優しいね」

すべてを吹き飛ばすような園長の迫力のある声が聞こえた。

園長が隣に並んで、僕はふーっと息をついた。

「でも困ったわね。うちの園はみんなで一緒に給食を食べるんですよ」

「そうなんですよ。家族みたいに一緒に食べるのが決まりだから……、どうしましょう」

園長のほうを横目で窺《うかが》い、母親に視線を戻す。その顔を見て僕はぎょっとなった。

彼女の目がつり上がっていた。殺気すら感じる視線で園長を見ていた。

「じゃまするなよ、この糞《くそ》ばばあ。なんか恨みでもあるのかよ」

同じひとの口からでた声とは思えなかった。夏だというのに僕は寒気を感じた。

「ごめんね。でもここはおうちじゃないの。保育園なの。決まりはあるし、子供たちのためにやらなきゃならないことがあるの。だから、お弁当は受け取れないわ」

「子供なんてどうだっていいんだよ」

母親は紙袋を床に叩きつけた。

「樫村さん」

園長と僕が同時に呼びかけたが、彼女はくるりと背を向け、でていってしまった。

ふーっと溜息《ためいき》が聞こえた。

「あれでよかったんですかね」

「いいのよ。一回受け取ったら、毎日のようにもってくる。それがわかるから――」

それでも、祐輔が平和に暮らせるなら、受け取っておくべきだったのではないか。父母に噂されようと、毎日お弁当を捨てることになろうと。いや、結局のところ、エスカレートしてお弁当ではすまなくなって、いずれは拒否することになるから同じか。でもやっぱり――。

正解などない厄介な問題。終わりもないようだった。

延長保育の終わりの時間が近づいて、僕は二階に上がった。祐輔の母親と顔を合わせないためでもあるが、誕生日会の準備もしなければならなかった。

明後日《あさって》土曜日から四日間の夏休みで、それが明けるとすぐに八月の誕生日会だ。早くに準備を始めて気をよくしていたのに、あれから何も進んでいない。まだバースデイカードを作っていなかった。今日は、園の飾り付けの準備だ。キラキラのチェーン飾りは以前に作ったものがまだ使えそうなので、看板を作るだけでこと足りる。段ボールにブルーの紙を貼り、白のペンで絵を描いていった。

六時を過ぎて、一階に下りていった。誰もいないだろうと思ったら、園長がまだいた。膝《ひざ》に祐輔が乗っかっている。

「どうしたんですか」

「またよ」園長は薄い笑みを浮かべて言った。

「でも大丈夫。さっき連絡がついて、こっちに向かっているから。もう着くと思う」

「よかったね。お母さん、もうすぐだってよ」

僕は園長の膝から抱き上げた。

「いま、先生、ユウちゃんの誕生日会の準備をしてたんだよ。先生、ユウちゃんのこと大好きだから、すごい楽しみだよ」

祐輔は、ユウちゃん、ユウちゃんと言いながら手を叩《たた》いた。僕は腕で包み込むように抱きしめた。

玄関のほうで物音がした。祐輔は敏感に反応し、顔を向けた。

「お母さんかもね」

僕は祐輔を床に下ろした。

廊下をやってくる音がした。母親が姿を見せた。化粧が朝より濃くなっているのはまだいいとして、スカートがこれ以上はあり得ないくらい短くなっているのに驚いた。

「すいません、遅くなって」

僕はまた驚いた。母親は笑みを浮かべて言ったのだ。朝の様子からすると、そう簡単に気持ちが切り替えられるとは思えなかったが。

「仕事の面接を受けにいっていたものですから」

「ほんとー？」

園長は目を丸くして立ち上がった。

母親は口を大きく横に引き、頷《うなず》いた。

「いいじゃない、いいじゃない。よーく頑張ったね」

「園長先生に言われたから。やってみようって思って」

「それで、どうだったのよ、面接は」

「結果はまだですけど、ほぼ大丈夫です」

「やったわね」

園長は母親の肩に手を回し、体を揺すった。

「園長先生のおかげです。ピンサロだけど、まあまあ稼げそう。指名がどれだけ入るかによるけど」

園長は肩から腕を外した。

「待って、ピンサロって……」

「風俗ですよ、もちろん」

祐輔の母親はからかうような笑みを浮かべた。

「だめよ、そんな。──いえ、いいのよ、それが本当にやりたいことなら、どうしてもお金が欲しいなら私には止められない。でも、そうじゃないでしょ。ただ、当てつけるためだったら、本当にやめて、お願い」

「園長先生、働いたほうがいいって言ったじゃない。あたしにできる仕事なんてそうないわよ。お金稼ぎます。もう誰にもばかにされないように」

「そんなことしても誰も喜ばないわよ。自分だって嬉《うれ》しくないでしょ」

母親は祐輔の手を握って、園長から離れる。

「僕もやって欲しくないですよ」

彼女は立ち止まったが、冷ややかな目を向けただけだった。

これは戦いじゃないから、負けたわけじゃない。口惜しくないから、負けじゃない。

けれど、園長の潤んだ目を見たら、やはり負けなのかもしれないと思った。

10

明日《あした》から夏休み。すでに夏休みの父母も多く、いつもより登園した子供は少なかった。

しかし、実際以上に少なく、寂しく感じるのは、祐輔も休んでいるからだ。

母親から電話があり、風邪をひいたから休ませると言った。今日を含めて五日間、祐輔は保育園にこない。園長は休み中、一度は確認にいってみると言っていたが、不安は消えなかった。

「なんだか、そわそわと落ち着かないね」

「そんなことないですよ。実家に帰るだけですから」辻はわざとらしく表情を引き締め、手を前に組んで、子供たちを監視するポーズをとった。

今日は延長保育の子も少ない。六時までまだ十五分あるが、ほとんどの親が迎えにきていた。もち帰るシーツを剝《は》がしたり、着替えを詰めたり、ばたばたしていた。

「星野先生はなんか予定ないんですか」

「なんにもないよ。試験勉強したり、そんなところかな」

「きっと子供たちのことばっかり考えるんでしょうね。ユウちゃんのことが気になりますよね」

「まあね。——みんなそうでしょ」

「もちろん。私だって、景子先生だって。——景子先生は大変。星野先生の心配もしなければならないから」

「僕の？」

僕は視線を走らせた。まだエプロンをつけたままの酒井は、妊娠中のキヨタの母親を手伝って、布団からシーツを剝がしていた。

「そう、心配してましたよ。星野先生がのめり込みすぎないか。そうなったら、あとが心配だって」

「あとって……、あとか」

最悪の結果を迎えたら——、ということだろう。母親が虐待に走り、祐輔が児童相談所に保護された場合のことだ。祐輔は母親と離ればなれになり、そしてこの保育園からいなくなる。

そうならないために、なんとかしなきゃ、と思っているから、あとのことなど考えたことはなかったが——。

「いま言うことでもないですけど、保育士をやめたりしないでくださいね。せっかく好きでなったんですから。試験勉強、頑張ってください」

辻は腕時計を見てから、階段のほうへ向かった。

「どーもー」

だるそうな、野太い男の声がした。

振り返ってみると、天井に届きそうなほど高く結い上げたパイナップルヘアー、御嵩小虎の父親が部屋に入ってきた。

「御嵩さん、久しぶりですね」

「ああ、仕事が見つかったから」

「それはおめでとうございます」

御嵩は口の前に指を一本立てた。

「内緒にしてくれよ。生活保護受けてるから」

「いや、内緒って言われても——」

生活保護は、虐待や育児放棄ほど市への報告は求められないが——。

「痛っ」御嵩に肘《ひじ》で腕を小突かれた。

「やるねえ、先生」

「何がですか」僕は腕を押さえて言った。

「カッシーとつき合ってるんだって」

「カッシーというと」

「樫村美緒だよ、この園の」

「ああ、ユウちゃんのお母さん」

自分の彼女をそういう呼び方するの、俺は好きじゃないな」

御嵩は上から背中に手を回す。見えない刀をまた抜くのかと思い、僕はかまえたが、そのままぼりぼり背中をかいた。

「彼女じゃないです。つき合ってもいません」

「内緒なのか」

耳元に近づけるのはいいが、まるで小声になっていなかった。

「そうじゃなくて、ほんとに……。御嵩さん、樫村さんと仲がいいんですか」

「ああ、カッシーとは何度か飲んだことがあるよ。俺のダチとつき合ってたんだ。つい
この間まで」

「そうなんですか。あの色の黒いひとと友達なんですか」

「おお、よく知ってるな。日サロについて知りたいことがあったら、あいつに訊《き》いてみ
な。なんでも知ってるぜ」

御嵩は自慢げに言った。

「御嵩さん、仕事の件、内緒にしてあげてもいいですよ。そのかわり、ひとつお願いが
あります」

11

「丸かいてちょん、丸かいてちょん。お鼻はにょろーり、お口をぴゅっ。――できた」

僕はペンを置き、カードを手にとって眺めた。――うん、まずまずだ。

「よーし、もういっちょう。髪の毛さらさら、くるりんぱ。お顔はふっくら、にょーろりんこ……」

いい感じだ。お母さんの顔と園長の顔の区別がつかないかもしれないが、笑っていることさえわかればいいと思っていた。

バースデイカードは、親と先生の顔を描くことにした。みんな笑っている顔。みんな誕生日を祝ってるよ、君を見てるよ、大切に思ってるよ、ということを伝えようと思った。似せることは諦《あきら》め、その気持ちだけはなんとか伝えようと奮闘していたが、悪くない。とくにこのユウちゃん宛てのカードは気持ちが入っている。

「あっ、あのー、空いてるお皿をお下げしてもいいですか」

夏休みのアルバイトと思われるウェイトレスは、完全に不審者扱いの目つきだった。

しょせん男性保育士はマイノリティーだ。気にしたりはしない。

今日で夏休みは最後だった。誕生日会は明後日《あさって》。祐輔はもう心配はいらない。その日笑顔で出席するだろう。

僕は御嵩に頼んで、樫村美緒の元彼に会った。僕が、彼女とよりを戻して欲しいとお願いしたら、意外にあっさりいいよと言った。ただし、束縛するようなところを直せばという条件つきだった。翌日、御嵩も同席し、三人で会ったようだ。祐輔の母親は、元彼の条件を吞《の》んだ。悪いところは直すから、また一から始めましょうと言ったそうだ。

性格を直すのは難しい。しかしこの短い夏休みの間、抑えておくことぐらいはできるだろう。そのあとつまずいても、保育園が始まっているから、祐輔に異変があればすぐに気づくことができる。

昨日、井鳩園長が祐輔のうちを訪ねた。母親は突然の訪問に驚いていたが、園長を部屋に上げ、お茶をだし、話をしたそうだ。表情は明るく、心配ないと園長は電話で伝えてきた。

「よーし完成だ」

最後にとっておいたのが祐輔のカードだった。これで四人分すべてが完成だ。

僕はトートバッグから、保育士採用試験の参考書とノートを取りだした。まだ午後三時半。勉強する時間はたっぷりあった。

ドリンクバーへいき、カップをコーヒーでいっぱいにしてから、参考書を開く。目で文字を追い始めたとたん、携帯が鳴った。小虎の父親からだ。

「はい、星野です。先日はどうもありがとうございました」

「ギブアンドテイクだからな、礼はいらない。内緒で頼むよ」御嵩は囁《ささや》くように言った。

「ところで先生、人間は変われると思うかい」

「もちろん変われますよ」

突然なんでそんな話を、と不思議に思うが、僕は素直に答えた。

「そうかあ？　人間、変われるもんじゃないぜ。――いや、俺の前提が間違ってたのか。ばかな人間は変われない、って言うべきだったな」

御嵩は酒にでも酔っているような、浮ついた話し方をした。

「ばかは変われない。そいつは間違いないんだ。だから、同じ失敗を繰り返す。そんなことは百も承知なんだけどさ、変われるんじゃないかって毎回夢を見ちゃうんだよな、俺もばかだから」

「御嵩さん、なんの話をしてるんです。もしかして、樫村さんのことですか。まさか――」

「そうだ。彼女の話さ。またやったらしい。別れている間のことが気になったようで、あいつの持ち物を色々調べたらしいんだ。さっき電話があって、もう二度と会わないって荒れてたよ」

「そうですか、だめでしたか」

夏休みが終わるまで、もたなかった。それでも、明日《あした》には保育園が始まる。だから、どうにか――。

「話を聞くと、今回はちょっとやばいんじゃないかと思って、先生に電話したんだ」

「やばい？」

僕はトートバッグに参考書をしまい始めた。

「前の別れのときはあいつのほうがいっぽう的に怒り狂ったそうだが、今度は彼女のほうも半狂乱だったらしくて、物は投げるわ、壊すわだし、自分の子供まで殴ってたって言うんだ」

「ユウちゃんを？」僕は腰を浮かして言った。

「ああ、意味わかんねえよな。それだけに気になる。先生に知らせておこうと思ったんだ」

樫村美緒に虐待の恐れがあることを、御嵩にはそれとなく匂わせておいた。その上で元彼に会わせてくれるよう頼んだ。

「喧嘩《けんか》をしたのはいつなんですか」

「今日の昼ごろだと思う」

子供もいたというのだから、きっと樫村親子の部屋でだろう。男が立ち去り、怒りのやり場がなくなった母親はどうするだろう。僕はトートバッグと伝票をもち、レジに向かった。

「先生、彼女のとこにいってみるのかい」

「念のために」

「いまどこにいるんだ。保育園のあたりにいるなら送ってくよ。いま、俺はそのあたりを車で流している」

「じゃあ、お願いします。県道沿いのバニーズにいますから」

電話を切り、会計をすませて外にでた。園長にも知らせておこうと思い、携帯にかけたが話し中だった。御嵩がくるまでにもう一回――、やはり話し中だ。

五分もかからず御嵩が乗るワゴン車はやってきた。僕は車に乗り込み、美園団地に向かった。

「先生、何があっても、自分を責める必要はないと思うぜ。先生が復縁をさせたからそうなったんじゃない。さっきも言っただろ、ばかは同じことを繰り返すんだ。復縁しなくても、結局はそうなったんだ。俺にはわかるよ」

団地の近くまできて御嵩は言った。

百人がそう言ってくれたとしても、僕は納得できそうになかった。なにごともおきていないことを、ただ祈るだけ。

団地に接する県道沿いで僕は降りた。御嵩は仕事があるからと、そのまま引き返していった。

団地の敷地に入り、樫村親子が住む棟を目指して駆けた。救急車のサイレンが聞こえて、足が震えた。角を曲がり、親子が住む棟が見えたとき、足が止まった。棟の前にパトカーが停まっていた。住民も大勢佇《たたず》んでいる。

僕は、歩いている意識もなく進んだ。いったい何がおきたのか、それを知る手がかりを探そうと、あたりを窺《うかが》う。何も知り得ないまま、建物の前まできた。パトカーに警官の姿はなかった。

誰かに訊いてみようかとも思ったが、とにかく部屋までいってみようと決めた。階段は封鎖されてはいなかった。

「星野先生」

誰かに呼ばれた。

振り返って声の主を探した。佇むひとの間を縫って、園長が近づいてきた。

「園長先生、いったいどうしたんですか。何があったんですか」

園長は何も言わず、僕の腕を摑《つか》んで階段を上った。踊り場までいくと、立ち止まった。

「樫村さんから私のところに電話があったの。祐輔を殺したから見にきなさいよって」

「えっ」

僕は体の力が抜け、ふわっと浮き上がるような錯覚をした。園長の手が、僕の肩をしっかり摑んだ。

「大丈夫よ。駆けつけたときはしっかり意識もあった。一回蹴《け》っ飛《と》ばしただけだと言ってたけど、どうだかわかんない。少なくとも、腕の骨は折れていそうだった。いま救急車を見送って、部屋に戻るところだったの」

「お母さんは？」

「警察のひとがきているけど、まともに話せるような状態じゃないの。だから私が戻らないと」

園長は僕の肩を叩《たた》いて歩きだす。

「園長先生、僕はどうしたらいいんですか」

「星野先生は本当によくやったわ。悪いのはお母さん。だからユウちゃんのことは忘れなさい。もうこれから、ユウちゃんがうちに通うことはしばらくない。園をでた子に関わりながら、園での仕事をこなせるような能力は、まだ星野先生にはありません。もし忘れられず、関わるというのなら、園をやめてからにしてください。いいですね」

園長はいつになく冷たい言い方をした。けれど、それは突き放すようなものではなかった。視線も真っ直ぐこちらに向かってはこない。

「じゃあ、いきますよ」

園長は階段を上っていく。僕は何も答えられないままだった。肩から提げたトートバッグを強く握りしめていた。


「たんとんたんとん誕生日、今日はカコちゃんの誕生日、おめでとーう」

子供たちの元気な歌声が園舎に響いた。やけっぱちに聞こえるのは、一本調子で、声量のコントロールがきかないから。毎度のことで、しかたがない。

八月の誕生日会は、いつもより派手だった。使い回しのチェーン飾りに加え、クリスマス用の金モールまで使って壁を飾っていた。会の最初に、真夏のクリスマスだよと僕は煽《あお》ってみたが、「サンタさんいなーい」と子供たちはいたってクールだった。

ふたり目、三人目と名前を変えて同じ歌を繰り返し、四人目の歌が始まった。

「たんとんたんとん誕生日、今日はユウちゃんの誕生日、おめでとーう」

ひときわ大きな声が響いたのは、僕が声量のコントロールを失っていたからだ。

八月の誕生日、四人全員の歌が終わり拍手が湧いた。僕は立ち上がり、前に立つ主役三人の横に立った。

「最後は大きな声だったね。きっとユウちゃんにも聞こえたと思うよ」

酒井が僕を睨《にら》んだ。あなたの声が大きかっただけでしょ、と心のなかで突っ込んでいるのが僕には聞こえる。

昨日、誕生日会では祐輔のお祝いもする、と僕が告げたとき、園長と酒井に反対された。

酒井には「誰のためのお祝い？　ただの自己満足でしょ」とまで言われた。

いない子のお祝いをしたからといって、何か悪影響を及ぼすわけではない。ふたりとも、僕が祐輔のことをあとあとまで引きずるのではないかと、心配しているようだった。

今回は僕が担当をする初めての誕生日会だから、好きなようにやらせてくださいと、反対を押し切り強引にことを進めた。とはいえ、看板に名前を入れ、誕生日の歌をうたうだけのこと。いない子のお菓子を用意するのはかえってさみしいし、プレゼントとバースデイカードを手渡すことはどうやってもできない。自己満足にもならない、ささやかなお祝いだった。

みんなテーブルについて、西原さんが作ったレモンケーキを食べた。途中、園長と辻と村上が三人にプレゼントとカードを渡した。僕が作った手作り感満載なそれを嬉《うれ》しそうに受け取る。僕はポケットに手を突っ込みながら眺めていた。僕も嬉しいはずなのに、なんだか寂しさがこみ上げてきた。

肩を叩かれて振り返ると、後ろに酒井がいた。

「だしなさいよ。もってるんでしょ、ユウちゃんのプレゼント」

酒井は脅すような目をして言った。

僕はポケットから手を抜き、握っていたカードと紙で作った時計を酒井に見せた。

「よくできてるじゃない。気持ちがこもってる。このカードの絵、笑ってるのがしっかりわかる」

僕は頷《うなず》き、首を横に振った。

「酒井先生が言った通り、ただの自己満足でした。だけど全然満足いかなくて。結局、僕はこれをユウちゃんに渡したかっただけなんです。大好きだよと伝えたかった――」

無理なのは最初からわかりきったことだった。

「自分が大好きな星野先生らしい」

皮肉な言葉だったが、なぜかいつもの嫌みな感じはなかった。

「どんなに強く思っても、遠く離れたひとに気持ちが伝わるなんてあるはずがない。―

—でも、無駄なことだと私は思わない。星野先生の強い思いは、目の前にいるこの子たちに伝わり、心に何かを残すかもしれない。その影響で、この子たちの誰かがいつか何か行動を起こし、また誰かに影響を与えるかもしれない。それが巡り巡って、ユウちゃんに何かをもたらす可能性がないとはいえない。物理的にだけじゃなく、虚《むな》しくなるくらい心が遠いところにあるひとに、何かを伝えたいときも、私はそんな風に考えるようにしてる。それも自己満足かもしれない。奇跡に近いことだけど、絶対にないとは言い切れないでしょ」

「——そうですね」

届くまで、きっと何年もかかるだろう。僕の思いは形を変え、原形も留《とど》めていないはずだ。虚しさを紛らすための気安めだとしても、ひとからひとへ思いがリレーされていくのを想像すると、気持ちが浮き立った。

「あれ？ でも、酒井先生、僕がユウちゃんのお祝いをするの反対でしたよね」

「私、めそめそしたひとを見るのが嫌いなの」酒井はぷいと横を向いて言った。

だから反対したのか、だから励ましてくれたのかよくわからなかった。とにかく、どこかわざとらしいその尖《とが》り声《ごえ》に尻《しり》を蹴《け》飛《と》ばされ、僕はしゃきっとした。

「ありがとうございます」

僕が言うと、酒井は横目で見ながら頷いた。

手にしたカードに視線を落とした。大好きだよと思いを込めて書いたお母さんと園長の顔。笑っているのはわかるけれど、どっちがどっちだか、自分でも見事にわからなくなっていた。

　そんなんじゃ何も伝わらない、と自分を焚《た》きつけてみる。まだまだ、思いが足りない。

僕はみんながいるテーブルのほうに体を向けた。

「先生はユウちゃんが大好きだ。みんなもユウちゃんが好きだよね」

　突然の大声に、みんなはいっせいにこちらを向く。きょとんとした顔が、ふいに光を
放ったように見えた。

「大好き！」

　コントロールのきかない、調子外れの声が、塊となって押し寄せた。

5　愛がジグザグ

1

「夏が終わるー」と、嘆くような声が隣の席から聞こえてきた。

目を向けると、あぐらをかいた高校生くらいの女の子ふたりが、ぐったりテーブルに突っ伏し、嘆息を響かせている。僕は首を強く振って、参考書に視線を戻した。

ここのところ曇り空が続き、ひところに比べて気温も上がらないため、そんなことを言いたくなったのだろう。しかし、八月は十日ほど残っているし、まだまだ夏は終わらない。夏を制した実感のない受験生としては、終わってもらっては困るのだ。軽い焦りを紛らわすように、僕は憤慨しながらそんなことを考えた。

仕事が休みの土曜日、僕は県道沿いのファミレス、バニーズで保育士採用試験に向けての勉強をしていた。他にやることもなく、朝からテーブルに向かっている。間に昼食をとり、かれこれ五時間がたつ。児童相談所に保護されている祐輔のことや来月に催される運動会のことなどを考え、時折、集中力を途切れさせるが、今日はまずまずはかどった。ドリンクバーでアイスティーのおかわりを注いで戻ってきた。もうひと息頑張ろうと、参考書に目を向けたとき、通路をやってきたひとが僕のすぐ横で立ち止まった。

「おい、星野」

男の声が親しげに呼びかけた。僕はびくっと肩を震わせ、慌てて顔を上げた。

スーツ姿の男だった。一瞬誰だかわからなかったのは、口の周りを、かつてはなかった髭《ひげ》が囲んでいたからだ。

「大林《おおばやし》か。久しぶりだな。こんなところで会うなんて――」

僕は立ち上がって言った。

大林は会社員時代の僕の同期だ。同じ大宮《おおみや》支社で二年半一緒に働いた。

「お前が保育士になったって噂を聞いていたけど、ほんとなんだな」

いったい何を見てそう判断したのだろう。保育士採用試験の参考書だろうか、日に焼けた肌だろうか。アップリケのついたサブバッグを、今日はもってきていない。ちょっと小ばかにしたような大林の表情に苛《いら》っとしながらも、僕は普通の顔で、そうだよと答えた。

「もしかして、大林も会社を辞めたのか」

髭を生やしているし、ネクタイをしめていない。一緒に働いていたときと雰囲気が変わっていた。

「そうなんだよ。お前の影響なのかもな。あのあと、俺もうちの仕事に疑問をもつようになってさ、やる気をなくしたんだ」

「そうだったのか」

大林も元の会社と関係が切れていると知って、気が楽になった。

「で、いまはなんの仕事をしてるんだ」

「親の仕事を手伝ってるんだ」

大林は髭面《ひげづら》に似合わないはにかんだような笑みを見せた。

「お前の実家って、確か絵を売ってるんだったよな。継ぐ気はないって言ってなかったっけ」

「絵じゃなくて、古美術品だよ。なんだかじじ臭い仕事だと、学生のころは魅力を感じなかったけど、いったん社会にでてみると、そういうのも悪くないと思えるようになってね。無駄なものを売りつけるのは、保険会社とかわらないけど」

「確かに」僕は乾いた笑い声を響かせた。

「元気そうで何よりだ。保育士になったと聞いたときは意外だったけど、案外、星野に合ってるのかもな」

「ああ、間違いなく保険会社より合ってる。やる気満々で頑張ってるよ」

保育士が意外と思われるくらい、会社にいるときは自分を押し殺していたのかもしれない。

「俺も頑張ってますよ。これからお得意様に営業さ。お金持ちの偏屈なお客様なんで、けっこう、びびってるんだよ」

大林はわざとらしい怯《おび》え顔でおどけて見せた。

営業に向かう大林と一緒に、僕も店をでることにした。営業先が僕の帰る方向と同じなので、道すがら、僕が辞めたあとの話でも聞こうと思った。

てっきり歩きだと思ったら、大林はベンツのワゴン車できていた。客に見せる商材を積んでいるのだそうだ。僕は生まれて初めてベンツに乗った。

「このへんにも、古美術を趣味にするような金持ちがいるんだな」ハンドルを握る大林に僕は言った。

豪邸などあまり見かけないし、文化の香りもしない土地だから、少し意外に感じた。

「古美術好きの小金持ちなんてどこにでもいるもんさ。だけど、今日いくところは、このへんの地主で、かなりの資産があるようだ。昔は駅までいくのに、自分の土地からでることはなかったそうだから」

「それは土地持ちの資産家を持ち上げるときの常套句《じょうとうく》だろ」

「まあ、それがほんとかどうかはわからないが、たいそうな金持ちであることは家を見ただけでわかるよ。うちのお得意さんでね、親父とは長いつき合いだが、俺が会うのは今回がまだ二回目なんだ。気難しそうで威圧感もあってね、緊張するんだよな」

今度はおどけたりしなかった。大林は注意深く安全確認をして、ゆっくりと右折をする。

結局、たいした話もできなかった。県道をそれて、すぐにベンツは停車した。車窓から見える家を見て、やっぱりここかと僕は思った。

バニーズの往《い》き帰りにいつも前を通る、このあたりでは数少ない豪邸のひとつだった。長大な塀と家屋が一体化したコンクリート造りの建造物は、表札がなく、正面から窓が見えないこともあって、まるで要塞《ようさい》のようだった。前を通るたび、いったいどんな人間が住んでいるのだろうと想像するが、うまく頭に描けたためしがなかった。一度、宇宙人をこの家に配置してみたら、しっくりいったものの、まさかそんなはずはない。

「それじゃ、頑張ってな。商談がうまくいくことを祈ってるよ」

車から降りて僕は言った。

「ものさえ気に入れば、ぽんとお金をだしてくれるんだけどね……」

なかなかそれが難しいのだろう。大林は溜息《ためいき》を漏らしそうな顔で言った。

僕は大林の肩を叩《たた》き、別れを告げた。大林は「よっしゃっ」と気合を入れて、黒い木製の門に向かった。インターホンに手を伸ばしかけたとき、カチッと何か金属音が聞こえた。歩き始めた僕は、足を止めた。

門が開き、なかからひとがでてきた。その顔を見て、僕は我が目を疑った。実際、手の甲で目を拭《ぬぐ》ってもみた。

宇宙人がでてきても、これほどは驚かなかっただろう。要塞のような家からでてきたのは、酒井だった。

酒井もこちらに気づいたようで、目を見開いた。すぐに眉《まゆ》をひそめて、怒ったような顔になった。

「酒井さんのお嬢様でいらっしゃいますか」

大林が少し前屈《まえかが》みになって訊《たず》ねた。

「そうですけど」

酒井は戸惑い顔で大林のほうを向いた。

「心幻堂《しんげんどう》の大林と申します。お父様にはいつもお世話になっております。よろしくお願いいたします」

「どうして、星野先生が――」こちらに顔を向けた酒井は、思いだしたようにさっと眉をひそめる。

「大林は会社員時代の同期なんですよ。さっき、そこのファミレスでたまたま会って。まさか、訪問先が酒井先生の自宅だとは思わなかった」

「星野、お知り合いなのか」

「お知り合いだよ」口を半開きにした大林に、僕は半笑いで答えた。

「保育園の先輩なんだ」

「父ならなかにおりますので、どうぞインターホンを押してください」

酒井はそう言うと、僕に軽く頭を下げて歩きだした。

「いや、驚いたよ。まさか星野の知り合いだったとは」

「俺も驚いた。何度もこの前を通ったことがあったんだよな」

僕は白亜の豪邸を見つめた。なかに住んでいる人間がわかっても、要塞の印象に変わりはなかった。

「なかなかの美人だな」

「性格はたぶん、お父さん似だと思うよ」

大林は、「うへっ」と声を上げた。

どこへ向かうのか、酒井は県道のほうへ足早に遠ざかっていく。僕はその後ろ姿を見つめながら、先ほど大林が口にした言葉を思い返した。

お嬢様。

2

「正直、うちでは、他の園と差別化できるような特色のある保育を行ってはいません。ただ、のびのびと子供たちが遊べるように、努めています。子供たちは遊びのなかで、学ぶことが多いですから」

僕は、園内を動き回る子供たちを見つめながら言った。

スーツ姿の中里《なかざと》は、二回頷《うなず》き、なるほどと言った。

「そういった意味では、うちの園は三歳児から五歳児までの認可外園を併設している点が強みとはいえます。子供は、お兄ちゃん、お姉ちゃんの行動を真似したがるもので、年上の子がいるとスムーズに新しいことを覚えていけます」

「なるほど」中里は笑みを浮かべてまた言った。「なかなかセールストークがお上手ですね。納得しました」

「いえいえ、セールストークというわけではなく、本当のことで――」

僕は慌てて言ったが、中里は嫌みではなく、本当に感心しているようだった。

実際のところ、いまのはセールストークだった。中里の応対を任せられた僕は、園長からよくうちの園を売り込んでおくように言われていた。

中里はみつばち園の見学にきた、一歳児の父親だった。九月に、転勤で彩咲市に越してくるため、受け容《い》れてくれる家庭保育室を探しているところだった。もちろん、中里としても、受け容れてくれるならどこでもいいわけではないだろう。

みつばち園が受け容れている園児の数は、保育士の配置基準に則した定員より少なめだった。保育士が突然風邪で休むこともあり得るわけで、ひとり欠けてもどうにか県の定めた基準を満たし、なおかつ、手が回る人数を園長が判断して募集していた。だから、現在、在園している子供たちが定員といえばいえるのだが、園児たちは四月から成長している分、手がかからなくなっているため、いまなら、ひとりやふたりの子供を受け容れることは可能だった。

園長としてはいまのうちに、ひとりでも園児を入園させておきたいという思惑があった。家庭保育室は、一般の認可保育園と違って、園児の募集にあたって、市から振り分けられるだけではなく、独自に募集もできる。園長は信頼が厚いため、市から振り分けられるのは家庭に問題のある子供が多かった。園長も問題のある家庭の子が回ってくれば一生懸命に面倒をみるのだが、やはりトラブルは避けたいと思っていた。そのためには、市が募集する前に、できるだけ多く、自前で園児を集めることが必要だった。

中里は企業に勤め、見たところしっかりした人物のようだった。中里の子供が入園すれば、来年度の二歳児が早くもひとり埋まる。実際以上に飾ってまで売り込む気はないが、老朽化した園舎に惑わされることなく、ありのままのみつばち園の良さを中里に見てもらいたいと思っていた。

「時間があれば、給食も見ていってもらいたいですね。手をかけたおいしい給食、見ただけでもわかると思います」

「残念ですが、今日はもうそろそろ失礼させてもらいます。また今度、家内と子供を連れて見学にこさせていただくかもしれません」

そもそも、父親がひとりで見学にくるというのが珍しいそうだが、転勤に伴う入園であればそれも不思議ではないだろう。

「大きいお子さんもいらっしゃいますね。あれはなんなんでしょう」

遊ぶ子供たちに目を戻した中里が言った。

「ああ、あれは、うちを卒園した小学生です。夏休みなので、ときどき遊びにくるんですよ。在園時、いい思い出がたくさんできたから、懐かしくなるんでしょう。こちらとしても、園児たちと遊んでくれるので、助かっています。色んな年代の子供たちと触れあうのは園児たちにとっても大切なことですし」

僕はセールストークを加速させた。

中里は納得したように大きく頷いた。

「みつばちさんは、なかなかいい園ですね。子供たちの居心地もよさそうです。実は、こちらのほうに知り合いがいましてね、みつばち園はいい先生が揃っていると、薦められてきたんです。ただ、ネットの評判を見ると、いいことばかりでもないんで、どうかなと思ったんですが、実際に見て安心しました」

「ネットの評判ってなんでしょう。何か書かれてるんですか」僕は驚き、訊ねた。

「いや、たいしたことじゃないですよ。よくあるネットの中傷でしょう。それより、先ほど、上の園児の真似をして学ぶとおっしゃっていましたが、併設している認可外の園児たちとは垣根はないのですか。私も、できれば、色んな年代の子供たちと遊ばせたいと思っているんですが」

「……ええ。はい、あまり垣根はないです。外遊びや散歩など、別々にいくこともありますが、基本的には一緒に遊び、一緒に食事をして過ごしています」

「なるほど、それはいいですね」

中里はやや声を大きくした。なぜか、突然わざとらしくなった。

ともかく、中里はネットに書かれたことは気にしていないようだ。しかし、僕は気になる。いったい、みつばち園のどんなことが書かれているのだろう。


「星野先生、私に何か文句でもあるんですか」

昼食前、外遊びから帰る道すがら、酒井は怖い顔をしてそう言った。

「別に何もないですけど、どうしてそう思ったんですか」

「なんか、ときどき、私のことを睨《にら》んでいませんか」

「……いや、それは別に。とくに意味があってじゃないですよ。たまたま目がいっちゃっただけだと思います。——ほんとに」

酒井は目を細めて、強く疑念を表す。

言い訳じみて聞こえただろうが、本当のことだった。僕はずっと酒井のことを、埼玉の元ヤンキーだと思っていた。それが一昨日《おととい》、家の前で会ってお嬢様だったとわかり、僕の頭はその落差にうまくついていけないのだ。ギャップを埋めようという無意識の反応なのか、つい目がいってしまう。

別にお嬢様が、ヤンキーであることもあるだろうし、実際に酒井はそうだったのかもしれない。ただ、目の前にいる酒井は、どうにもお嬢様という言葉と結びつかないのだ。

しかし、お嬢様で間違いはない。大林が「お嬢様ですか」と訊《たず》ねたとき、「そうです」と酒井ははっきり答えたのだから。

「また、変な目で私を見ています」

「ああ、すみません」

僕はお嬢様に叱られた執事のように、素早く低く、頭を下げた。

「別に、私に何か文句があってもいいですけど、無闇《むやみ》に睨まないでください」

「わかりました。そうします。――でも、文句はないですよ」僕は慌てて言い足した。

退園時間になると、さっさと帰っていく酒井は、あの要塞《ようさい》のような家で何をしているのだろう。僕はふと思った。

あの家ならカラオケルームがあるかもしれないし、ことによったらバンド練習が可能なスタジオまで完備しているかもしれない。色々、やることはあるのだろう。ただし、以前、辻が言っていたように、女の幸せが落ちていることは、あの家でもないだろう。いや、外部との交流を拒絶するような あの要塞なら、なおのことか。

「星野先生、先日のお友達、セールスに成功してましたよ。父はいくつか買ったみたいです。私には関係ないことですけど、いちおう報告しておきます」

「そうですか。ありがとうございます。それにしても、あのときは、驚きました。まさか酒井先生が、あの家からでてくるとは思わなかった」

「私があの家に住んでいたらおかしいですか」

「……そんなことはないですよ。ただ、まさか元の同僚がセールスにいった家に――」

「いいんです。あんな家、誰が住んでいてもおかしいと思いますから」

遮るように言った酒井は、薄い笑みを浮かべていた。それは、僕が想像する、元ヤンに相応《ふさわ》しい笑みだった。

僕はふっと息をつき、話題を変えることにした。

「酒井先生、うちの園のことがネットに書かれてるって、知ってますか。なんか、あんまりいいこと書かれてないみたいなんですけど」

「ああ、なんかあるらしいですね。でも、そんなのは、きっとどこの園でも書かれてますよ」酒井は気に留めた様子もなく言った。

「見たことないんですか」

「見ませんよ、そんなの。見たって役に立つことなんて、ありそうもないから」

「気にならないんですか」

「気になりません」

こちらに顔を向け、首を横に振った。無理して言ってる感じはしなかった。

あれだけ大きい家に住んでいるのだから、人間も大きいのだろう。ただの庶民の僕は、とても聞き流すことはできない。自分の悪口が書かれているのと同じくらい気になるし、読む前から、殺伐とした気持ちになる。

「先生たち、仲、いいんですね」

背後から聞こえたのは冷めた声。振り返ると、円季沙羅《まどかきさら》がすぐ後ろまできていた。

「心音が泣いてる。おもらししたみたい」

季沙羅と手を繋《つな》いだ心音は、顔をうつむけ、肩を揺らしていた。

「ああ、ごめんね、気づかなくて。もう少しで着くから、がまんしよう、――ねっ」酒井が体を屈《かが》めて言った。「季沙羅、ありがとう」

季沙羅は無表情で酒井と僕に目を向けると、無言で頷《うなず》く。しっかりして、とその目は語っていた。

背を向けた季沙羅は、子供たちの列の最後尾に戻っていった。

みつばち園の元園児、円季沙羅は、中学三年生だ。外遊びにでかける前に、ふらっと現れ、一緒に遊びにいってもいいかと園長に許可を求めた。園長がやってくる卒園生を拒むことはない。「みんなといっぱい遊んであげてね」と言って送りだした。とはいえ、夏休み中、やってきた卒園生は小学生ばかりで、中学生は初めてだった。

季沙羅には弟がいて、認可外を去年、卒園していた。母子家庭の季沙羅は母親にかわって送り迎えをよくやっていたらしく、僕以外とはみな顔なじみだ。

「なかなか、しっかりした子だな」

「きっと星野先生よりしっかりしてますよ」

心音と手を繋いだ酒井は、けっして嫌みっぽくはなく、さらっと言った。それだけに、僕の心の奥深くまで突き刺さる。とてもしゃくだ。

季沙羅は少し髪を赤く染めていた。無口でクールな感じは、ヤンキーとまではいわないが、ちょっと不良っぽい。もしかしたら、酒井も中学生のときはこんな感じだったのだろうか。

「星野先生、また変な目で見てます、私のこと」

3

「うわー、頭にくる。そんなこと書かれてるんだ」

辻がいつもより、数段、声を高くして言った。

「でしょ、腹立つよね」

僕は共感が得られたことにほっとしながら、怒りをぶり返した。

「ちょっと、どこの誰、そんなこと言ってるやつ。絶対、許せない」

巧《たくみ》をあやしていた酒井が、誰よりも怒りを露《あらわ》にして言った。

「酒井先生、気にならないって、昨日、言ってませんでしたか」

「……あれは、なんか書いてあると知っても気にしない、見る気ないってことでしょ。内容を知っちゃったら、黙ってらんないわよ」

僕は笑みを浮かべて頷いた。ひとの激しい怒りを見ると、自分の怒りは案外引いていくものだ。

僕は昨日自宅に帰ってから、ネットでみつばち園の評判を調べてみた。掲示板の彩咲市の保育園を語るスレッドに、いくつか書き込みを見つけた。意外に、みつばち園そのものを批判するような書き込みは少なかった。保護者など、園の関係者が書いたと思われるものも見あたらなかった。僕が見つけたのは、卒園した児童が通う、小学校の父母が書いたと思われる意地の悪い言葉だ。

みつばち園を卒園した子たちって、なんであんなに落ち着かない子ばっかりなんだろう。うちの子のクラスにやたらに暴力的な子がいて、どこの保育園出身かと思ったら、やっぱりみつばちだった。授業中に騒いでいるのは、たいていみつばち出身。あそこは、いったいどういう保育をしてるんだろう、こわい、こわい。

書き込んでいるのは、うちの園を直接知らなそうなひとばかりで、ほとんどが卒園した子たちを悪く書いている。たぶん、辻も酒井も、それだけに腹が立ったのだと思う。園の教育方針などを批判されたなら、もっと冷静でいられただろう。僕もそうだ。卒園した子たちのことはわからない。けれど、ここにいるみんなは、こんないい子たちなのだから、卒園した子たちだってそんなに違いがあるはずはないのだ。僕は、いま預かっている子たちが批判されたような気になり、最初に読んだときは、くらくらするぐらい頭に血が上った。

「なんでそんなこと言われなきゃならないの、こんないい子たちなのに」

辻が悲しそうな顔で、巧の頬をつついた。

「そうだよね。ほんといい子たちだ。見にきてみろって、言いたいよ、僕は」

「ですよね。私たちのひいき目じゃないですよね。だって、不思議に思うことありますもん。うちは問題のある親御さんも多いのに、どうして子供たちは素直でいい子ばかりなんだろうって。もっとひねくれててもおかしくないのに、すごいなって思うくらいなんだから、間違いないですよね」

僕はしーっと口に指を当てたが、辻は充分に声を落としていた。

延長保育の終わりの時間が近づき、迎えの親たちがぱらぱらと集まってきていた。

「辻ちゃん、間違いないよ」

酒井が巧に頬を寄せ、優しい声で言った。

「間違いない」僕も言った。

しばらく沈黙が続いたのち、辻が深い溜息《ためいき》を響かせた。

「間違いないけど、ちょっと違うのかな」

「えっ、どういうこと」

辻の静かな、諦《あきら》めたような声を聞き、僕は背中にひやりとするものを感じた。

「ここにいる子たちがいい子なのは間違いないけど、書き込んだ親たちも、別にそれほどひどいことを言ってるわけでもないのかなって、ちょっと思えてきた」

「あんなところに書き込んでるのは、暇をもてあました、どうしようもない親ばかりよ」

酒井が低い声で切り捨てた。

「そこはほんとにそう。しょうもないと思います。ただ、言っている内容はよくあることかなと思って」辻は作ったような笑みを見せ、巧の手を握った。「都会のハイソな地域って、専業主婦も多いから、幼稚園にいく子供が多いでしょ。そういう地域の小学校だと、保育園からきた子はなんで落ち着きがないのかしらとか、勉強が遅れがちねとか、陰で色々いってる。それと同じことなのかもしれない」

「よくあるからって、別に、いいってわけじゃないと思うけどな」

「それもそうだけど、よくあるってことは、誰か特定のひとが、うちの園に悪意をもって、あれを書いているわけでもないってことなのかなって思って。書かれているような印象を実際に受けたのかもしれない」

「じゃあ、園の子たちは卒園して悪くなっちゃったって、思うの」

「みんながそういうわけじゃないだろうし、別に暴力的だからって、悪い子だと決めつけられるものでもないでしょ。書いた親たちだって、卒園した子たちをよく知っているとも思えないし。とにかく書きたくなるくらい目立つということは、それなりの数の子が、悪く見えるっていうことなんだと思う」

「根は悪くないけど、悪く見える。そんなのも認めたくないな。別にいい子でいる必要はないけど、こんなかわいい子たちが、大人からそんな風に見られるようになるなんて」

「しかたがないですよ、私たちの目が届かなくなるんですから。子供たちも成長して、色んなものが見えてくるし、保育園のときのように、先生が一日じゅう見守ってくれるわけでもない。まあ一部ですけど、子供がひねくれてもしかたのない親もいますから」

最後は小声で言った。

「しかたがないですますのは嫌いだ」僕は強く首を振った。

「何を熱くなってるんですか、星野先生」酒井が冷めた声で言った。「先生は、来年にはうちの園からいなくなるんですよね。この子たちがどうなろうと、関係ないんじゃないですか。少なくとも、悪くなった姿を見ることはないわけだし」

「それは……」

しかたがないですますのは嫌いだ、と言ったばかりなのに、僕は使いたくなった。

「今晩はー。どうもお久しぶり」

甲高い声が頭に降ってきた。聞いたことのある声だと思って顔を上げたら、知らない顔がすぐ後ろに立っていた。明るい髪、ラメが入った黒Tシャツ。派手な感じのする女性だった。

「あら円さん、お久しぶりです」

酒井と辻が声を揃えて言った。

どうやら季沙羅の母親のようだ。

「うちの子たち、きてる？　携帯に電話しても繋《つな》がらないのよ。帰りに買い物をしてきてもらおうと思ったんだけど」

今日、季沙羅は、弟の界斗《かいと》と一緒に朝からきていた。

「ふたりはいま、園長先生たちと外遊びにでかけてます。もう少ししたら戻ってくると思うんですけど」辻が言った。

「あらそう。だったら、戻ってきたら、ふたりに伝えてくれる。夕飯の材料を買ってきてって。食べたいものを買ってくればいいから」

「そう伝えればわかるんですね」

「大丈夫。季沙羅はいつもお手伝いしてくれてるから」

そう言って母親は、千円札とナイロンのショッピングバッグを辻に渡した。

なんだか僕にはわからなかった。買い物してきてと頼むために、なぜわざわざやってきたのだろう。外にでたのだから、自分が買い物をすればそれですむような気がする。

「お母さんは、これからでかけるんですか」

僕は訊《き》いてみた。

季沙羅の母親は、眉《まゆ》をひそめて僕に顔を向けた。

「あら、もしかして男の先生？」

ぱっと顔を明るくして言った。

「そうなんです。うちの園で初めての男子保育士なんです」辻が答えてくれた。

「よろしくお願いします。円順子《じゅんこ》といいます。——ああ、そうそう、でかけないですよ。うちに帰って、子供たちが買い物してくるのを待ちますよ、もちろん」

何か家で用事があるということなのかもしれない。

「それじゃあ、すみません。よろしくお願いします」

母親は明るく手を振って帰っていった。

「なんだったんだろう」

「あまり考える必要はないわ。いつもああいうひとだから」

酒井はぶっきらぼうに言った。

「なんだかいつも楽しそうなんですよね。まあ、悪いことじゃないですけど」

その楽しさが子供たちにも伝染すればいいのだけれど、そういうものでもないだろう。外遊びから帰ってきた姉弟《きょうだい》に、買い物をしてくるよう母親からの言付けを伝えると、弟は「ががーん」と言って白目を剝《む》いた。

姉は背中を丸め、口を半開きにし、「はあー」と声を裏返した。顎《あご》を歪《ゆが》めて、視線を漂わす。その佇《たたず》まいは正統派ヤンキーだった。

「まあまあ、たまにはお母さんのお手伝いをしてあげて」

辻がそう言って季沙羅の肩を叩《たた》く。お金とショッピングバッグを差しだした。

季沙羅はそれを無言で受け取ると、弟の手を引き、部屋の隅のほうにいった。しゃがみ込んで、姉弟、額をつきあわす。何やら作戦会議のようだった。

お迎えのピークで、園舎はひとでごった返していた。僕はまだ迎えがこない子供たちと折り紙をしていた。大翔の帆掛け船のできばえを褒めていたとき、井鳩園長が声をかけてきた。

「星野先生、季沙羅と界斗がいま帰っていった。ちょっとあとをつけてもらえないかしら」

「えっ、あとを――?」

腕組みをした園長は、大きく頷《うなず》いた。

「なんか様子がおかしかったから」

「親の手伝いなんて、子供はみんないやがりますよ」

園長は目を伏せ、首を横に振った。

「季沙羅が夏休みにうちにくることなんていままでなかった。夏の終わりにやってくる子はね、だいだい心に何かを抱えてるものなの」

夏はまだ終わらない、と反射的に考えたが、それは僕の感覚。来週には夏休みが終わってしまう中学生にとっては、もうカウントダウンが始まっている。

「きっと私に何か相談したくてきているんだと思う。外遊びのときに、それとなく訊いてみたんだけど、口を開かなかった。諦《あきら》めたような薄い笑みを浮かべて首を振るのよ。季沙羅は心の強い子だけど、折れる寸前、っていう感じがしたの。だから気になって」

「わかりました。あとをつけてみます」

僕にとっては、声に迫力がない園長のほうが心配だった。今日は男性保育士の会の非公式会合の日だったがかまいはしない。僕は立ち上がり、玄関に向かった。

「終わりの時間なのにごめんなさいね。いちばん顔を知られてないのが、星野先生だから」

他の先生に比べたら、というだけで、二日も一緒にいるのだから、ほとんど意味はない。慎重に、と自分に言い聞かせて外にでた。

十五分ほど歩いて、ふたりが住む花咲町団地の近くまでやってきた。前をいくふたりに怪しい動きはなかった。歩きながらジャンケンをしてみたり、お尻《しり》に蹴《け》りを入れたり、じゃれあっていた。

他人には簡単に心を開いたりしそうにない季沙羅だが、弟とは普通の関係を築いている。いや、一般的にこの年代の子は、歳の離れた弟の相手など面白くもないから、あまりしないものだろう。それを考えると、普通以上に面倒見のいい、お姉ちゃんなのかもしれない。

団地に隣接するスーパーにふたりは入っていく。距離をとっていた僕は、足を速めて店内に入ったが、ふたりを見失った。

通路を進んでいくと、買い物かごを提げた季沙羅の姿を見つけた。界斗の姿は見えない。買い物をするだけなら、とくにあとをついて回る必要もないだろう。僕は外で待っていようと考えた。

季沙羅が手にしていた特売の醤油を箱に戻した。すぐに、また醤油を手にしてボトルを眺める。

おかしい。なんで同じ商品なのに、見比べているのだろう。よく見ると、季沙羅はボトルを見ていなかった。別のほうを窺《うかが》っている。

僕は動きだした。ぐるっと棚を回り、季沙羅が見ていたほうを、反対側から覗《のぞ》いてみるつもりだった。棚からそっと顔をだした。

いた。界斗が棚の前に立っている。手にしていたパスタを、ナイロンのショッピングバッグに入れた。すぐに横に移動し、今度は何かの缶詰めを手にする。しばらく缶を見つめていると、あたりを窺うこともなく、無造作にそれをショッピングバッグに落とした。界斗は姉のほうに向かった。季沙羅は弟を待たずに移動する。棚の陰に消えた。

界斗は肉売り場、総菜売り場を巡り、エントランスに近い野菜売り場に立った。界斗が売り場に立つとき季沙羅は近づかない。遠くから界斗のほうを窺っている。さらに遠くから監視する僕は界斗が何をやっているのかわからない。ただ、ショッピングバッグが膨らんでいくのは確実だった。

野菜売り場を離れた界斗はエントランスのほうに向かった。距離をおいて季沙羅も続く。

いけない。僕も棚を回ってエントランスに向かう。駆けると怪しまれると思い、早歩きにしたが、たぶん駆けるよりよっぽど怪しい。エントランスに近い通路にでて、横から界斗に近づく。エントランスをでようとした界斗に声をかけた。

「界斗君」

足を止めた少年の体がびくっと震えた。その姿を見て、僕の胸は痛んだ。本当に痛みが走った。

「まだ、お店からでられないよ。何か忘れてるだろ」

界斗の傍らに立って、肩に手を回した。

あとからやってきた季沙羅が足を止めた。

「会計をしないと。お母さんからお金をもらってるよね。足りるかどうか、もう一回計算したほうがいいかも」

咎《とが》めるような目つきで僕を睨《にら》んでいたが、季沙羅はふてくされた顔でそっぽを向いた。

「さあ、早く帰らないと、お母さんも食事の準備ができないぞ。今日はゆっくり寝て、また明日《あした》、遊ぼう。明日もくるだろ、みつばち園に」

季沙羅がこちらに顔を向けた。

「きてね、必ず」

きて欲しい。目の届くところにいて欲しいと僕は切実に思った。見守っていないと、どんどん悪い子になっていく。そんな強迫観念が僕の喉元《のどもと》をぐいぐいと締めつけた。

4

「そういう怖さは確かにあるよね。卒園して、自分たちの目の届かないところへいったら、どうなっていくんだろうって」

尾花が空いたグラスを大将のほうに向けながら言った。

「俺にはわっからないな。俺は子供たちの未来を信じているから。たとえ回り道しても、きっと立派に成長するってさ」森川が普段よりもさらに大きな声で言った。

「そりゃあ、森川さんのところはしっかりした親御さんが揃ってるからそう言えるんです。星野君のところは大変なんですから。虐待する親もいるし、ネグレクトもいる。トラブルのデパートみたいなところなんですよ、みつばちさんは」

「ちょっと尾花さん、うちの園を悪く言わないでくださいよ。うちの園だっていい親はいるし、園児なんてみんないい子たちなんですから」

僕はテーブルから顎《あご》を引き離し、尾花に指を突きつけた。

「ちょっと、星野君、飲み過ぎじゃないかな。せっかく、星野君の擁護をしようと思ったのに」

酔っぱらっているという自覚があるから、まだ大丈夫だろう。それにしても、遅れてきたのに、僕だけなんでこんなに酔っぱらっているのだ。酒に何か入っているのではないかと、鼻を近づけたら、気持ち悪くなった。

姉弟《きょうだい》がしっかりレジを通るのを見届けたあと、僕は園に戻り、園長に報告をしてからこの居酒屋にやってきた。

ふたりが万引をしようとしたことを伝えると、井鳩園長はよかったと言った。何か悩んで、家出したり、自殺しようとしたりはしなかったのね、と。その目は潤んでいたが、けっしてほっとしたからではないだろう。

園長はよくやったと僕を労《ねぎら》った。怒らず、明日くるように言ったのは正解だったと。季沙羅は万引して母親からもらった金を浮かし、小遣いにしようとしたのだろう。さもしい考えだし、幼い弟を引き込んだのも許せない。悪いことをしたのだから、当然、その場で怒ることも考えた。しかし、そうしたら、季沙羅はみつばち園に近づかなくなる。それが僕には怖かった。あの母親に伝え、叱ってもらったところで、季沙羅の軌道を修正できるとも思えなかった。だから僕は怒らなかった。明日、園にきてくれればきっと間に合う、と信じていた。

「まあな、本音でいえば、星野君の言うこともわかるよ。卒園した子たち全員が、すくすくと素直に育つなんてあり得ない。そのとおりだよ、あのちっちゃくてかわいい子たちが、ワルになることもあると、受け容《い》れるしかない。俺たちの目が届かないからそうなるわけじゃないんだよ。就学前の子供たちは、心が柔らかいからさ、たとえ親がだめでも、日中、俺たちが見守ることで、なんとか心を真っ直ぐに立て直すことができる。だけど、だんだんとそうはいかなくなる。子供たちが目の届くところにいたとしても、思うようになんていかないんだ。それが成長ってものなんだよ」

それじゃあ、季沙羅はもう手遅れなのだろうか。明日、みつばち園にやってきても、何もできないのだろうか。僕はグラスを摑《つか》み、ごくごくとハイボールを喉《のど》に流しこんだ。

「そういう意味では、俺たちは幸せなんだよ。いちばんかわいい時期、いちばん、心が柔らかい時期の子供たちを見守ることができるんだから」

「だね」と言って尾花はうまそうに酒を呷《あお》った。僕も頷《うなず》いたが、突如、ひっかかりを覚えた。

——違う。僕は自分の幸せのためにこの仕事を選んだんじゃない。

テーブルに戻したグラスが、がつんと激しい音を立てた。

5

翌日、いまかいまかと待っていたが、なかなか現れずやきもきした。午前の外遊びにでかける寸前、季沙羅は界斗を連れてやってきた。

「よくきたね、ふたりとも」

井鳩園長はそう言ってふたりを抱きしめた。界斗はわけがわからないといった感じで、目を丸くし、首を捻《ひね》った。季沙羅は無表情だった。遠い目をして井鳩を見つめた。ただ、昨日にくらべてやつれたような顔をしていた。昨晩はよく眠れなかったのかもしれない。きっと万引しようとしたことを後悔しているに違いない。

園長とふたりで引率し、タイヤ公園にいった。しばらくは、こちらから昨日のことは話さず、見守りましょうと、あらかじめ園長と申し合わせをしていた。

ふたりとも、昨日までの活発さはなかった。公園を駆け回ったりすることもなく、砂場で川やダムを造って遊ぶ園児たちに交じり、地面にしゃがんで現場監督をしていた。遠くから季沙羅を見ていた僕は、自分と一緒なんだなと、あらためて思った。かもしか保育園に通った、中学三年の夏を、季沙羅の夏休みと重ね合わせていた。

　季沙羅が何を思い、保育園にきて子供たちと遊んでいるのかはわからない。たぶん、抱えるものも、頭のなかも、かつての僕ほど単純ではないと思うが、園にやってくることで何かが少しでも解消できればいいなと僕は祈っていた。

　昼近くになって園に戻ってきた。門を潜って、玄関に向かっているとき、僕は季沙羅と界斗に訊《たず》ねた。

「昼ご飯はどうするの」

　卒園生の食事を園では用意していない。やってくる子たちは、お弁当をもってきたり、家に食べに帰ったりする。昨日ふたりは、コンビニでおにぎりを買ってきた。それを園児たちが羨《うらや》ましがるものだから、給食の西原さんは、ちょっと落ち込んでいた。

　僕の質問に答えは返ってこなかった。そんな難しい質問でもないのに、季沙羅は口を曲げて、考え込むような顔をした。界斗は——、おかしな顔をしてる。薄目を開け、くしゃみでもしそうに、鼻をひくつかせていた。

「どうしたんだい」と訊ねたとたん、界斗は、何かを吐きだすのではないかと思えるくらいに大きく口を開けた。でてきたのは、大きな泣き声だった。

　界斗は地面にへたり込み、天を見上げて泣きじゃくる。小さい子たちが、どうしたのと心配そうにやってきた。園長も「大丈夫？」と覗《のぞ》き込む。

「お腹すいた」

界斗はだだをこねるような調子で、そう叫んだ。

「なんだ、そんなことでか」

僕はそう口にしてから、はたと気づいた。お腹がすくということは、そんな——で片付けられることばかりではない。この園に勤め始めて五ヶ月、僕は充分学んでいた。

界斗の傍らにしゃがみ込み、僕は界斗のお腹に手を当てた。やはり思ったとおり、少年のそこは極端にへっこんでいた。

「ご飯、食べてないの？」僕は季沙羅に目を向けた。

例によって季沙羅は顔を背けた。しかし、すぐに顔を戻す。そして、園長のほうに目を向けた。「食べてない」

甘えるような声だった。つっぱりきれないほど、お腹がすいているのだ。

「そうだったの。言ってよー」

園長は季沙羅の頭をなで、しゃがみ込んで背後から界斗を抱きしめた。

僕は立ち上がった。

「食べさせてもらえなかったんだね。昨日の夜から？」

お仕置き、という言葉が頭に浮かんだ。季沙羅の母親がしたこと、いや、しなかったことはそういうことだろう。

季沙羅は力が抜けたように頷いた。

万引しようとしたことがばれたのだ。季沙羅は自分から話したのだろうか。他に知っているのは弟だけ。もしかしたら季沙羅は、深く反省していたのかもしれない。

そんなことを考えていたとき、自分は大きな過ちを犯しているのではないかと気づいた。

「もしかして、君は……」

僕は頭を棒で叩《たた》かれたようなショックを受けた。実際に頭ががくんと後ろに倒れた。

買い物をしてくるように、という母親の言付けを伝えたとき、姉弟はともに不快感を表した。あの能天気な母親が、わざわざショッピングバッグをもってきて子供たちに渡すよう託した。あのバッグがあったから、ふたりは万引ができたのだ。

「そういうことなのか。だから君たちのお母さんは怒って……」

季沙羅はうつむいた。その表情は口惜しそうでもあり、恥ずかしそうでもあった。

「ごめん」

僕はそう言って季沙羅を抱きしめた。

会計をしないと、と僕に言われたときの季沙羅の気持ちを思うと胸が締めつけられる。涙がでそうだったが、僕はこらえた。僕が涙を流したところで、季沙羅のためになることなど何もないのだから。

「何すんだよ。謝るくらいなら抱きつくなよ。きもいんだよ」

季沙羅に両手で思い切り突き飛ばされた。僕は何かに足をとられ、尻《しり》もちをついた。

「違う。それを謝ったんじゃない。すぐに気づけなくて悪かった。辛《つら》い思いをさせてしまって……。万引は、お母さんにやれと命令されたんだね。君たちの買い物というのはそういうことなんだろ」

季沙羅は首を横に振った。しかし、うなだれていく。涙が飛び散った。


西原さんのご飯を食べ始めたら、ふたりはみるみる元気になった。涙は引っ込み、このときばかりは暗い影も消えた。

保育士の食事を少しずつ減らしたら、けっこう立派な昼食になった。あまりの食いっぷりに押され、僕は自分の分の豆腐ハンバーグを界斗に差しだした。もちろん、遠慮などすることなく、界斗はぺろりといった。

季沙羅の口も軽くなった。食べ物を与えれば、なんでも話しそうな勢いで、母親に万引を強制されたことを打ち明けた。母親は生活保護を受け、少し仕事もしているが、金遣いが荒く、月末になるとお金が底を突いてしまう。これまでにも四、五回、強制されたそうだ。

「季沙羅ちゃんは、このことを相談したくて、園にやってきていたの？」

きっとそうだと思って僕は口にしてみた。しかし季沙羅は、箸《はし》を止めて口ごもった。

当たっているなら、いまさら隠すようなことではない。心に抱えているものが、他にもあるのだろうか。季沙羅は食べ物で口を塞《ふさ》ぎ、答えることはなかった。

園長は仕事あがりに季沙羅のうちへいき、母親と話をすることにした。少し早めの五時四十五分ごろ、帰りの準備をし、姉弟《きょうだい》を連れて玄関へ向かった。

僕も見送りにでた。最後にもう一度、と思い、心にひっかかっていることが他にもあるんじゃないのか訊ねてみた。

「あら、まだ何かあるの。もう、今日はさ、全部話しちゃおうよ、――ね」

揺すれば何かがでてくると思ったわけではないだろうが、井鳩園長は季沙羅の肩を摑《つか》んで、体を揺らした。

「お姉ちゃん、話しちゃいなよ」界斗が言った。

「何、言ってんのよ。あんた、なんにも知らないくせに」

季沙羅は拳《こぶし》を振り上げた。が、どこにもヒットさせることなく、だらんと下ろした。

大きな溜息《ためいき》をついた。

「園長先生、実は、あたし――」

「こんばんはー」

甲高い声を響かせ、小虎の母親が入ってきた。

「あら、季沙羅ちゃんに界斗君。どうしたの、遊びにきたの？」

小虎のうちも季沙羅と同じ花咲町団地だった。家族同士、交流があるのかもしれない。

「ねえ星野先生、ちょっと聞いてくれませんか、うちの主人の話」

廊下に上がると、御嵩母は僕に迫ってきた。甲高い声の勢いにも押され、僕は一歩後退した。

「いま、大事な話をしていたところなんです。奥にいっててもらえますか。あとで話を聞きますので」

「そんなこと言わないでくださいよ」

「――あの、あたし、実も何も、話すようなことないです。心配いりませんから」

季沙羅はそう言うと、さっさと靴を履いて玄関からでていった。

「ちょっと待って」

園長も靴を履いて、慌てててでていく。

「よろしくお願いします」と僕は見送った。

「もう、聞いてくださいよ。うちの主人、かけもちで仕事始めたんですよ。生活保護を受けているのに、ばれたら、大変じゃないですか。なんでそんなに働くのかって訊《き》いたら、働くのが楽しいからだなんて、ふざけたこと言うんですよ」

僕にはとてもまともな理由に思える。

「先生からも言ってもらえませんか、働くなって。先生、うちのと仲がいいんでしょ。なんだか、ふたりで協力して、園のトラブルを解決したって言ってましたけど」

「ええ、まあ。御嵩さんにはお世話になりました。仲がいいかは、わかりませんが」

祐輔の母親の件で、助けてもらったことを指して言っているのだろう。けっして解決などしなかったが。

「三日も泊まりこんで何やってるんだろうと思いましたけど、先生の役にたったならよかったです」

いったい、なんのことを言っているのだろう。泊まりこんでやることなど、何もなかったはずだが。

「先生、お願いしますね。うちの生活がかかっているんですから」

普通は、生活のために働けと言うものだ。なんだか、話を聞いていると、感覚がおかしくなってくる。

この母親のテンションの高さを、いつも不思議に思う。小虎の母親は鬱病《うつびょう》のはずだった。だから小虎は保育園に通っているのだし、御嵩家は生活保護を受けている。しかし、僕がイメージする鬱病とはだいぶ違った。そのへんのことを辻や酒井に訊くと、役所が認めているのだから、気にしない、というだけだった。

「よろしくお願いしますね」

母親が念押しする。

「それよりも、いっそのこと、生活保護を返上したらどうでしょう。御嵩さんは働きたいと言ってるのだし、そもそも働けるのなら、生活保護は必要もないわけだし」

「親の手前、そう簡単にはいかないのよ」

「親の手前？」

御嵩母は、生真面目な顔をして頷《うなず》いた。

ますます頭が混乱する。親の手前、生活保護が受けられないというのならまだわかるのだが。それ以上、突っ込んで話を訊く気もなく、僕は曖昧《あいまい》な返事で受け流した。とにかく、今度会ったら話だけはしてみると約束して解放された。

6

深夜のファミレスにくるのは珍しいことだった。日付がかわって八月ももう一週間を切ったのだと気づいたら、無性に焦りだし、ひとけのない夜道を歩いてやってきた。

仕事帰りのサラリーマン、仕事途中のドライバーがぽつぽつと席を埋めているぐらいで、静かなものだった。ドリンクだけのつもりできたのだけれど、お薦めだというハニーコーンパンケーキ・ベーコンのせ、も頼んだ。さほど勉強ははかどらなかったものの、腹が膨れた満足感で、変な焦りは解消された。

仕事をあがり、アパートに戻ってから、園長から電話があった。季沙羅の母親と話をし、いちおう決着はついたそうだ。今度、子供たちにやらせたら、警察沙汰《ざた》にすると脅し、二度としないと約束させたそうだ。犯罪行為なのだから、警察に通報するのが正しいのだろうが、子供のことを考えると、なかなかできない。かといって、それが子供にとってベストな選択だともいいきれず、園長はたぶん、そうとう頭を悩ませたことだろう。お疲れさまでしたと、僕は電話の向こうの園長に頭を下げた。

「ハニーコーンパンケーキ、うまかったか」

明日《あした》も早いから、そろそろ帰ろうと思っていたとき、突然、声をかけられた。驚いて、びくんと跳ねるように背筋が伸びた。顔を振り向け、声の主がはっきりすると、再び驚いた。白いコックコートにコック帽の御嵩が、テーブルの脇に立っていた。

「御嵩さん、もしかしてここで——？」

「あのパンケーキ、俺が作ったんだよ」

「おいしかったですよ。食事なのかデザートなのか、どっちつかずなところが、御嵩さんぽかった」

「別に俺が考えたわけじゃないぜ。先生が入店したとき、厨房《ちゅうぼう》から見えてさ。特別サービスで、ハニーコーンをたっぷり入れておいたよ」

「それでベーコンと甘みが喧嘩《けんか》していたんですね」

「そうか、失敗だったか。そんな気はしたんだ」

「いやがらせですか」と言っても、悪びれることはない。御嵩は僕の向かいの椅子に腰を下ろした。手にもっていたグラスをテーブルに置いた。

「ここ座ってもいいか。休憩時間なんだ」

どうぞどうぞとすでに座っている御嵩に言った。

「仕事をかけもちしているって、奥さんから聞いてました。明日も朝から仕事なんですよね」

「ああ。配送のほうの仕事は案外暇で、適当に仮眠もとれるから、かけもちも苦になんないんだよ」

「それにしても、急にどうしてそんなに働きだしたんですか」

御嵩は頭に両手をもっていき、コック帽をすぽっと抜いた。その頭を見て、僕は三たび驚いた。ちょんまげがなくなっているのだ。髷《まげ》を結っていたあたりをばっさり切ったようで、以前の痕跡《こんせき》は残っている。パイナップルヘアーが玉葱《たまねぎ》ヘアーになっていた。

「金はいくらあってもいいだろ。それに働きだしたら楽しくなってな、増やしてみたんだ」

「奥さんが心配してましたよ。役所にバレて生活保護が打ち切りになりはしないか」

僕は声をひそめて言った。

「俺だって心配してるよ」

「働くのと生活保護、どちらかを選べと言われたら、どっちをとりますか」

「なんだ、それ。――まあ、面接受けるために、髪の毛、切ったしな、だけど、親父さんに世話にもなったし。どうしようかな、どっちにしようかな」

「仮定の話なんだから、そんなに悩まなくても――。あの、いま、親父さんに世話になったって言いましたね。奥さんが、親の手前、生活保護をやめられないと言ってましたけど、それと同じことですか」

「由美子、そんなことまで話したのか。先生はひとの口を開かせる、魔力みたいなものがある からね」

　たぶんそんなものはないと思う。目を細め、ぐりぐりこちらを指さす御嵩に、僕は首を振った。

「結婚したころはトラックを転がしてたんだけど、腰を痛めて、しばらく休まなければならなくなった。そのとき由美子の親父さんが、うまいこと生活保護を申請してくれたんだ。腰が治ったら働くつもりだったんだが、そんな必要はないって親父さんが言うもんだからさ。由美子の家族はずっとそうやって暮らしてきたんだ。なんか、それを否定するのは悪いだろ。由美子の兄貴のところも、そうやって生活してんだよ」

　御嵩は丈夫そうな黄色い歯を見せて笑った。

　僕は大きく息をつき、かぶりを振った。

「でも、御嵩さんは働きたいんでしょ」

「そうだけど、家族は大切だ。親父さんもお袋さんも好きだしな」

　家族のために働かない。奥さんと同じで、話を聞いていると、感覚がおかしくなる。

「先生、このことは黙っててくれよ。頼むぜ」

「小虎君を悲しませるようなことをしたら、わかりませんよ」

「脅すのかい」

　御嵩はテーブルに肘《ひじ》をのせ、顔を近づける。僕もテーブルに身を乗りだし、頷いた。

園長とふたりで、親を脅して回りたい、とふと思った。

「誰も悲しませる気なんてないんだよ、俺は」

怒ったように言った御嵩は、コーラをがぶ飲みした。

県道を曲がると白い塀が見えた。真夜中の要塞《ようさい》は、それこそひとを寄せつけない威圧感を放っていた。

錆《さ》びついたドアが開くような音がどこかから聞こえた。あたりを窺《うかが》った僕は、思わず悲鳴を上げそうになった。

酒井の家の向かいは公園だった。そこのブランコに髪の長い女の姿があった。見た瞬間、幽霊かと思ったが、そこに座っているのはまさに酒井だった。煙草をくわえて、軽くブランコを揺らしている。こちらに気がついていないようなので、そのまま歩き続けていたら、酒井の視線にがっちりロックされた。僕は公園のほうに足を向けた。

「どうしたんですか、こんな夜中に」

酒井は警戒するような目を向けて言った。

「バニーズの帰りです。この時間、関所には誰もいないと思ったら、見つかってしまった」

酒井はスウェットパンツにTシャツ姿で、普段の仕事のときとかわりはなかった。にこりともせず頷くと、煙草を唇に挟んだ。

「酒井先生、煙草を吸うんですね」

これまで飲み会でも、吸うのは見たことがなかった。

「一日二本だけ。――やめられないわけじゃなくて、二本吸うって決めてるんです」

なんだか妙に頑《かたく》なだった。

「僕は、三年に一本ぐらいかな。よかったら一本もらえますか」

酒井は小さなポーチから取りだすと、こちらに差しだした。僕は一本もらい、火をつけた。

「季沙羅ちゃんのお母さんとは、どうにか話はつけたみたいです。二度とやらないと約束させたって、電話がありました」

「園長先生、抱えるものがまた増えた。この先何年か、季沙羅のうちの様子を窺い続けることになる。園長先生、そういう家庭を何件か抱えてるの。去年は一件、児相に通告して、保護された子がいる。もっと早く通告すればよかったかもしれないって、園長先生、悩んでた」

最初から、警察や児童相談所に任せてしまえば楽だ。しかしそうしないのは子供のことを考えてだろう。そのためにあとの責任もしっかり引き受ける。井鳩園長は大きなひとだなとあらためて尊敬する。

「星野先生、親はなくても子は育ちます。親がだめでも、そんなのは関係ない。自分ひとりで育っていける子だっていますよ」

酒井は先日の話の続きをしだした。真夜中に相応《ふさわ》しく、静かな声だった。

「わかってます。そもそも、あの掲示板に書かれたことなど気にする必要はない。ただ上っ面を捉《とら》えただけで、子供たちの本当の姿など何も見ていないひとたちが書いているんだってこともわかります。ただ、今日の季沙羅や界斗の件を見たりすると、どうしても不安になる。子供たちが真っ直ぐ伸びようとする力以上に、ねじ曲げる力が強そうに見えてしかたがない。卒園したあとの長い人生どうなるんだろうって」

「他の園にいけば、その心配はずいぶん和らぐと思う。あと七ヶ月の辛抱です。がまんしてください」

「僕は園にいるとき、先の仕事のことも受験のことも考えていないですよ。園の子供たちしか見ていません」

「別に嫌みで言ったわけじゃない。ある意味、羨《うらや》ましいと思ってる。だけど、私は他に移ろうとは思わない。あそこが家だから」

「僕はその家でなんになるんだろう。お父さん？」

酒井は煙を吐きだして、笑った。

「すぐにいなくなるお父さんじゃ困る。親戚《しんせき》のお兄さんぐらいでしょ」

「確かに、そうだな。僕はいなくなる」

自分に言い聞かせるように言った。

「星野先生、受験頑張ってください。けっして落ちてください、とは願っていませんから」

それは純粋に応援の言葉なのだろうか。それとも、あなたはこの園にはいらないと言っているのだろうか。煙草をくわえ、ブランコをこぎだした酒井の横顔を見ても、どちらの意味だったかはわからなかった。

7

万引の真相がわかった翌日、季沙羅は園に姿を見せなかったが、次の日の金曜日、ひとりで朝からやってきた。やはり、心に何か抱えているのではないかと思わせるが、誰にも何も語ることなく、ただ園児たちと遊んで帰っていった。

日曜日、僕は本を買いにいった。スーパーに併設された書店をでたとき、季沙羅を見かけた。季沙羅はひとりで隣のスーパーに向かっていた。

ここは季沙羅の住む団地から離れていた。なんでわざわざそこにひとりでやってきたのか。色々理由は考えられる。ただ、先日のこともあるから気になった。僕はまたあとをつけてみることにした。

スーパーに入り、距離をおいて季沙羅のあとをついて回る。季沙羅は買い物かごに食材を入れていった。小麦粉など、たぶんお好み焼きの食材だ。ちゃんとレジを通ってでてきたので僕はほっとした。それでもさらにあとをつけたのは、買い物しているときの季沙羅の表情が、これまで見たことないくらいに柔らかく、楽しそうだったからだ。いったい何がそうさせるのか、知りたくなった。

季沙羅は路地に入り、スーパーの裏手の住宅街を進んだ。五分もたたないうちに、戸建ての家に入っていった。木造モルタルの古い家。それを見たからといって、何がわかるわけでもないがとにかく、季沙羅には心弾むような場所があるとわかっただけで、なんだか安心した。

さあ、帰ろうと足を踏みだしたが、道を塞《ふさ》がれた。

「おっさん、なんなんだよ。季沙羅のあとをつけてきただろ」

金髪の少年と茶髪の少女が僕の前に立ちはだかる。顔はまだ幼い。季沙羅と同じ中学生だろう。

「いや、いや、そんな、あとをつけたってほどでもないんだけどな。――あの、おっさんじゃなくて、お兄さんね」

僕は笑顔を向けたが、ふたりはしかめ面を崩さない。

「うちら、見てたんだからね。スーパーからずっとつけてたでしょ。たまたま季沙羅を見かけて声をかけようとしたら、ぴったりあとついてた」

少女は脅しのつもりか、携帯を胸の前で握りしめている。

「これには色々、わけがあってね。僕は怪しいもんじゃないんだ。季沙羅さんが通ってた保育園の――」

「保育園？」

ふたりは同時に声を上げた。

「お前かよ、季沙羅を妊娠させたやつは」

金髪の少年は薄い眉《まゆ》を寄せ、凄《すご》みをきかす。しかし、妊娠という言葉のインパクトとくらべたら、屁《へ》みたいな凄みだった。

「彼女、妊娠してるのか」

「何、とぼけてんだよ。お前が妊娠させたんだろ。ちゃんと責任とるんだろうな」

「僕は、先週、初めて彼女と会ったんだよ。もし何かあっても、妊娠したかどうかなんてわかるわけがない」

少年と少女は眉をひそめて顔を見合わせる。

「あんた、保育園に通う子供のお父さん？」

「違う。僕は保育士だよ」

また顔を見合わせる。今度は目を見開いていた。

「お兄さん、冗談だよ。妊娠してるなんて嘘。全部、嘘」

少年は子供らしくない愛想笑いを浮かべて言った。

「なんでそんな急に。いまさらごまかしても遅い」

「ごまかしてない。ちょっとからかっただけだよ」

少年は「いこう」と言って少女の腕を叩《たた》いた。ふたり揃って踵《きびす》を返す。

「ちょっと、待って。ちゃんと話を聞かせろ」

「待てなーい」

　ふたりは勢いよく駆けだした。

8

「妊娠？」と声を上げた園長は、一歩、後ずさった。

「あとから、嘘とか冗談とかごまかそうとしてましたけど、たぶん、間違いないです」

　僕は部屋の隅で、昨日の話を園長に聞かせた。まだ園は始まったばかり。子供たちがみんな揃い、園長の朝礼を待っているところだった。

「まあ、でも、妊娠っていうのはおめでたいことよね。これからどういう風な話になるか、わからないけど、いまはそういう気持ちでいましょう」

　さすが園長、大きいひと、と言いたいところだが、視線が定まらず、動揺が収まっていないのは明らかだった。

「僕をみつばち園の保護者だと勘違いして、お前が父親だろと言ったんです。つまり、季沙羅ちゃんの相手は、うちの園のお父さんということになります」

「そんな、どういうこと。中学生の女の子に手をだすなんて。とにかく、本人に訊《き》いてみないと。かわいそうに、あの子。ずっと言いだせずに、思い悩んでいたのね」

昨日見た、楽しげな顔が、僕にとっては救いだ。そんな状況でも、心躍るようなことが季沙羅にはある。

子供たちが集まっているところに、見知らぬ年配の男が立っていた。副園長の三本木が応対している。

「なんでしょうね」

園長とみんなのところへ向かった。

「ああ、園長、小虎君のお父さんが倒れたそうなんです」三本木が言った。

「ええ、大変だ。どんな様子なの」

「意識のない状態で病院に搬送されたそうです」

僕は思わず天井を見上げた。きっと働きすぎたのだ。誰も悲しませないと言ったのに。

「おじいさんが迎えにきてるんですけど、お母さんからそんな連絡がきてないものですから」

「由美子さんは、付き添っていったから、それどころじゃないんだよ。早く、小虎を連れて病院にいきたいんだがね」

小虎の祖父は恰幅《かっぷく》のいい男だった。髪が長めで書道家とかそんなイメージだった。母親のことを由美子さんと呼ぶくらいだから、御嵩の実の父親なのだろう。

「お母さんと連絡は？」

「いま、酒井さんが――」

酒井が携帯電話を耳に当てていたが、繋《つな》がる気配はない。

「遅くなっちゃったから、今日は朝礼なしにしましょう。お兄ちゃんお姉ちゃんチームは、お外にいく準備して」

園長が大声で指示をだすと、子供たちは動きだす。先生たちも。

お兄ちゃんお姉ちゃんチームは認可外のほう。今日、僕は家庭保育室の受け持ちだから、このまま園に残る。

「だめです。お母さんはでません」

酒井が報告した。

「この、おじいさん、知ってる？」

僕は小虎に訊いてみた。

「うん、じいちゃん」

「当たり前だ」小虎の祖父は怒ったように言った。

おいで、と小虎を呼び、手を握った。

たとえ本当の祖父でも、親に確認がとれなければ小虎を託すことはできない。

「どうしましょうかね」

「御嵩さん、息子さんが搬送された病院はどこですか」僕は訊《たず》ねた。

「えーとね、彩咲中央病院だ」

「そうね、最悪、病院に搬送されたことが確認できれば、連れてってもらってもかまわないわね」

園長が言うと、すぐに酒井が携帯を操作し始める。

「僕は、念のため、御嵩さん本人の携帯にかけてみます。誰かでるかもしれませんから」

僕は携帯を取りだし、登録している御嵩の番号に発信した。

耳に当て、発信音を聞く。黙々と昼食の準備をする西原さんをぼんやりと眺めながら耳をすました。誰かでるにしても、すぐにはひとの携帯にはでないと思い、鳴らしっぱなしにした。もう、でることはない、切ろうと思ったとき、電話が繋がった。「あのー」と僕が発した声に被《かぶ》せて、「どうした、先生」と聞き覚えのある声、御嵩の声が聞こえた。

「大丈夫なんですか、いま病院ですか」

「何、言ってんだ。いま車を運転してる」

僕は、背後を振り返った。いない。小虎の祖父も、小虎も。

「御嵩さん、倒れて救急車なんて呼んでませんね」

「なんで俺が倒れんだよ。まあ、根っこはないけどさ――」

「ちょっと、このまま待ってて」僕は叫ぶように言った。

「酒井先生、おじいさんと小虎は？」

顔を下に向けていた酒井が慌ててこちらを見た。

「何。いま、救急患者の確認をしてもらってるところ」

「小虎とおじいさんがいないんだ」

「えっ」

だめだ、酒井も見ていない。

園児たちは、床で遊んでいる。園長の姿がない。外遊びチームがばたばたと動き回っている。先生たちはどこだ。僕は玄関のほうに向かった。

「おおっ、星野先生」

隼人とトイレからでてきた園長とぶつかりそうになった。

「どうだった？」

「全部でたらめです、あのひとの言ってることは。小虎と一緒にいなくなりました」

「ええっ」

園長の叫びを背後に聞いた。僕は靴を履いて外にでた。

外遊びチームの先生たちは、もう外にでていた。

「小虎とおじいさんは、でていきましたか」

「ええ、いまさっき。確認がとれました、ありがとうございますと言って」

三本木が答えた。

「歩きですか？」

「そう、駅のほうへ向かいましたよ」

僕は携帯を耳に当て、門に向かった。

「もしもし」

「おい、いったいどうなってるんだ」

「御嵩さんのお父さんがきて、御嵩さんが倒れたから、小虎君を連れていくって——」

「だめだ、あいつに渡しちゃだめだ」

「それが、もう小虎君を連れていなくなって」

「ちきしょう」

門をでて道の左右を見通す。だめだ、ふたりの姿はない。

「絶対に僕が見つけだしますから」

「いま、そっちに向かってる。三十秒でいくから、待ってろ」

本当にそれぐらいの時間で、御嵩のワゴン車は門の前に現れた。最初に車から降りてきたのは、季沙羅だった。

「団地をでるところで会って、乗っけてくれたんです」そう言って、園に入っていく。次いで御嵩が降りてきた。御嵩も「ちょうどあの子を送り届けるところだったんだ」と言った。

御嵩は園の敷地に入ると、あたりを見回した。地面に突き刺さっている輪投げ用の杭《くい》を引き抜くと、一度、ぶんと振った。

「先生もついてきてくれ」

最初からそのつもりの僕は、頷《うなず》いた。

「御嵩さん、警察には知らせたほうがいい？」園長が訊ねた。

「大丈夫、俺があいつを捕まえるから」

御嵩はフロントを回って運転席のドアを開けた。僕は助手席に乗り込んだ。

御嵩は杭を後部に放りなげ、ハンドルを握った。

「そんなものが、必要なんですか。孫に危害を加えることはないんじゃないですか」

「あのくそ親父なら、何をするかわからない。まあ、すぐにどうこうすることはないと思うが、早く見つけないと」

「向かったのは駅のほうです」

御嵩は車を発進させた。

「いったい、どういうことなんです。お父さんと何かあったんですか」

「ああ、色々あったさ。あいつはもともとひどい親父だったが、俺が中学のとき家族を捨てていった。それが、三年前に急に俺の前に現れやがった。金を貸してくれだってよ」

御嵩はハンドルを切り、右折して駅前の通りに入った。

「貸してやったよ。家族だからな。しょうがないんだよ。それでも、返してくれるんだろうと思ったが、あいつは、ばっくれやがった。そんなことを何回か繰り返した。いつも借りるときだけは、猫なで声でぺこぺこ頭を下げる。俺もばかだから、今度こそはと信じるんだ。今回もさ、ちゃんと証文を書くから頼むよって言われて、俺はうんと返事しちゃったんだよな。ばかだろ」

「もしかして、それで働き始めたんですか」

「さすがにな、もう金が返ってくることはないと俺もわかってるから、生活費には手をつけたくない。それで、働いて溜《た》めた分を渡そうと思ったんだ。だけど状況がかわってさ、貸せなくなったんだよなあ。そうしたら、あいつ、怒ってさ」

車のスピードが落ちていく。

「ここを歩いてきたなら、もう抜いているはずだよな。戻ろう」

御嵩は強引にUターンさせ、きた道を戻り始めた。

「じゃあ、金を貸してくれない恨みで」

「恨みで動くほど、まめな人間じゃない。脅して、金をださせようっていうんだろ。ふざけんな。あいつに渡す金なんて、いまの俺にはないんだ。子供が生まれるんだよ、先生。それがわかったから、親父だろうと金は貸せない」

「そうだったんですか。おめでとうございます。こんなときに言うのもなんですが」

僕はフロントウィンドウから視線を外し、御嵩の横顔を窺《うかが》った。笑みがあるかと思ったら、口を歪《ゆが》めていた。

「かみさんの子供じゃないんだよな。だけど、俺の子だ。ちゃんと面倒みないと」

「奥さんとの子じゃないって、どういう……。もしかして——」

僕は間違いないと思った。

「季沙羅ちゃんのお腹の子、御嵩さんが父親なんですか」

御嵩は驚いた顔でこちらを向き、すぐに正面に戻した。

「なんで知ってるんだ」

「たまたま知ったんです」

最初に曲がった交差点まできた。御嵩はそのまま真っ直ぐ進んだ。

沈黙が続いた。僕は責める以外の言葉を探し続けていた。

「ロリコンの変態だと思ってるんだろうな」

間延びした声が隣から聞こえた。

「季沙羅の母親はひどい女でさ、子供たちに万引させてるんだよ」

「知ってます」

「さすが魔力のある先生は、なんでも知ってるな」

笑い声のようなものが聞こえた。

「色々、相談にのってた。捕まらないよう、万引のやりかたも教えたよ。うまくいったよって報告にきたとき、がたがた震えてた。弟が捕まらないか、気が気じゃないんだ。そんなの見たら、抱きしめるしかないだろ。どうしようもないだろ」

「誰も悲しませたくないと言ってませんでしたか」

「そう思ってるよ。家族を悲しませたくないし、失いたくない。だけど、好きになってしまったら、しかたがないだろ。子供ができたなら、産ませてやりたいだろ。俺だってわからないよ、どうしたらいいのか。教えてくれよ」

「前を見ててください。小虎君を捜すんです」

僕にだってわからない。ただ僕は、しかたがないという言葉が嫌いだ。それがなんでなのか、御嵩を見ていてわかった。

突然、体が左に傾いた。車はタイヤをきしませ、対向車線に飛びだした。

「何？」

けたたましいクラクションの音。がつんと尻《しり》を突き上げる衝撃。急ブレーキの音が響き渡り、車は止まった。コンビニの駐車場、建物の数十センチ手前。

ふーっと溜息《ためいき》をついている間に、御嵩が車を降りた。後部ドアを開いて、杭を手にする。シートベルトを外し、僕も車から降りた。

駐車場の輪止めに、小虎と祖父が腰掛けていた。小虎はアイスを無心に舐《な》めている。

「なんだ、もうきたのか。連絡する前にくるとはな」

御嵩が近づいていくと、祖父はそう言った。

「お前、許さないからな。今度こそ、ぶっ殺してやる」

御嵩が向かっていっても、祖父は慌てることはなかった。小虎に手をかけることもなく、ただ座っている。

「小虎、こっちおいで。先生とみつばちに帰ろう」

小虎は僕の声に反応を見せた。顔を上げた。

「おいで。みんなにアイスを見せてやろう。待ってるよ」

小虎は立ち上がると、僕に向かって駆けてきた。

「御嵩さん、小虎君が悲しむことはしないでくださいよ。約束ですから」

杭を振り上げた御嵩に言った。

御嵩はこちらを振り向いた。抱き上げた小虎を見ている。杭を振り上げたまま、祖父のほうに顔を戻した。

「消えろ、もう俺の前に顔を見せるな」

「そんなこと言うなよ。話をしにきたんじゃないか。ここに座れよ」

祖父は猫なで声で言った。

「早く消えろ」御嵩は一歩近づいた。

「何、震えてるんだ、トモカズ。頼みがあるんだよ。さあ、こっちこいよお」

僕には震えているのはわからなかった。御嵩は固まったように動かない。

「ちょっとでいいからさ、お前の大好きな父ちゃんに金を貸してくれよ」

「消えろ！」

御嵩は腕を振り下ろした。杭は手を離れ、飛んでいく。祖父は手で頭を庇《かば》ったが、どこにも当たらず、杭は後方に飛んでいった。

御嵩は踵《きびす》を返した。車のほうに戻ってくる。肩をいからせ、目を光らせていた。こちらに視線を向けることなく、車に乗り込んだ。

僕は後部ドアを開き、小虎と一緒に乗り込んだ。

「大丈夫ですか、運転、かわりましょうか」

「もう大丈夫、あいつは消えた。叩《たた》きのめすことはできなかったけど、いいか」

「消えたんです。触れることもできないですよ」

もう、触れられることもないはずだ。

御嵩は大きく頷《うなず》くと、車をバックさせた。


「じゃあ、俺は仕事にいくよ」

園に戻ると、御嵩は言った。

「寄っていきませんか。季沙羅ちゃんもいるだろうから、子供の話を少し――」

僕はサイドウィンドウから話しかけた。

「園長先生に恥をさらすのは、なんか、きついよな。そんなこと言ってる場合じゃないんだろうけどさ。また今度くるから、今日は勘弁な」

「じゃあ、今度必ず」

逃げたいわけじゃないのだ。考えたいのだろうと僕は勝手に解釈した。アイスでべとべとの小虎の頬に拳《こぶし》をこすりつけると、御嵩は車を発進させた。

園舎に入ると、子供たちが遊び回っていた。積み木をするグループに季沙羅が交じっているのを見つけた。園児とたいして違わない、屈託のない笑みを浮かべている。園長と深刻な話し合いをしていると思ったのに、どうも様子が違う。

「お帰りなさい。大変だったわね」園長がやってきて言った。

小虎を無事奪還したことは、電話で伝えてあった。

「御嵩さんは？」

「そのまま仕事にいきました。園長に合わせる顔がないようです」

「そりゃそうでしょうね」

「季沙羅ちゃんから聞きましたか」

「うん、聞いた。ただね、どうも違うらしいの。星野先生が会った中学生、妊娠の話は嘘っていったんでしょ。どうやら、それが本当らしいのよ」

「ええっ、嘘が本当なんですか」

園長は疲れたような顔をして、がくっと頷いた。

「季沙羅、他に好きなひとができたんだって。それで、御嵩さんと別れたいけど、簡単に別れてくれないような気がしたから、妊娠したって嘘をついたそうよ。そう告げると、逃げる男が多いらしいって、友達に入れ知恵されたみたい」

「そうなんですか」

僕は、足から力が抜けていく感じがした。ほっとしてもいたが、御嵩の心のなかを思うと、ちょっと複雑だった。

「予想に反して、御嵩さんが面倒を見ると言いだしたものだから、季沙羅は困って、助けを求めて園にきてたみたい。言いだせなかったけど」

「じゃあ、昨日の中学生のあれは、なんだったんだろう」

「季沙羅、ちょっとおいで」

園長が呼ぶと、季沙羅はやってきた。「すみません、お騒がせしました」とぎこちなく、頭を下げた。

季沙羅は昨日の中学生ふたりの言動がどういうことだったのか、説明してくれた。

妊娠したと告げると男は逃げていくと入れ知恵したのは、昨日の金髪の少年だった。

季沙羅は、御嵩が妊娠を受け容《い》れたため、まだ別れられないでいることを少年に話していなかった。新しい彼とはすでにつき合い始めており、それを話してしまうと現在ふたまた状態であることがばれてしまう。仲間から軽蔑《けいべつ》されないためには、伏せておくしかなかった。

御嵩が受け容れていることを知らされていない少年は、僕を御嵩と勘違いし、未練があってあとをつけたと解釈したのだろう。御嵩を撃退するため、責任をとれと迫ったようだ。

「とにかく、早いところ、御嵩さんに真実を伝えたほうがいい。色々心を悩ませているみたいだから」

「その役目、星野先生にお願いできないかしら」園長が言った。

「僕がですか。——いや、お断りします」

気が重い、と瞬間的に思ったが、僕が断ったのは、別の理由からだ。

「季沙羅ちゃん、やっぱりそういうのは自分の口から説明したほうがいい。それは中学生でもかわらない。恋愛のマナーだし、あとあとこじらせないためにも必要だと思う。立ち会うだけだったら、僕が一緒にいってもいい。もし御嵩さんが別れないというなら、僕が脅してあげる。ネタはもう用意してあるから」

「わかりました」季沙羅は悩むこともなく、答えた。

「昨日、スーパーのあとにいった家は、彼のうち？」

「うん、そう。彼ねえ、あたしより、いっこ上なだけだけど、もう働いてるんだ。すっごいしっかりしてるの」

季沙羅の顔には自然な笑みが浮かんでいた。温かで柔らかく、清らかな。

この表情を見ても、御嵩はまだ別れないと言えるだろうか。もしそうなら、僕は御嵩を抱きしめてやるだろう。

6　まだまだファイト

1

「おい大翔、ミト、こんなところで止まらない。君たちが止まると、下の子たちがマネするだろ」

　僕は年長のふたりに言った。

　外遊びの帰り。みつばち園まであと少しのところまできて、列から離れた子供たちが足を止めた。

「だってさ、健之介《けんのすけ》がここが怖い怖いって言うから」

　大翔が抗議するように言った。

「怖いなら、さっさと通り過ぎればいいだろ」

　年中の三原《みはら》健之介は、ミトに隠れるようにして立っていた。

　子供たちが立っているのは、空き家の前だ。薄汚れた木造の平屋は、外壁を伝い、屋根まで蔓草《つるくさ》が伸びていた。庭は、生い茂った雑木が自由気ままに枝を伸ばし、地面も見えないほどだった。何かが潜んでいそうで恐ろしげだけれど、子供の冒険心を駆り立てるものもあり、外遊びの往《い》き帰り、園児たちがここで足を止めることはよくあった。

「わあ、木の下でなんか動いた。なんかいいんじゃない」同じく年中のキヨタが、健之介の脇をくすぐりながら、背後から言った。

「やめてよ、もう」

くすぐるのをやめてと言っているわけじゃないのは顔を見ればわかる。健之介は眉尻《まゆじり》を下げ、尖《とが》らせた唇で感情をせき止めていた。

「健之介はびびりだな」僕は横にしゃがみ込んで言った。「何が隠れているかわからないと確かに怖いけど、でも、何がいるんだろ、見たこともないのがいるかもしれないと考えるとわくわくしない？　面白くない？」

健之介は同意しかねるようで、唇を尖らせたまま、うつむく。

「目をしっかり開いて覗《のぞ》き込んだら、足を踏みだしたくなるかもしれないよ」

「星野先生、健ちゃんが怖がりなのは個性です。だから、そのままでいいんです」

先頭を歩いていた酒井がこちらにやってきた。先に進んでいた子供たちは、隊列を組んだまま、足を止めていた。

「ねえ、健ちゃんはすごく優しいんだよね。怖がりなだけじゃないんだよね」

酒井は健之介の肩を抱き寄せて言った。

「そうだね。健之介は優しいんだよな」

僕は健之介の背中をつっき、立ち上がった。

ありのままの子供を受け止めるのは、大切なことだ。僕だって、怖がりがだめだと否定しているわけではない。ただ、ちょっと勇気をだして目を開いたら、楽しいことが待っているかもしれないと、アドバイスをしたかっただけだ。

ここのところ、酒井は機嫌がよくない。理由などわかるわけはないが、僕につっかかってくることがよくあった。

それにくらべて、僕の心のなかはなんとも明るい。酒井に怒られようと、何があろうと、めげることはなかった。

先日、彩咲市の保育士採用一次試験の結果が発表となり、僕は見事第一関門を突破した。あとは面接と小論文の二次試験を通れば、晴れて市の職員として採用となる。昨年も一次は通過しているから浮かれてはいないが、なんだか今年はうまくいきそうな予感がする。早く二次試験を受けたくてうずうずしていた。

いずれにしてもあと二十日ほどで結果がでる。今日から十月。僕は収穫の秋を迎えていた。

健之介は酒井の陰に隠れるようにしながら、細目で空き家のほうを見ていた。両親が離婚し、父親に引き取られた健之介は母親がいない。だから母親代わりをしようというのか、酒井はよく健之介の面倒を見ていた。とはいえ、酒井の母親役は、実際の母親より、ずいぶん優しく思える。いまどきは、父親に育てられるより、母親に育てられたほうが、たくましく育つのではないか。健之介の父親も、うるさいことは言わない、優しそうなひとだった。

「ととちゃん、ここに入っていって、でてこなかった。だから怖い」ぷいと空き家から顔を背けて健之介が言った。

「お父さんがここに入っていったの？　空き家なのに？」僕は半信半疑で訊《たず》ねた。

「うん、うちのなかに入っていった。健ちゃん、ひとりで外にいて怖かった。ととちゃんでてこなかった」

「えっ、お父さんでてこないって、いなくなっちゃったってこと？　いまもここにいるかもしれないの？」

「星野先生、何、言ってるんですか。お父さん、今朝、健ちゃんを送ってきましたよ」

酒井が呆《あき》れたような顔をして言った。

「そりゃそうですよね」

荒れた空き家は薄気味悪く、何かおかしなことがおきても不思議ではないと思わせるものがあった。現実には何も起こりはしないよな、と思いながら、目を向けていたとき、勢いよく玄関のドアが開いた。思わず声を上げるくらいに驚いた。

なかから五十がらみの男が顔を見せた。もともと頑固そうな作りの顔だったが、目の下にある濃い隈《くま》が、いっそう人相を悪くしている。スーツ姿だったので、この家でこの顔でも、さほど警戒感は湧かなかった。

「なんか用か」

男は見た目どおり、ぶっきらぼうに言った。

「いえ、ただ立ち止まっていただけです」

僕は笑みを浮かべて答えた。

「ときどき、子供がうちの庭に入り込んで遊んでると聞いたが、お宅の子じゃないのか」

「違うと思いますよ。うちの園児たちは、みなこの庭を怖がっていますから」

以前は確かにそういうこともあったらしいが、僕が知る限り、最近は園児たちが忍び込んで遊んでいる様子はない。

「ほんとか」男は疑うような目で、しげしげと睨《にら》んだ。

僕がみつばち園で働き始める少し前、この家にひとりで暮らしていた男性が亡くなったようだ。八十歳くらいの老人だったが元気なひとだったらしく、声がうるさいとか、庭に子供が入り込んだとか、園や市にしょっちゅうクレームをつけていたそうだ。当時は、外遊びの往き帰り、この家の前を通らないよう、少し遠回りをしていたという。

「ここは空き家だと思っていたんですが、暮らしていらっしゃるんですか」

酒井が横から言った。

「いや、ここは私の実家で、親が亡くなったから、遺品を整理しているところだ」

亡くなったのは、もう半年以上前で、いまごろ片付けるのを不思議に思った。もしかしたら、と気づいて僕は訊《き》いてみた。

「もしかして、ここをお売りになったんですか。新しいうちが建つとか」

「建たないよ。ここがそう簡単に売れるもんか」

男は顔をしかめ、再び僕を睨んだ。まるで、土地が売れないのは僕らのせいだといわんばかりの表情だった。

この家の隣は空き地になっていた。しばらく前に整地されていたから、きっと誰かが買ったのだろう。その後、なぜか工事が始まる気配はなかった。

「そうですか、それは失礼しました」僕は軽く頭を下げて言った。「とにかく、庭に忍び込んだのはうちの園児ではないと思います。今後もそういうことがないように、子供たちには言い聞かせますので。――さあ、みんな帰ろう。お昼ご飯が待ってるよ」

まだ何か言い足りなそうな顔をする男に会釈をすると、僕は歩き始めた。

背後で、ドアが閉まる大きな音が聞こえた。健之介がびくっと肩を震わせた。

2

「最近、景子先生、機嫌が悪いですよね」

辻が唐突に言った。反応を窺《うかが》うように、僕の顔をじっと見ている。

「そうかな。僕は感じないけど」素っ気なくそう応じた。

「景子先生が機嫌悪いの、星野先生が市の一次試験に通ったからじゃないのかな。ちょうどそのころからですもんね」

「なんで、そんなことで機嫌が悪くなるんだい。僕が市の保育士になるのが面白くないってこと？」

「そうじゃないですよ。このまま先生が合格したら、園を辞めることになるでしょ。それが寂しいんじゃないですかね。ほら、景子先生って、寂しくてもそんな顔できそうにないじゃないですか」

確かにしないだろう。しかし、不機嫌な理由がそんなことだとは思えない。僕は辻の言葉に踊らされることなく、「なるほどね」と感心したように頷《うなず》く。辻はつまらなそうな顔をした。

「もし僕が辞めたら、いちばん寂しくなるのは、辻先生なんじゃないの。からから相手がいなくなって」

「確かに、いえてますね。星野先生、とっても気持ちのいい反応を見せてくれますから」

そうなっても、三月まではいるから、まだまだ楽しめそう、と辻が寂しさなど微塵《みじん》も見せずに言っていたとき、玄関のほうから、「ごめんください」と男の声が聞こえた。

「さあ、無駄話は終わり。いらっしゃったよ」

僕はそう言って立ち上がった。辻も「よいしょ」と言って腰を上げる。

子供たちに紙芝居を読んで聞かせている園長に、いってきますと目で語りかける。園長はナスとかぶの友情物語を読み上げながら、よろしくと頷いた。

辻と廊下に向かうと、玄関にスーツを着た男がふたり立っていた。

「市役所の保育課からまいりました」

男は意外なほど硬い声で言った。

「お待ちしておりました」

辻はそう言いながら、戸惑ったような顔を僕のほうに向けた。

今日は彩咲市役所保育課の立ち入り調査の日だった。毎年、保育課の職員が調査にやってくる。家庭保育室の認定を継続するにあたって、規定どおりの保育が行われているか、実地に確認しにやってくるのだが、もともと、さほど厳しい規定があるわけでもなく、保育の内容を確認し、施設を見て回ったら、型どおりの質問をして終わりだそうだ。必要な書類はあらかじめ用意してあるし、案内すればいいだけだからと、今回は経験の浅い僕と辻が対応を任された。

みつばち園は市の規定に反し、家庭保育室と認可外の園児を混合保育していたが、問題家庭の受け皿としてうちは市から必要とされているため、市の職員も目をつむってくれていた。

調査にくるのは、そのへんの事情がよくわかっている職員、親からのクレームの件で一度会ったことがある佐伯がやってくるだろうと園長から聞いていたが、目の前のふたりは知らない顔だった。先ほど辻が見せた戸惑いの顔は、いつもの佐伯ではなかったことに対する反応だろう。親しみがもてる佐伯と違って、堅物の印象を受けるふたりだったが、やることに違いはないはずだ。

四十代と思《おぼ》しき職員は丸岡《まるおか》と名乗った。三十代半ばくらいの小太りは木原《きはら》。ふたりは愛想の笑みも見せずに、淡々と自己紹介をした。「佐伯さんと違って、ふたりはお役人様みたいですね」という、皮肉とも冗談ともつかない辻の言葉にも、ふたりは表情を緩めることはなかった。

調査が始まった。まず一階の保育風景をふたりに見せた。

そこにいるのは、家庭保育室の子供たちだ。三本木がゼロ歳児から一歳児を見守り、園長が二歳児に紙芝居を読み聞かせている。三歳児から五歳児の認可外の子供たちは、酒井と村上の引率で外遊びにでていた。奥のキッチンでは西原さんが、給食の仕上げの真っ最中だった。

職員はトイレの衛生状態、消火器の設置場所など規定に沿って確認する。他に家庭保育室と認可外との分離状況も訊いてくる。分け隔てなくやっているに決まっているのに、いちおうは建前を通して、別々に保育していると答える。一階が家庭保育室、二階が認可外の子供たち。保育士も別、外遊びも別、給食だけは一緒です。若いほうの職員が、僕の言葉をノートに書き込んでいく。まるで本当の調査みたいだった。

キッチンで衛生状態や献立の確認をしてから、二階を見せてくださいと丸岡が言った。二階に上がってすぐ、丸岡は「狭いですね」と感想を漏らした。そんなわかりきったことを言わなくても、と僕は思う。けれど、たとえ、なあなあな視察でも、しっかり自分の役割を演じきるのが役人の矜持《きょうじ》なのかもしれないとも思った。

「これは、認可外の子たちの荷物ですか」

丸岡が床に置いてある着替え袋を指して言った。

「そうです。ちゃんと二階に置いてありますよ」辻がからかうような目をして言った。

もちろん、普段は一階に置いてあるものだ。上司に嘘の報告を並べ立てるのも辛《つら》いだろうと、佐伯のことを思いやった園長が、あらかじめ二階に運ばせたのだった。

丸岡が頷いた。木原がノートに書き込む。

「お昼寝の布団はどこにしまってあるんですか。あちらの押し入れですか」

辻は笑みを浮かべ、さっと僕のほうに顔を向けた。僕は、助けを求めるような辻の視線を受け止めてから、丸岡に目を向けた。

この職員はなんで、そんなわかりきった質問をするのだろう。これまでも訊いてきたが、適当に答えればすむことばかりだった。しかし今度の質問は違う。はいそうですと言っても、押し入れを開けてみれば嘘であることがばれてしまう。かといって、一階ですとは言えないし。

いったい、どんな答えを期待しているのだろう。とんちをきかせて答えればいいのか。それとも、いままでのは嘘でしたと言えば、もちろんわかってましたよと笑ってくれるのか。

丸岡が押し入れのほうに近寄った。「ここですか」と重ねて訊く。

「いえ、一階の押し入れに入ってます」僕は答えた。

「家庭保育室のほうに？」丸岡は眉《まゆ》をひそめた。

「そうです。今日は朝から布団の虫干しをしたんですが、しまうときに時間がなかったから、ひとまず一階の押し入れに入れておきました。おふたりをお迎えしなければならないんで、二階に運ぶ時間がなかったんです。普段は二階に保管してあります」僕はとんちをきかせて答えることを選択した。

「なるほど」丸岡は表情をかえずに頷いた。「まあ、布団の置き場所まで絶対にわけろとは言わないんですがね。別々にお昼寝しているなら、それでかまいません」

「もちろん、お昼寝は二階です」

「あなたたちが、二階のお手伝いをすることもあるんですね。布団のことですが」

「ええ、二階が外遊びにでているとき、布団を取り込むくらいは。それくらいは、別にかまわないんですよね」

「それをやってはいけない、というのは合理的ではないですね。直接、保育に関わることでなければかまわないでしょう」

じゃあなんで訊《き》いたんだ。

丸岡は納得するように頷くと、廊下に向かった。二階も終わりのようだ。

「このトイレは？」

廊下にでると丸岡は突き当たりのドアを指して言った。

「それは私たち保育士が使うトイレです。もうぎりぎりまでいけなくて、必死に駆け上がることがときどきあります」辻がにこやかに答えた。

「使うのは職員だけですか」

辻は目に笑みをたたえたまま「ええ」と即座に頷く。丸岡の眉間《みけん》に皺《しわ》が寄るのを見て、僕はすかさず間に入った。

「家庭保育室の子たちは使わないということです。僕たちは、そっちの担当なんで。二階の子供たちは使っていますよ、もちろん」

丸岡はなるほどと頷いた。

危ないところ、だったのだろうか。

このふたりは、もしかしたら何も知らないのではないかと、疑念が芽生えていた。これは本物の立ち入り調査なのではないかと。

いずれにしても、施設の視察は終わりだろう。もう見るところはない。一階に下りてきて、職員名簿や園児の発育記録や防火管理者証などを見せながら質疑応答を行った。最後に緊急連絡表を見せ、何か質問があるかと訊《たず》ねたら、「とくには」と返ってきた。これですべて終わったとほっとした。

「では、しばらく休憩としましょうか。認可外の園児たちが戻ってくるのを待ちます」

「えっ、まだ続くんですか」僕はそう言って、辻と顔を見合わせた。

「せっかく、きたのですから、二階の子たちがどう過ごしているのかも確認したいし、給食の様子も見ておこうと思います」

僕は奥の部屋にいる園長を振り返った。いつもとかわりのない調査だと思っているのか、紙芝居をする園長は、こちらに意識を向けていなかった。

この男たちの意図がわからない僕には、どうしたらいいのか判断できなかった。辻は任せましたと言わんばかりに、首を傾げて僕のほうを見ている。ただひとつわかるのは、立ち入り調査にきている市の職員に、もう帰ってくださいとは言えないということだ。

「ごめんください」

玄関のほうから男の声が聞こえた。

僕はふっと息をついて、口を開いた。

「わかりました。とにかく、もうすぐ二階の子たちは帰ってくると思います。それを見ていってください。では、ちょっと失礼します」

丸岡は初めて笑みを浮かべて頷《うなず》いた。

僕は玄関へ向かった。再び「ごめんください」と声が上がる。

玄関に眼鏡をかけたスーツ姿の男が立っていた。品のよさそうなサラリーマン風。見たことがある気もするが、誰だか思いだせない。

「こんにちは。何かご用でしょうか」

「こんにちは。あの、先日、見学に伺った中里ですが」

「ああ、失礼しました。もう越してこられたんですよね」

　転勤でこちらに越してくる中里は、子供の保育園を探していた。みつばち園に見学にやってきたのは八月の末、ひと月ほど前だ。

「ええ、まあ。先日、見学にきたとき、ぜひ給食を見ていって欲しいとおっしゃっていたので、今日、訪ねてみたんです」

「見学のご連絡、いただいてないですよね」

「ちょっと時間ができたものですから。お忙しいとは思いますが、よろしくお願いします」そう言って靴を脱ぎ始める。

「困ります。今日はとてもそんな余裕はないので、また後日あらためて――。明日《あした》でも、明後日《あさって》でもかまいませんので」

「そう言わずに、せっかくきたのですから、ちょっとだけでも。すぐに帰りますので」

　中里は靴を脱いで廊下に足をかける。困りますと言っても上がってくる。口で言ってもだめなら、どうにもならない。まさか、力ずくで押し返すわけにもいかなかった。

「みつばち園が、ほんとに気に入ったんですよ。大きいお兄ちゃんやお姉ちゃんたちと、垣根なく保育してくださるというのが、私には魅力的に思えるんです」

「あのすみません。そういう話も、今日はやめてもらえますか」僕は慌てて言った。

「だめなんですか。それは困ったな。私は話をしにきたのに」

　中里は廊下を進んでいく。

「やはり、こういう話はまずいんですか。市の調査が入っているときは」

中里の言葉に僕は息を詰まらせ、目を丸くした。

部屋に入っていった。丸岡と木原はこちらを向いていた。

「遅かったですね、中里さん」丸岡が手を挙げて声をかけた。

「会議を抜けだせなかったもので、すみません」

中里には丸岡たちのような硬さはなかった。のんびりした感じ。しかし、いったい――。

「あなたは何者なんですか」僕は思わず大きい声で訊ねた。

「私は市の職員です。保育課ではないけどね」

「転勤というのは――？」

「いやいや、市役所ですから、転勤なんてないです」

「それについては謝らなければいけませんね」丸岡が引き継ぐように言った。「中里は他課の所属ですが、私たちに協力して調査を行ったのです。ただ、結果的に言うと、身元を偽って見学させてもらったのは必要な措置だったということになります。みつばち園の規定違反を暴くことができたんですから」

「暴くって、そんな――」異変に気づいた園長が、慌ててこちらにやってきた。

園長の言いたいことはわかる。保育課の現場レベルではうちの園の実態を知っているはずなのだ。いまさら暴くも何もないはずなのに。

「井鳩園長、正直に話していただけますか。この園が家庭外混合保育をしていることは、先日の見学の際、星野さんから言質をとっています。今日の調査で、これまでどうやってうちの目をごまかしてきたかよくわかりました。しかし、今日でそれは最後です。すべて話してもらいますよ」丸岡が厳《いか》めしい顔をして園長に迫った。

園長は腹を括《くく》ったように、神妙な顔をしていた。それでも、どうにかこの窮地を切り抜けられないかと考えているのか、瞳《ひとみ》は忙《せわ》しなく動いていた。

3

「大丈夫。ばれたっていっても、そんなの最初から向こうも知ってることなんですから」

井鳩園長の声は明るく、軽やかだった。

「でもね、園長、始末はちゃんと考えておいたほうがいいです。生き残るためには、あらゆる方法を考えないと」副園長の三本木が低い声で言った。

お昼寝時間のミーティング。子供たちの寝息が平和な音を響かせていた。しかし、僕たちの心のなかは殺伐としている。

「生き残るなんて、大袈裟《おおげさ》。私はね、認可外の保育をやめるつもりはまったくないんです。もともとうちは家庭保育室から始めたわけだけど、いまとなってはゼロ歳児から年長までが揃ってこそ、みつばち園だと思ってる。だから、なんにも変える気はないの」

抑えてはいるが、園長の声は力強かった。空元気でそうしているわけではなく、園長の心のなかだけは、なんの迷いもなく、くっきりと澄み切っている気がした。

「私も園長の考えに賛成です。みつばち園は年長まで揃ってひとつの園なんです。認可外をやめるなんて、あり得ないと思う」

酒井の声も、ある意味、力強かった。けれどそれは、追い詰められた者の必死の叫びのようで、暗い影に覆われていた。

「そうかな。やめて欲しくないし、その方向でまず進めるのはいいと思いますけど、念のため、他の道を考えておいても損はないと思うんです」辻にしては珍しく、筋の通ったことを言った。

「そんな保険をかけるようなやりかたをしたら、前に突き進めない。別に精神論で言ってるんじゃなくて、人間の心はそういう風にできてるの。弱気を見せたら、おしまい」

酒井が鋭く睨《にら》んだ。辻は肩をすくめてそっぽを向く。どうやら、二対二に分かれたようだ。保育課の勧告に対応した措置を考えておくか、何もせず、このまま突き進むか、パートの村上さんは口を挟まなかった。

園長は丸岡に迫られ、みつばち園での保育の実態を包み隠さず話した。ただ、そのことを、佐伯など、これまで視察にきていた職員が知っていたことは黙っておいた。保育課内部での連携がどうなっているのかわからず、ひとまず佐伯の立場を守ることにしたようだ。

丸岡は、現在の状態を是正する案をまとめて保育課に提出するように求めた。それに実効性があると認められ、実際にやってみて是正できればいいが、だめなら最悪、家庭保育室の認定を取り消されることになる。

案をまとめろといっても、是正する方法などいくつもなかった。結局のところ、認可外の保育をやめろと言っているに等しい。

家庭保育室ときっちりわけて保育するためには、認可外用に新たにひとり、ふたり保育士を雇い、施設となる場所も借りなければならない。そうなると大幅に保育料を値上げせねばならず、現在子供を預けている家庭のほとんどが逃げだすだろう。

ただ、このまま何も変えずに続けるといっても、そんなことが簡単にできるわけもない。園長も佐伯にことを丸く収めてもらうくらいしか考えはないようで、それがうまくいかなければもうあとはない。すでに佐伯に連絡を取ろうと試みたものの、偶然なのかなんなのか、今日、佐伯は終日外出で、連絡が取れないと言われたそうだ。

丸岡の勧告を無視して突き進めば、家庭保育室の認定を取り消され、市からの補助が受けられなくなる。そうなるとやはり大幅値上げで、みんなやめていく。みつばち園そのものの経営が立ちゆかなくなるのだ。

それだったら認可外を切り捨て、家庭保育室だけでも残したほうがいい、という三木の考えは合理的で正しい。ただ園長が、認可外を切り捨てるくらいなら、やめたほうがましだ、と経営者として考えるならそれもしかたのないことだ。必ずしもその考えに賛同するわけではないが、そういう考え方をする園長が僕は好きだった。

「星野先生は、いったいどう考えてるんですか」絡むような目をして酒井が訊《き》いてきた。

「そうですね、いまのところは、何も変えないつもりで突っ走ってもいいのかと思います。ただ、どうにもならないとわかったら、他の方法を考える——是正案を練って提出してもいいんじゃないかと思います」

「星野先生らしい折衷案ですね」辻が皮肉るように言った。

「結局は、是正案を提出するんですよね」と酒井が敵を見る目で僕を睨む。

「何を弱気なことを言ってるんですか。その前に、現状のままでいいと向こうが折れるかもしれない。酒井先生はそう信じてるんじゃないんですか」

酒井は憤慨した顔をして横を向いた。

「とにかくいまやるべきことは、保育課の内部事情を調べることじゃないかと思うんです。何かがおかしいですよね。彼らは、調査にきた中里が、僕から聞いて認可外との混合保育を確認したようなことを言っていましたけど、そんなのは最初からわかっていたことだ。新任の課長が知らないというのならわかりますけど、現場の人間が知らないのはおかしい。あのふたりも、新任なんですかね」

「これまで見たことないから、そうなんじゃないかしら」園長は気楽な調子で言った。

「とにかく、佐伯さんと早急に話をすることになるから、そのへんも訊いてみるつもり。もっとも、そんなことを訊く前に、佐伯さんがうまく収めてくれればいいんだけど」

園長は前向きだ。それだけ佐伯のことを信頼しているということだろうか。

僕はどうやっても楽観的になれそうにはなかった。あの市の職員たちが、うちの園の内情を知らなかったのは不思議だが、それを除いても、彼らの行動はやはりおかしい。潜入捜査のように素性を偽ってこちらの動静を窺《うかが》うのはやりすぎだ。ただ規定に反した保育を是正させようというだけならそこまでやらない気がする。何かそれ以上のもの、陰謀めいた思惑があるのではないかと、僕は疑っていた。

4

翌日、園長は保育課に呼ばれて市役所へいった。そこで是正案を提出するよう、正式な勧告がなされた。園に戻ってきた園長は、絶対に何もしない、是正案なんて考えないからと、怒りさめやらぬ様子で語った。

「あの丸岡って職員、なんなのかしら。うちの園が親からのクレームが多いと、ねちねち説教するのよ。信じられる？　市内の家庭保育室でも五本の指に入る多さなのは、やはり家庭外混合保育をしているからだろうと、適当な分析までして。うちになんか恨みでもあるんじゃないかってくらい、嫌みな感じ。もうほんとに頭にくる」

それを聞いたみんなも怒り心頭に発した。もちろん、僕もだ。

みつばち園のクレームが多いのは、問題を抱えた家庭が多いからだ。それを押しつけてきたのはほかならぬ保育課だ。なのに原因を混合保育によるものと片付けるのは許し難い。怒るのも当然だった。

園がこれまで受けてきた、保育課からの評価が消えてしまっている。それがあったからこそ、規定に外れた保育をしていても見逃してもらえたのだ。いったい保育課では何が起きているのだろう。

「みなさん、怒ってばかりいてもしかたがありません。頭を働かせて、この苦境から抜けだす方法を考えないと」僕は言った。

昨日、手綱を締める役割をしていた三本木までもが、眉《まゆ》をひそめて怒っていた。ここは誰かが冷静にならなければと思ったのだ。

「もう星野先生はひとごとだから、そんな冷静でいられるんですよ」

「ひとごと？　僕が今回のことをひとごとだと思ってると言うのかい」

僕は言った辻を睨みつけた。

「だって、先生はここをやめるつもりなんですよね。しかも、あっち側にいこうとしてる。私たちと同じ気持ちのはずがないですもん」

確かにその通りだと思う。ここでずっと働こうと思っていない僕と彼女たちが同じ気持ちであるわけがない。だけど――。

「子供たちのことは同じくらい真剣に考えてるよ。あの子たちの居場所がなくなってしまわないよう、どうにかしたいと思ってる。あの子たちにはここが必要なんだから」

お昼寝時間の静かな園に、僕の熱い声が響いた。

「まあまあ、落ち着いて。声が大きくなってます」園長が先ほどまでとは違って、静かな声で言った。「星野先生の言うとおり、怒ってばかりじゃだめですね。ひとまずここは、いったん冷静になりましょうか。――今日、保育課で佐伯さんを捕まえたんですよ。ここでは話ができないって言うんで、明日《あした》夕方、園にきてもらうことになったんです。怒りはそのときまでとっておこうと思います」

園長の言葉を受け容《い》れ、女性陣は大きく頷《うなず》いた。

僕の熱い言葉は、完全にスルーされてしまった。僕は不完全燃焼で、もんもんとした。このいき場のないエネルギーを佐伯にぶつけてやろうと思った。


これはまさに針のむしろだ。保育士たちに囲まれ、怒りの視線を浴びせられる。そのなかで、言い訳のように保育課の現状を訥々《とつとつ》と語る佐伯の姿を見ていた僕は、ぶるっと震えた。

こうなることはわかっていたはずで、よくも佐伯はここにやってきたと思う。誰もそうしろと言っていないのに、最初から板の間に正座していた。少し猫背ぎみで話をする誠実な小役人の姿に、胸が熱くなった。いつも女性に囲まれ、いずれ市の職員になると考えている僕は、昨日の憤懣《ふんまん》も忘れ、つい佐伯に感情移入をしてしまった。

「新任の課長は保育政策課からきたひとなんです。保育課と同じ子育て支援部なんですが、政策課のひとはどうも目に見えるもの、とくに数字を判断の基準にしがちなんです。みつばち園は問題のある家庭を積極的に受け容れてくれて、こちらも助かっていると言ってもそんなのは当たり前のことだと言って、たいして気にも留めない。それよりも、課に寄せられるクレームの数を問題視したりして。長年に亘《わた》ってできあがったそういう判断基準を突き崩すのは難しくて、いくら言ってもわかってもらえないんです」

佐伯は肩を落とし、苦悩のにじんだ顔で語った。

そんな表情にも女性陣は心を揺さぶられたりはしない。何も言葉を発することなく、ただじっと佐伯を睨《にら》み続ける。そうやってプレッシャーをかけ、さらに言葉を引きだそうとしているのに違いない。恐ろしい、と佐伯目線の僕は、思ってしまった。

助け船をだすようなつもりで、えへんと咳払《せきばら》いして僕は口を開いた。

「それにしても、うちが家庭保育室と認可外の混合保育をしていると、どうして知ったんでしょう。見学を装って調べにきたということは、少なくとも疑いはもっていたんですよね」

佐伯はもちろん課長にその話をしていないという。課長と同じく、保育政策課からきた丸岡と木原にも話していないそうだ。今回の調査は課長一派がすべて取り仕切ったようで、自分は蚊帳《かや》の外に置かれていたのだと佐伯は弁明した。

「それがはっきりしないんですが、課長がどこかから聞いてきたようなんです。突然、みつばち園さんの調査をすると言いだして」

「どこかから聞いてきた。誰かが耳打ちしたということなんですね」

僕は佐伯から園長に視線を移した。

「まあ、規定に反したことをやってるんだから、告げ口されてもしかたがないわよね」

園長は鷹揚《おうよう》にそう言った。

確かに、不正を見つけてそれを正そうとしただけならまだいい。しかし、園に恨みをもっていたり、何か思惑があってそうした可能性もあった。その場合、いやがらせのように、このあとも何かしかけてくる。園はさらに窮地に立たされるかもしれなかった。

そういえば、前にもいやがらせをされたことがあったな、と僕は思いだした。

「佐伯さん、課長に私たちの功績をアピールしてくれたようですが、少し足りないんじゃないですか。うちが必要な家庭保育室だということを、もっともっとアピールしてください。私たちはお金もうけのために、認可外の保育所を併設しているわけじゃないんです。混合保育をしているのもそう。そうしないと、安い保育料でやっていけないからです。認可外に預けている家庭もけっしてお金持ちなんかじゃない。彩咲市も、園児の受け容れに余裕があるわけじゃないですよね。とくに三歳児からの入園は厳しい。そんななか、うちは一定の受け皿になってる。そこをしっかり、課長に理解してもらってください」

「はいわかりました。頑張ってみます」

佐伯は、低く頭を下げた。

「前にも言いましたけど、私は、認可外をやめるんだったら、家庭保育室もまとめてやめます。そうしたら、問題のある家庭を受け容れてくれるところはなかなか見つかりませんよ。いいですね」園長はびりびりと鼓膜が震えそうなほどの声で言った。

完全に脅しだ。それが脅しとして通用するくらいに、園長は保育課からの無理も聞き、様々な家庭の子を受け容れてきたということだ。

佐伯は「わかりました」と再び言うと、今度は顔を上げた。決意を固めたような、いい顔をしていた。

5

うすうす気がついていたけれど、僕はひとを見る目がない。見る目がない上、情に流され曇りがちである。

誠実な小役人が意地を見せ、上司に噛《か》みつき、こちらの期待するような勝利をつかみ取るのではないかと、なかば本気で信じていた。しかし、期待外れもいいところだった。

佐伯は翌日園長に電話をかけてきて、課長を説得するのは難しいと音を上げた。たった一日で諦《あきら》めるなんて、あまりに早すぎる。

次の休日、僕は美園・花咲地区の集会所にいった。子育て関係のＮＰＯが主催する、市の保育行政について語らう座談会に紛れ込んだ。周りは、いかにも子育てに関心のありそうな女性ばかり。男はほんの少数で、そのなかでも僕は最年少のようだった。

登壇する市議会議員が、市の問題点について語った。市役所の幹部には、いまだに子育ては母親の手ですべて行うべきだと信じている者がけっこういて、そういう古くさい考えが、ニーズに合った保育サービスを阻んでいるんだと声を張り上げた。間違ってはいないのだろうけど、保育問題を語る上で、それこそ古くさい切り口だなと僕は思ってしまった。そんな僕の頭のなかを察知したからではないだろうが、議員は時折、会場の真ん中に座る僕のほうを睨んだ。

近藤議員、まだまだ人間ができてないな、と僕は微笑んでやった。

近藤はなかなか人気者のようで、座談会のあと女性に囲まれた。僕は忍耐強く待って、ひとが引けてから声をかけた。

「近藤さん、いい話が聴けてよかったです」

「ああ、きてたんだね。なかなか勉強熱心じゃないか」

そそくさと立ち去ろうとしていた近藤は、足を止めた。演壇から睨んでいたぐらいだから、僕がただ話を聴きにきただけだとは思っていないはずだ。

「議員、お話があるのですが」

「僕は忙しいんだ。またにしてくれるかな」

「うちの園にいやがらせをしていませんか。以前にもしたように」

歩き始めた近藤は、足を止めて振り返った。

「何を言うんだ、こんなところで」

座談会の参加者はほとんど帰っていた。NPOのスタッフがあたりで片付けをしている。

「僕も忙しいんです。早く話をすませたいのですが」

「しかし、ここでは——」

「場所を移せば、話を聞いてくれるんですね」

近藤は渋々と、しかし恩を売るような尊大な仕草も折り込み、頷いた。


「保育課を使って、うちを窮地に追い込んだのは、本当に近藤さんではないんですか」

「あのね、僕はそんななんの得にもならないことをするほど、暇人じゃないんだよ」

近藤とふたり、美園団地内の児童公園に場所を移し、ベンチに座って話をした。僕はうちの園が家庭外混合保育をしていたことを認めた上で、保育課の裏で糸を引いているのはあなたではないかと、近藤にぶつけた。

近藤は驚いた顔をしたのち、にやけた。園の窮地を初めて知ったような様子ではあったが、実際はどうだかわからない。

保育課の課長に耳打ちした者が、何か思惑をもっている可能性を考えたとき、頭に浮かんだのが近藤だった。仕事柄、保育課の課長と接することもあるだろうし、以前にも家庭外混合保育についてつついてきたことがある。

「暇じゃないと言いましたが、前にも意味のないいやがらせをしましたよね」

「やってないよ。あのときも、ちゃんとそう言ったはずだけどね」

「近藤さんに話したあと、レインボー保育室からのいやがらせは、ぴたっとやみましたよ。どうしてでしょ」

近藤は言葉を詰まらせ、怒ったような顔で睨む。すぐに感情を表にだすのは、政治家として問題だろう。

「――それは、僕がばかなことはやめなさいと、向こうのオーナーに伝えたからだ。感謝してもらってもいいと思うんだけど」

「お友達であるレインボーのオーナーがやったことは認めるんですね」

前回、話したときは、それすら認めなかった。

近藤はまたもや「ああ、いや……」と口ごもる。

「以前のことはいいです。水に流します。それより、今回のことです。ほんとに、うちにいやがらせしようとしていませんか」

「やってない。何度、言ったらわかるんだ」

「じゃあ、それを証明してくれませんか。――議員、お願いしたいことがあるんです。それを聞いてくれたなら、信用します」

「何？　なんで、僕が証明しなきゃならないの。――まあ、話だけは聞いてもいいけど」

「保育課に圧力をかけてください。うちの園への勧告を取り下げて欲しいんです」

「無理、無理。そんなことはできない。やる筋合いでもないし」

近藤は軽く言うと、ベンチから腰を上げた。

「わかりました。じゃあ、こうしましょう。やってくださらないなら、レインボー保育室のオーナーが他園にいやがらせをしたと、先ほどの近藤さんの言葉も添えて、ネット上の色んなところに書き込みます。オーナーと親交のある近藤議員が裏で糸を引いていたようだと臭わせる――いや、あることないこと書いて、保育のことなど何も真剣に考えていない悪人だと指弾しますよ。どうでしょう、やってくれますか」

「おい！」近藤は怒りと焦りを露《あらわ》にし、叫んだ。

「そんなことしたらな――」

「ただじゃすみませんか」僕は立ち上がって言った。「それでもやりますよ。もうこっちは必死なんです。園が生き残れるかどうかの瀬戸際なんだ。なんだってやる。本気ですよ」

やるかどうかは別として、必死なのは間違いなかった。

「そんな脅しには乗らない。だいたい、規定に反して混合保育をしていた園に問題があるわけだろ」

正直者の近藤は横を向き、迫力の乏しい声で言った。心は揺らいでいる。

「確かにその通りです。だけど、うちが混合保育をすることによって、何か実害がありますか。逆にもし、なくなれば、いまいる園児や父母が困るだけじゃない、来年度の市の募集枠が減って、待機児童が増えることにもなるんですよ。近藤議員はどちらを向いて仕事をしているんでしょう。市ですか、市民ですか」

「そんなのはもちろん決まってるだろ。僕は市民の代表だよ」

近藤はしっかりこちらに顔を向け、憤慨したように言った。

「だったら議員、お願いします。うちの園を助けてください」

僕は近藤を吹き飛ばすくらいの勢いで頭を下げた。

6

「おはようございます」という声を聞いて、僕は我に返った。

健之介が玄関から駆け込んできた。競争でもしていたのか、両手を高く上げてゴールを切るまねをした。

「健ちゃんが一等賞。お父さんはちょっと遅かった」辻が明るく言った。

「どうもすみません。遅くなりました」

あとから入ってきた父親は、辻の巧みな皮肉に反応し、恐縮して言った。

「三原さんが遅くなるなんて珍しいですね」連絡帳と着替えを受け取りながら辻が言った。

登園時間の九時をわずかに過ぎていた。いつもは八時半ごろに子供を預けにやってくる。

健之介の父親はとくに言い訳することもなく、またすみませんと口にした。いかつい顔をした父親はもともと口数が少なかった。ただ、子供好きのようで、早く登園したときは、健之介以外の子供たちにもかまってあげていた。

「星野先生、なんだか今日は元気がないように見えますが、何かありましたか」

突然父親にそう言われて、僕は面食らった。

「いえ……、すみません。ちょっと、ぼーっとしていただけで。大丈夫、元気です」

慌てて否定するほどのことではないが、父母から元気がないと見られてしまうのは保育士として問題だ。ましてや園児から心配されるのはまずい。廊下に上がった健之介が心配そうな目で僕を見上げていた。

元気がないわけではないが、気がかりなことはある。

座談会に押しかけてから四日たった今日、朝早くに近藤議員から電話があった。勧告を取り下げるよう課長に圧力をかけてみたが、なかなか頑固な男でどうやっても撤回させることはできなかったと簡潔に言った。

僕が礼を伝えると、「脅されたからやったわけじゃないからな」とぶっきらぼうに言った。それは言い訳というより、照れを含んだ言葉だと感じた。

近藤の言葉をまるごと信じたわけではない。保育課に圧力をかけたからといって、近藤が黒幕ではないという証明にはならない。そもそも、本当に課長と話したのかどうかもわかりはしなかった。

いずれにしても、勧告を撤回させることはできなかった。問題はそこだ。近藤にそれほど期待をしていたつもりはなかったが、結果を聞いて大きな落胆を感じていた。

佐伯による課長の説得が不発に終わって以降、園長が何か動いている様子はなかった。園長が勧告に従わず、このまま何も手を打てなければ、みつばち園が消滅してしまう可能性もある。僕は駆け込み登園の子供たちを待ちながら、ずっとそんなことを考え、気をもんでいた。

「先生は元気だよ。健之介、今日もいっぱい遊ぼうな」

張り切って声をだしすぎたかもしれない。健之介は口をぽかーんと開けて、小さく頷《うなず》いた。

「よかったです、元気なら」

そう言った父親は、なんだか本当にほっとしたような顔をしていた。

そんなに心配かけてしまったのだろうかと僕は恐縮した。

健之介は手を振り、仕事に向かうとともちゃんを見送った。父親は県内で何店かパチンコ店をかまえる、アミューズメント会社に勤めている。

「三原さん、どうしたんですかね。普段、自分のほうから話しかけたりすることはほとんどないのに」

奥の部屋に向かいながら、辻が不思議そうに言った。

そう言われれば、確かに不思議ではある。そこまで暗い顔をしていたはずもないし。そう思いはしたが、園の未来を思い患っていた僕は、さほど気に留めなかった。

「なんか星野君、いつも大変だね。保育士の不幸を一身に背負っている感じだよね」

尾花は厄払いでもしているつもりか、指を変な形にして、僕の頭の上で振る。鬱陶《うっとう》しい。

「僕だけが不幸になるならいいですけどね。悪くすると、みんなが不幸になる。子供たちまで」

僕はグラスを摑《つか》んで、ぐいっとビールを呷《あお》った。

「でも、採用試験に関しては、不幸になるのは星野君だけだよな。どうなんだろうな。大丈夫なのかね」

森川はそう言うと、板垣のほうに目を向けた。

今日は男性保育士の会の、公式の会合だった。森川、尾花、僕のいつものメンバーの他はふたりだけで、さほど代わり映えのしないメンツといえた。ただ、今日は市立保育園に勤務する板垣がきており、色々訊《き》きたいことのある僕にとっては、いつもの非公式会合に比べて数倍、有意義な飲み会ではあった。

「板垣さんに訊いてもあれか。問題となっている内容がわからないんじゃ、判断しようもないもんな」

僕は、うちの園の保育内容が問題とされて、保育課から是正勧告がだされていることを話した。ただ大っぴらにすることではないので、細かい内容までは話していなかった。是正勧告がだされるような問題を抱えた保育園に勤めていたら、試験の結果に何か影響がでるのではないかと、僕は不安を口にしたのだった。園では誰もそんなことを心配してくれないので、ここで口にしてみた。

「みつばち園の話は知ってる。たまたま耳にしたんだ」

「板垣さんの耳にまで入ってるんですか」

僕は思わず大声で訊いた。

「ほんとにたまたま聞いたんだ。とくに話題になっているということもないよ。いずれにしても、あのていどのことなら、採用試験で問題にされることはないと思う。ひとによるかもしれないけど、現場レベルでは黙認するようなことだから、見つかって運が悪かったと考えるくらいのものじゃないかな」

「そんなものですか」

「そんなものなんだよ。いまの課長は政策課からきてるから、そのへんのかげんがちょっとずれている可能性はある。――だが、けっして間違ってはいないよ。規定に反していたら、是正を求めるのは当たり前のことだ」

板垣の落ち着いた声は説得力があった。僕はグラスをテーブルに置いて、頷いた。

「星野君、そんなことに頭を悩ませるより試験の準備に集中したほうがいい。今年はチャンスかもしれないよ。聞いたところによると、今度の二次試験、男で残っているのはふたりしかいないようなんだ」

「ふたりだけ」

「それだけですか」

みんな、口々にそう言った。

もともと男の志願者は少ない。例年、四、五人くらいのものだった。少数派の男はみんな気合が入っているから、筆記の一次試験は全員が通過し、そのまま二次に残るというパターンがここ数年続いていた。

「とくに男性枠があるわけじゃないが、ここのところずっとひとりは採用していたから、今年もたぶんそうなるんじゃないかな。だからね、しっかりと準備しておけば、合格にぐんと近づくことができると思うんだ」

「いやー、星野君、おめでとう。頑張った甲斐《かい》があったね」

森川が大袈裟《おおげさ》な笑みを浮かべ、僕の肩を叩《たた》いた。

「いや、まだ……」

「星野君は新卒で一流企業に入ったわけでしょ。いわば、面接エリート。彩咲市の面接なんて軽い軽い」

尾花の言葉はもっと軽い。

「いやいや、去年はだめだったわけですし」

とはいえ昨年採用されなかったのは、僕が落とされたわけではなく、僕より優秀な者がたまたまいただけだと考えていた。男女別の採用枠はないことになっているが、やはり男のなかで比較されているような気がした。そうであるなら、ライバルはひとりだけ。

「さあ、星野君乾杯しよう」

「ちょっと、気が早くないすか」僕はそう言いながらもグラスに手を伸ばした。

久しぶりに心が解放された気分だった。心配の種は尽きないけれど、ひとつ希望があれば前に進んでいける。グラスを打ち鳴らし、僕の未来に乾杯した。

7

昨晩、飲んだおいしい酒の余韻を残しながら——もちろん酒臭さなど残していないけど——僕ははりきって登園した。心配ごとなど何もないかのように、気持ちよく働いていたが、それも長続きはしなかった。

園長がまた保育課に呼びだされ、お昼の時間を使って市役所にいった。お昼寝の時間に戻ってきたとき、園長の顔は青ざめていた。怒りでだ。

いつまでに提出しろとも言わなかったくせに、是正案はまだかと急《せ》かされたそうだ。それにも腹が立つが、園長が顔色を変えるほどに怒りを感じたのは別のことだ。

「男性の保育士が母子家庭の園児のうちに泊まったそうですね、その母親がひどい虐待で警察に捕まったそうじゃないですかと、鬼の首を取ったように言うのよ」

お昼寝の時間だということも忘れて、園長は大きな声で言った。僕たちも迫力に押され、たしなめるのを忘れた。

「これは大問題ですよ、ってなんだか大袈裟な顔して言うの、あの丸岡って職員。そのときの顔を思いだしただけでもまた腹が立つ。とにかく、保育士と母親が関係をもって、その感情のもつれが虐待を生んだんじゃないかと言うわけ。まるで虐待の原因が星野先生にあるようなこと言うから、本当に頭にきて、もう私、怒鳴りちらしてやりましたよ」

血の気が引いた。たぶん僕の顔も青ざめていたと思う。それは怒りからではない。怒りの感情もどこかにあるのだろうが、心を空っぽにされたような虚《むな》しさを感じていた。

「許せない」と声を上げたのは辻だった。

「ほんと許せませんね」三本木も珍しく怒りを表にだして言った。「言いがかりもいいとこですよ。もし本当に恋愛関係にあったとしても、そこから虐待にもっていくには飛躍がありすぎる。因縁つけてるとしか思えない」

「でしょ。それだけじゃなくて、近隣からクレームを受けても、何も対処しなかったそうじゃないですかって、まったく身に覚えのないことを言いだすのよ。園児が庭に入り込んで遊んだりしてるって訴えても、全然取り合わなかったって。それこそ言いがかりでしょ」

ああ、それは——。僕は先日の空き家での一件を思いだした。あれは、取り合わなかったわけではなく、否定しただけだ。市にクレームをつけるほどのことだとは思えないが、近隣住民の対応には細心の注意を払って当たるべきなのだ。祐輔の母親の件でショックを受けていた僕は、園長に報告しようとも思わず、ぼんやりそんなことを考えていた。

「丸岡ってひと、私を怒らせたいだけなんだと思って、望みどおり怒ってやりましたよ。絶対に是正案なんて提出しないからって、私、宣言して帰ってきました」

園長はさっぱりした顔をして、笑った。

「……言っちゃったんですか」三本木が唖然《あぜん》とした顔で言った。

「ええ。市長室にまで聞こえるくらい、大きな声で言ってやった」

「言っちゃったんですね」と村上が肩を落とす。

「園長先生、それをこちらから言ってしまったら、戦いになりませんよ」酒井が凍りついたような無表情で言った。「向こうはすぐに家庭保育室の認定を取り消すはずです。そうしたらうちは終わりです」

「そんな。私はあまりにも口惜しかったから」井鳩園長はようやく声を低くした「星野先生はユウちゃんのために一生懸命になってやってたのに、それを虐待の原因になったようなこと言うから、ねえ――」

園長は訴えかけるような目を僕に向けた。

「僕のことはいいんです。それより、保育課のひとは、なんでそのことを知ってたんですかね。園の関係者が話したとしか思えない」

　ぼんやりしている場合じゃない。園の未来がかかっている。頭を働かせないと。

　僕が祐輔の家に泊まったという話は園の父母の間に広まった。しかしそれは市にクレームをつけるようなことではない。いや、そんなことも告げ口を楽しむようにクレームするひとはいるのだろう。けれどあれは二ヶ月も前のことだ。保育課の人間が今日になってそのことをもちだしたのは、この二、三日中に知ったからだろう。いまごろになって、クレームをつけるはずはなく、誰かがみつばち園の評判を貶《おとし》めるために保育課に耳打ちしたとしか思えなかった。まさか、近藤だろうか。

「星野先生、それもどうでもいいことです。誰がどうこうしたかではなく、保育課がどうでるかです。――園長先生、その言葉を撤回しましょう。その上で粘って戦いましょう」

　酒井が身を乗りだし、一語一語嚙《か》みしめるように言った。

「戦いますよ。でも、言ったことは撤回しません。そんなの、負けを認めるのと一緒。絶対にできません」

　園長は強気だった。未来に微塵《みじん》も不安をもっているようには見えなかった。しかし、当たり前のことだが、未来をはっきり見通せる者などいない。一日先のことすらわかりはしなかった。

翌日のお昼寝の時間は静かだった。みんな声を落として喋《しゃべ》るというよりも、前に向かって声がでていかない感じだった。

「しかたがないわね。期限を決められたらやっぱり目が覚めるわね。このまま、みつばち園を消滅させてしまっていいのかって、考えちゃうわよね」

園長は天井に目をやり、気が抜けたような声で言った。

「園長先生、諦《あきら》めないでください」

園長の声の余韻が消えたころ、酒井の声がぽつんと響いた。

「諦めてはいないわよ。まだ一週間あるから、その間になんとか——、とは思ってる。でも、何もないまま時間切れになったとき、みつばち園は終わりですというのは耐えられない。それが一週間後にくると思うと、ここは妥協して是正案の準備を始めてもいいかなって」

金曜日の今日、保育課から連絡があった。来週の木曜日までに是正案を提出しなければ家庭保育室の認定を取り消す決定をすると言ってきたのだ。

一週間と期限を切られて園長もはっきり現実が見えたようだ。みつばち園がなくなることを実感し、妥協することにした。しかたがない、というより、当然のことかもしれない。

「実を言うと、ちょっと前から是正案については考えていたの。とはいっても、認可外をやめる気はないから、規定に沿って分離して保育できないかって。広いところに移らないとだめだから、物件探しをまずね、やってみた。だけど現実は厳しいわね。保育園に貸してくれるところなんてなかなかないし、家賃も想像以上にかかりそう」

「あそこなんてどうですか。園をでて真っ直ぐ左にいった空き家。庭は荒れ放題で、借り手もつかなそうだし、この間、家主らしきひとに会ったとき、売れなくて困ってるようなことも言ってましたから」僕は提案してみた。

「あそこはだめよ。実は私も真っ先にあそこが頭に浮かんだの。でも不動産屋さんに訊《き》いたら、あそこの隣にパチンコホールが建つんだって。もう正式に契約は終わっているらしいわ。保育園に適した環境じゃないでしょ」

クレームを受けたが、そんなことは頭を何度も下げれば解消できると思った。

「あそこにパチンコ店を建てることができるんですか。うちから近いのに」

「うちからぎりぎり七十メートルを超えているらしいわよ」

県の条例では、児童福祉施設や病院などから七十メートルの範囲内に、パチンコ店を出店してはならないことになっていた。建築許可がおりているなら、その範囲は超えているのだろう。先日、空き家の男が、家が売れないと嘆いていたのは、このせいだったのかもしれない。隣にパチンコ店ができるのでは、なかなか土地は売れない気がする。

「とにかく、いまのところ、めぼしい物件はひとつもない。この先、一週間で見つけるのはかなり難しいと思う」園長はそう言って溜息《ためいき》をついた。

となると、認可外の保育をやめる方向で是正案を考えるしかない。

三本木と辻は、最初から是正案の準備をしておいたほうがいいという考えだったから、とくに口を挟むことはなかった。ただ、主張が通ったというような喜びはなく、消沈した顔でうつむいていた。

「諦めないでください」酒井はまた言った。「私も、勧告を取り下げさせる方法はないか考えます。できることがあればやってみます。だから、最後まで諦めずに待ってください。木曜日までは保育課にださないと約束してください」

園長は酒井を見ていた。笑みを浮かべて優しい顔になっていた。大きく頷《うなず》き、わかったと答えた。

僕も酒井を見つめていた。慣れてしまって、ここのところ意識することのなかった黒いエプロンに目がいった。怒ったような、いまにも泣き崩れそうな酒井の表情が、あまりにエプロンに似合っていた。

8

階段を下り、誰もいない部屋を振り返った。静まり返ったみつばち園。なんだか、未来の姿を見てしまったような気がして僕は顔を正面に戻す。玄関に向かった。

ドアを閉め、しっかり鍵《かぎ》をかけて園をあとにした。

土曜日。汚れた服をもち帰り忘れたので取りにきただけだった。休みの間は園のことは忘れよう、試験の準備に集中しようと思ったがなかなかそうはいかない。

園がなくなることはない。最後は是正案をだし、認定外の保育を廃止して、家庭保育室は残るはずだ。三歳児から五歳児の保育がなくなるのは残念だが、そういう方向性がほぼ固まったいま、徐々に心の整理はついていっている。ただ、みつばち園は私の家だと言っていた酒井の気持ちを思うと、複雑だった。

なくなってしまうよりはいいだろうが、酒井にとっては家族の半分ほどが消えてしまう感覚なのだろう。諦めないでと言った必死な言葉からもそれが感じられた。

酒井のため、というわけではないが、自分にも何かできることはないかと、つい考えてしまう。母子家庭の家に泊まったと保育課に知られたことが、試験結果に影響するだろうか、と心配するよりも、園のことが頭に浮かぶ。

「こんにちは」

バス停に向かっているとき、正面から声をかけられた。

こちらに向かってくる男を見て、「こんにちは」と返した。僕は足を止めた。ちょうど、荒れ果てた空き家の前だった。

「どうも」と言って男も足を止めた。

健之介の父親だった。無精髭《ぶしょうひげ》にトレパン姿。このへんのお父さんの休日ルックの定番だ。

「今日は健之介君は一緒じゃないんですか」

「午前中は近所のパパ友が預かってくれてるんです。その間に、色々片付けなければならないことがありまして」

「もしかして、ここに用事とか。お父さんが前にここに入っていったことがあるって、健之介君が言ってました」

「そんなこと言ってましたか」健之介の父親は、気まずそうに視線を落とした。「ええ、そうです。ちょっと仕事の関係で」

「ああ、なるほど。お隣の空き地にパチンコ店ができるって聞きました。その関係ですか」

父親はパチンコ関係の仕事をしている。

「よくご存じですね。まあ、……そんなところです」

声が徐々に小さくなっていった。あまり立ち入ったことを訊くものじゃないなと思い、「それじゃあ」と言って立ち去ろうとした。そのとき、空き家のドアが開いた。足を踏みだしながら、そちらに顔を向けた僕は、驚いて思わず足を止めた。

向こうも僕を見て、眉《まゆ》をひそめた。何かもの言いたげな目で僕を睨《にら》むと、すぐに視線を外し、歩きだす。空き家からでてきたのは保育課の職員、丸岡だった。

どうしてここに保育課の職員が、と考え、すぐに答えが浮かんだ。この空き家の家主はうちの園について保育課にクレームをつけた。その対応できたのだろうと不思議には思わなかった。

丸岡は駅のほうに向かって足早に進んでいく。なんとなくこちらを意識しているなと
背中を目で追っていたら、丸岡が振り返った。刑事が容疑者を睨むような鋭い目をして
いた。
丸岡の訪問は、クレームとは関係ないのではないかと気づいたのは、ファミレスで面
接の想定問答を考えていたときだった。
今日は土曜日だ。仕事なら平日に訪問するものだろう。そもそも家主はあの家に住ん
でいないのだから、たとえ子供がいたずらで忍び込んだとしても、わざわざ職員が訪問
しなければならないほど大きなクレームをつけるとは思えなかった。じゃあ、いったい
なんだろうと疑問が浮かぶが、深くは考えなかった。きっと自分とは関係のないことだ。
昼ご飯を食べて六時近くまでいた。そろそろ帰ろうかと思ったとき、コックコートを
着た御嵩が、グラスをもって僕のテーブルにやってきた。キッチンから、ちらちらこち
らを見ているのはわかったが、たぶんでてこないだろうなと思っていたから意外だった。
「座ってもいいか。休憩なんだ」
「どうぞ、どうぞ。久しぶりに御嵩さんの声が聞きたいと思ってたんですよ」
御嵩はこのひと月あまり、園に姿を見せなかった。小虎の送り迎えは母親任せだった。
御嵩は季沙羅と別れた。僕が立ち会い、季沙羅が自分で話を切りだした。
季沙羅のお腹に子供がいないと知ると、まるで本当に子供を失ったようにショックを

受けていた。まともに口もきけず、季沙羅の別れ話にもただ頷くだけだった。その後季沙羅に確認したが、御嵩が復縁を迫るようなこともなく、縁は切れたようだ。

「元気でしたか」

「まあな。配送の仕事はやめたよ」

「奥さんから聞いてました」

調理の仕事もやめて欲しいと、相変わらず、普通の家庭とは逆のことを言っていた。

「星野先生には迷惑をかけたよな」

「そうでしたっけ。迷惑ってほどのことはなかったと思いますよ」

中学生に凄《すご》まれたくらいのものだ。

「そうか、だったらいいが。なんかおわびにできることがあったらと思ったんだけどさ、考えてみたら、できることもないんだよな」

御嵩は緑色のジュースを口に含みながら、どこかあさってのほうを見ていた。

「そんなことないと思いますけど。どっちにしても、その気持ちだけで充分です」

納得いかないものがあるのか、御嵩は「うーん」と唸《うな》る。宙に漂わせた視線がゆらゆらしている。

以前はあった迫力が失せてしまったのは、ちょんまげがなくなったからだろうか。またちょんまげを結ってくださいと、お願いしてみようか。そんなことを考えていた僕は、ふいに別の考えが浮かんだ。

「ひとつお願いがあります。知恵を貸して欲しいんです。いま、うちの園は深刻な危機を迎えている。市役所からある勧告を受けていて、それをどうにかはね返したいんですよ。なんか役所を打ち負かす方法はないですかね。そういう悪知恵をもってそうですもんね、御嵩さん」

「悪知恵か」

御嵩はそう言って僕に目を向けた。目の奥に不穏な光を宿し、にやっと笑った。

「方法は簡単だな。何か弱みを見つけて脅してやればいい。彩咲市は脅しやクレームに弱いからさ。ただ、そんなネタをどうやって見つけるかが難しいな。どうしたらいいんだろう。まあ、俺の悪知恵なんてその程度さ」

「いやいや、充分、いいアドバイスをいただきました。誰かが裏で糸を引いている形跡もあるんですよね。しかも園の関係者の可能性も見え隠れする。樫村さんのところに僕が泊まったことまで、市に伝わっているんですから。その黒幕と市の職員の間で金のやりとりでもあれば、スキャンダルになりますね。そのへんを明らかにできればいいんだけど、それも難しいな」

「カッシーとのことで、先生は窮地に陥ってるのかい？」

「僕は大丈夫。園がやばいんです」

「何か俺にできることがあったら言ってくれ。いつでも飛んでくぜ」

御嵩は久しぶりに背中から見えない刀を引き抜いた。いくらか元気がでたように見えたのでよかった。

御嵩の休憩が終わり、僕も帰ろうと腰を上げた。

御嵩に別れの挨拶《あいさつ》をしてレジのほうを向くと、見知った顔がエントランスを潜り、入ってきた。

「ああ、またお会いしましたね」

こちらに向かってきた健之介の父親に言った。父親に手を引かれ、健之介も一緒だった。

「いいね、お父さんとおいしいもの食べるんだね」

腰を屈《かが》めて健之介に言うと、「ととちゃん、お金がいっぱい入った。いっぱいおいしいもの食べる」と返ってきた。競馬でもやって、勝ったのだろうか。健之介の父親は気まずげな顔をしていた。

御嵩が「イェー」と声をかけ、健之介の父親と互いの肘《ひじ》をぶつけ合った。園のお父さん同士の繋《つな》がりというものが、いまだによくわからないのだが、このふたりは仲がよさそうだ。

店をでていつもどおり、徒歩でアパートを目指した。日に日に日が落ちるのが早まっている。六時過ぎだが、すっかり暗くなっていた。

角を曲がると、白い要塞《ようさい》が見える。門の前に停まる黒塗りの車が妙に似合っていた。酒井の家と反対側に目を向けた。夜の公園にひとけはなかった。

門の前を通り過ぎるとき、かちっと音が聞こえた。ああ、また酒井に会ってしまうと僕は予想した。しかし門が開き、なかからでてきたのは、スーツ姿の男だった。きびきびした動きをする初老の男は、なかにお辞儀をしながら門を閉めた。こちらに顔を向け、車に向かう。

僕の知り合いではない。けれど、どこかで見たことのある顔だと思った。

しばらく進んで思いだした。あれは、いずれ僕のボスになるはずのひとだ。振り返って見たが、すでに車に乗り込んでいて姿は見えなかった。

酒井の家からでてきたのは、彩咲市の市長だった。

9

週が明けてからの園は、見かけ上、落ち着いていた。木曜日に是正案を提出することがほぼ決まっているので、それまでは何も変化はなく、誰もそのことについて触れなかった。

酒井も何も言わない。何か動いている様子はなく、諦《あきら》めてしまったのではないかと思えるほど、静かだった。

火曜日、二次試験の前日、酒井と一緒にタイヤ公園に子供たちを連れていった。

「いよいよ明日《あした》ですね」と酒井が言ったのはお昼近く、そろそろ園に戻ろうかというときだった。

「覚えていたんですね。誰も僕の試験のことに触れないから、忘れているんじゃないかと思ってた」

たぶんどうでもいいことなのだろう。それどころじゃないと思う。

「みんなプレッシャーをかけないようにしているんだと思う」

「どうなんだろ。僕としては、みんなに対するプレッシャーはないですけどね。落ちても、もう一年お世話になりますと言う必要はなさそうだから。受かっても落ちても、僕がいるのは三月まででしょう」

認可外の保育をやめることになったら、最低、ひとりはやめなければならない。誰をやめさせるかと考えたら、腰掛けの僕の肩を叩《たた》くのが順当だ。

酒井は僕の言っている意味がわかったのだろう。何も訊《き》いてはこなかった。

「この間の土曜、酒井先生の家の前を通ったんですよ。そうしたら市長さんがでてきた。すごいなあ、市長がじきじきにやってくるなんて、——うん、何か？」

酒井は見開いた目で、僕をじっと見ていた。口を開かなかった。

泣き声が近づいてきていた。振り返ると、健之介が大きく口を開き、泣き声を上げて駆けてくる。

「どうしたの健ちゃん」

しゃがみこんだ酒井の胸に、ぶつかるように飛び込んだ。

胸で泣きじゃくる健之介を、酒井は押し戻した。顔を覗《のぞ》き込みながら「どうしたの。教えて」と訊《たず》ねた。

「キヨタに、帽子取られた」大きく息をつきながら言った。

「取られたとき、どうしたの。返してって言った？」詰問するような口調だった。

健之介は首を横に振った。

酒井は立ち上がった。「健ちゃん、いい？　返してって言わなきゃだめでしょ。泣いてもなんでもいいから、自分で言うの」

健之介は涙がこぼれる目をこすっていたから、見ないですんだ。酒井は大人でも震え上がりそうな怖い顔をしていた。

「さあ、いってきなさい。いって取り返してきて。それまで先生のところにこないで」

酒井はみんなのいるほうを真っ直ぐさして言った。

健之介は目をこすりながら、とぼとぼと歩き始めた。

「どうしたんですか。酒井先生が健之介を怒るなんて——」

健之介を見送っていた酒井が、こちらを振り返った。

「怒りたくなったんです。これまであの子を怒ったことがなかったから」

僕は首を捻《ひね》り、どうしてと問いかけた。

「先生、明日の試験にもし落ちたら、もう一年園にいてください。私がやめます。たぶん、このままいくとそうなる」

「酒井先生がみつばち園をやめるんですか。そんなのあり得ないでしょ」

酒井は首を振り、何かを諦めたような薄い笑みを見せた。

「いいんです。みつばち園が完全な形で残るなら、私はやめてもいいと思ってる」

「見つかったんですか、勧告を撤回させる方法が」

だとして、なんで酒井がやめなければならなくなるのか理解できない。

「見つかったっていうか、最初からわかってた。ただ頼みたくなかっただけで。父に頼むことにしました」

「お父さん？」

あの家をかまえるお父さんなら、それくらいの力はあるのか——。

「——ああっ、このあいだ見た市長は、もしかして、そのために？」

酒井は頷《うなず》いた。「まだ頼まなくていいと言ってるのに、父が勝手に呼んだんです。ぎりぎりまで粘るつもり、他に方法がないか。なければ父に頼みます」

「なんでやめなければならないんですか」

「それが父がだした条件だから」酒井は子供たちのほうに目をやった。「その前から保育園をやめて、うちの仕事を手伝えと言われてた。私、父とはもう何年もまともに会話してないんですよ。なのに平気でそんなことを言えちゃう父親なの。だから、頼み事をすれば、そういう条件をだしてくることはわかってた。ぎりぎりまでその選択肢は考えないようにしてたけど、保育課に期限を切られたら、もう頼むしかなかった」

　ここのところ酒井が不機嫌だったのは、園をやめろと言われていたからなのかもしれない。

「でも、自分がやめてしまうんじゃ、意味がないんじゃないですか」

「いいの。半分なくなっちゃうほうが辛《つら》いから」

「よくないよ。酒井先生にとっては、みつばち園が家なんでしょ」

「きっといつか他の家が見つかると思う」酒井はそう言って「ううん」と首を振った。

「いまの家——自宅をでられれば、本当はそれだけで満足できるのかもしれない」

　酒井は暗い影を残しながら微笑んだ。

「どうして家をでられないんです?」

「母に障害があって、介護が必要なの。置いてでることはできない」

　そう聞いて納得したことがひとつある。酒井が退園時間になるとすぐ帰るのは、たぶん母親の介護があるからなのだろう。

「母と一緒にでられればいいけど、それもだめ。母がでていこうとしないから」

　酒井はそう言うと、家庭の事情を語りだした。

　酒井の父親は女遊びが激しく、外に愛人が何人もいたそうだ。母親はそれに悩み精神のバランスを崩した。夜は睡眠導入剤を飲まなければ眠ることもできなかった。ある日、母親は大量に薬を飲んだ。自殺ではなく、自殺のまねごとだったと酒井は言った。意識が朦朧《もうろう》とした状態で家のなかを歩き回り、母親は階段から転落し、障害を負ったそうだ。

母親がそんな状態になっても、父親は女遊びをやめはしなかった。とうに愛想をつかしていた酒井は、母親に一緒に家をでようと言ったが、母親は頑《かたく》なに拒んだ。母親は自分の姿を見せ続けることが、父親への復讐《ふくしゅう》になると信じているのだそうだ。父親にしても、家をでていくこともできるのに一緒に暮らしているのは、母親のいやがらせに負けて逃げだすのはしゃくだ、という意地だけだという。

一緒に暮らすことで誰も幸せになることはない。そんなのは誰の目からみてももはや家ではなかった。酒井もあそこを家だと思ったことはないそうだ。

「私が保育士になったのは、別に家のかわりを求めてじゃない。みんなと一緒で、単純に子供がかわいいからだし、子供の成長を助ける仕事はやりがいがあると思ったから。でも保育をしていて、私はいっつも子供たちから、うちでは得られないものを与えてもらっていた。こんなの仕事じゃないなって、申し訳なく思ってた。だから、絶対にみつばち園を守りたかった。恩返しがしたかったの。私がやめることは全然問題じゃない」

僕は頷いた。確かにそういう気持ちなら、酒井にとって問題ではないと思う。ただ、僕の気持ちとしては、だからこそ酒井にやめて欲しくはなかった。

「このエプロン不思議に思ってるでしょ。なんで保育園に黒いエプロンなのかって」酒井はエプロンの胸のあたりをつまんで言った。

「私の母も黒いエプロンしてた。料理が好きで、ときどき食べきれないくらいに作るの。あとになって、それは決まって、父が女のところにいっているときだったって気づいた。

黒いエプロンをして、当てつけのように大量の料理を作るなんて聞くと恐ろしげでしょ。でも、料理をしているときの母は幸せそうに見えた。何もわからない子供だった私は、その姿が好きだったし、見ると安心した。あとからどういうことだかわかっても、その印象はかわらない。料理をする母の姿は好きだし、つけていたエプロンも好き。私にとって、エプロンは黒が当たり前なの。それだけ」

何も言葉にできず、僕はただ頷くだけだった。自分はひととしての経験が足りないなとつくづく思う。

「でも、家ではしないですよ、黒いエプロン」

面白いはずもないのに酒井は笑みを浮かべた。

「酒井先生、お父さんに頼むのはぎりぎりまで待って。諦《あきら》めないでください」

「星野先生が何かしてくれるんですか」酒井は眉間《みけん》に深い縦皺《じわ》を入れて言った。

「いや……、祈るくらいしかできないんですが」

酒井は満足げに笑った。

「それでいいです。星野先生は試験頑張ってください。私は明日《あした》、仕事が終わってから父に頼むつもりです」

「試験の時間以外は祈ってる。だから酒井先生は信じて。たまには神様も、いいことをしたいと思ってるはずなんだ」

「そんな皮肉を言うひとの願いを、神様は聞かないと思いますけど」

酒井はすました顔をし、僕に背を向けた。とたん、「センセーイ」と大きな声が聞こえた。

健之介がこちらに向かって駆けてくる。肩を怒らせ大きく揺らし、やけに男っぽい走り方だ。

「センセ、やったー」

健之介は手にくしゃくしゃになった帽子を握りしめていた。

「すごーい、健ちゃん」

酒井はしゃがみこんだ。健之介は酒井の胸に飛び込んだ。

「やったね」

「うん、言った。返せって言ったんだよ」

健之介は息を継ぎながら、言葉を弾ませる。

酒井は健之介を抱きしめ、眩《まぶ》しそうな顔をして大きく息を吸った。胸いっぱいに何かを吸い込んだようだった。

10

やってしまった。気をつけようと昨日の夜、心に留めたはずなのに、まさか本当にやってしまうとは。

試験会場は市の研修センターなのに、市役所前いきのバスに乗ってしまった。

市役所から研修センターまでは歩いて十五分ほどで、試験時間には充分間に合うから問題ないのだけれど、今日という日にいきなりのへまは、先が思いやられるようで、気が滅入《めい》る。

市役所前で降り、研修センターに向かった。歩きながら、想定問答を頭に浮かべる。みつばち園のことに意識がそれたりはしない。しっかり試験に集中できていた。気分が上向き、足取りも軽くなっていった。

研修センターが見えてきたとき、携帯電話が鳴り始めた。平日の午前中に電話など珍しく、いやな予感がした。上着の内ポケットから取りだしてみると、御嵩からの電話だった。

園からではなく、ほっとしたが、別な意味でいやな予感がする。でるか否か、一瞬迷ったのち、通話を選択した。

「はい星野です」

「先生、見つけたよ、犯人を」

御嵩はいきなりそう言った。

「なんの犯人？　まさか、あれですか。市役所の動きを背後から操ってるやつ？」

僕は立ち止まって言った。

「いや違うよ、先生を売ったやつ。カッシーのところに泊まったのを耳打ちしたやつ。

三原君だよ。健之介の父親。昨日、飲んでてさ、この間の先生の話をしたら、それ、俺だって言うんだ。最近、そのことをひとに話したから、それが市役所の耳に入ったんだろうって」

「健之介の父親がなんで。市役所の職員に話したわけではないんですか」

よくのみ込めなかった。

「あいつ小遣いをもらって、話をしていたみたいだ。外部に知られたらまずいような、みつばち園のトラブルを聞かせてくれって言われて。まったく、あいつ、園の世話になってるくせに。ぶん殴っておいたよ」

「誰に話したんですか」

「それがなんだかよくわからないんだ。みつばち園の近所にある、空き家のひとだって。空き家にはひとなんていないだろ、普通。あいつ、酔っぱらってたからな」

「いや、いるんです。よくわかりましたよ」

あの空き家だ。頑固そうな家主に話したということだろう。

「で、どうしてそんなこと知りたかったのか聞いてますか」

「保育園がうるさいから、ちょっといやがらせしたいと言ってたらしい。自分から聞いたことを市役所に告げ口すれば、園が叱られるとかそういうことだとあいつは理解していたみたいだ」

「ありがとうございます。よくわかりました。他に聞いておくことはありませんか」

「もうない。そんなところだ。どうだ、窮地から抜けだす助けになりそうか」

「いいところまでいけそうな気もしますが、まだわかりません」

御嵩は「ファイト」と言って電話を切った。

頭を整理しなければと、僕はゆっくり歩きだした。

空き家の男が裏で糸を引いていたのだろうか。しかし、健之介の父親に話した通りの理由で、市役所に知らせ、たまたま職員が知ることになったとも考えられる。タイミングとしてはできすぎな気もするけれど。

丸岡。その名を頭に浮かべて足を止めた。

保育課の職員があの空き家からでてきた。土曜日だったから仕事ではない可能性が高い。家主と何か個人的な繋《つな》がりがあるのではないか。

すぐ目の前にある研修センターの建物を見上げた。

僕がいま頭を悩ませているのは、空き家の男が黒幕なのか、丸岡が関係しているのか、ではない。これから自分はどうするべきなのか、だった。

時間はない。今日中に真相を究明しないと、酒井は父親に頼み、園をやめることになる。

僕は時計を見た。九時二十五分。試験時間まで、まだ三十五分ある。幸い、市役所はすぐ近くだ。いって帰ってくるだけなら、どうにか間に合うのだが——。

悩んでいる時間も無駄だった。健之介を抱きしめたときの、眩しそうな酒井の顔を思い浮かべ、僕は踵《きびす》を返した。

走った。走りながら考える。偶然のはずはない。家主は園のトラブルを、金を握らせ訊《き》きだした。保育課の職員とも繋がりがある。丸岡は園長を本気で怒らせるほど感じが悪かった。しかし、それだけではどうにもならない。自分のなかでは、家主が黒幕であり、丸岡が手助けをしていたことは、ほぼ事実となっているが、ひとを納得させるには、あるいは、本人の口を割らせるにはまだ足りない。

早くも息が上がってきた。しかし、スピードを緩めることはできない。僕はネクタイを緩め、シャツの第一ボタンを外した。

まずは理由だ。いったい、なんのために課長をけしかけ、家庭外混合保育を暴いたのか。いやがらせではない。そうすることで、きっと何かメリットがあったはずなのだ。

――土地。ふいに浮かんだ言葉が、頭のなかで輝いた。あの男は土地が売れないと嘆いていた。しかし、パチンコ店じゃあるまいし、保育園があることが土地を売る障害になりはしない。

いや、そうじゃないのだ。隣にパチンコ店ができる。あの空き家がどう関わるのかわからないが、保育園から七十メートル以内の出店規制が何かネックになっているのだ。みつばち園がなくなれば、土地が売れる。間がすっぽり抜け落ちているが、訊いてみれば案外簡単に埋まるかもしれない。誠実な小役人の助けを借りれば――。

携帯を取りだし、保育課に電話をかけた。

「佐伯さんをお願いします。みつばち園の星野といいます」

荒い息で伝わらなかったようだ。二回繰り返してようやく、お待ちくださいと言った。

市役所のエントランスを潜った。ひとの視線が集まるのを感じた。肩で息をしながら、ロビーを見回した。

いた。エレベーターホールの手前に佐伯の姿があった。僕は小走りで向かった。時計を見るとまだ二十八分ある。

「どうしたんです。大丈夫ですか」

佐伯が心配そうに訊《たず》ねた。

「わかったんです。うちの園を陥れようとした黒幕が。あと、それを手助けしていた保育課の職員も」僕は大きく息をしながら言った。

「うちの課の人間？」

佐伯は目を見開き、固まったような顔をした。

「丸岡さんです。彼が課長にうちのことを吹き込んだり、色々暗躍していたんです」

僕は手短に、これまで知ったことを伝えた。

「なるほど、わかりました。しかし、それだけのことじゃなんとも……」

佐伯は辛《つら》そうに顔をしかめる。なんとか僕の力になりたいとは思ってくれている感じだ。

「ひとつ気づいたことがあります。丸岡さんは、うちの園でおきたトラブルを知っていた。それはあの家主から直接聞いたはずなんです。市の窓口にクレームをつけたのでは、保育課の耳に入るまで時間がかかるはずだから」

僕は突破口を見つけた気がした。祐輔の母親との話を、園の父母以外がクレームしてもおかしいし、二ヶ月もたっているから聞き流される恐れがある。家主は確実に伝えようと、保育課の人間に直接話したはずだ。

「丸岡さんに会わせてください。そのことを本人にぶつけてみます」

「いや、彼は今日、外にでているんだ。だからそれはできない」

「そんな……」

思わず、言葉がこぼれた。時計を見た。あと、二十二分。どうしたらいい。

「戻ってきたら、佐伯さんが問い詰めてくれますか」

「同じ職場の人間ですから、それはちょっと……。もっと確かな証拠があればいいのですが」

「そんなこと言ってる場合じゃないでしょ。もう時間がないんですよ」

今日中になんとかしないと酒井は園をやめることになる。僕の試験も大丈夫か。足元から、痺《しび》れるような焦りが這《は》い上がってくる。佐伯の目を捉《とら》えて睨《にら》みつけた。

佐伯の目が逃げた。つーっと横に移動していく。目をそらしただけだと思ったが、どうも違う。何かを追っているような感じ。僕は佐伯の視線を辿《たど》って顔を横に振った。

エレベーターホールからでてきたと思われる男が、エントランスのほうに向かって歩いていく。その横顔を見て、心臓が跳ねた。

「あれは丸岡さんですよね。どうして……」

「ああ、まだでてなかったんですね」

僕はのんびりしたその声を聞きながら足を踏みだした。丸岡のほうに向かおうとしたら、腕を摑《つか》まれた。

「ちょっと、放して。あのひとを問い詰めなきゃ」

腕を振り払おうとしたが、がっちり摑まれ離れない。意外に強い力だった。

呼び止めようと丸岡のほうに顔を向けた。後ろから手が伸びてきて、口を塞《ふさ》がれた。

「ウー……、ンマッ」体ごと捻《ひね》って、口の手を振り離した。

「何するんですか。いったい、どういう……」

佐伯の顔がおかしかった。怯《おび》えたような表情。血の気も引いて、青白い。

「佐伯さん？」

「だめです」佐伯は大きく首を振り、絞りだすように言った。「あの男に近づいちゃいけない。危険です。とっても危険だ。だから……」

「何、ばかなことを。危険って、あのひと、市役所の職員でしょ」

いまの僕にとって危険などどうでもいいことで、深くは考えなかった。とにかくあの男を捕まえないと——。丸岡はエントランスからでていくところだった。

佐伯の手の力が緩んでいた。僕はそれを振り払い、大きく足を踏みだした。しかし、次の一歩がでなかった。体ごとぶつかるように、佐伯が腕にしがみついてきた。

「だめだめ。いっちゃだめだって」

本格的におかしな感じだった。顔面に皺《しわ》がよるほど固く目をつむり、震えるように小刻みに首を振っていた。「だめだめ」と甘えたような声で唱え続ける。

「佐伯さん、もしかして——」

佐伯が目を開けた。こぼれんばかりに目を剝《む》き、僕の顔を凝視する。

「違います」

「何が違うんです」

佐伯は「いえ」と言って口ごもる。逃げ場を探すように、大きく視線が揺れた。

「あなたなんですね。あの空き家の家主と繫がっていたのは。うちの園を潰《つぶ》そうとしたのは、あなただったんだ」

体を捻《ひね》り、佐伯の手を引き剝《は》がした。

佐伯は口をあんぐりと開け、やがてうつむいた。

この誠実そうな小役人が——という驚きはある。しかし、あの家主の片棒を担ぐ人物像を考えると、丸岡より佐伯のほうが相応《ふさわ》しいのだ。もともとあの空き家に住んでいた老人は市にクレームを度々上げていて、保育課で対処したはずだから、佐伯と接点があっても不思議ではない。何より、今回の、ことの発端は、新任の課長に、うちの園が家庭外混合保育をしていると誰かが耳打ちしたことにある。考えてみれば、丸岡も他課から異動してきたばかりで、混合保育については知らなかったはずなのだ。

佐伯が顔を上げた。表情が変わっていた。強《こわ》ばったように顔を歪《ゆが》め、強い視線で僕を睨む。

「何か証拠でもあるんですか」

「さっきも言いました。うちの園のトラブル、僕が母子家庭のうちに泊まったという話を、誰が保育課に広めたのか確認すればわかるんだ。丸岡さんに誰から聞いたか訊ねてきます。どういう答えが返ってくるか、もちろん佐伯さんはわかっていると思います」

だから僕を止めたのだ。

僕は佐伯の胸をどんと強く突いた。佐伯は後ろに大きくよろけた。

エントランスに向かって歩きだした。試験まで、あと何分あるのか気になったが、時計を見るのはがまんした。まずはこれを解決しなければ。また足元からいやな焦りが這い上がってくる。

「ちょっと待って。待ってください」

佐伯の声がロビーに響いた。

僕は足を止めて振り返る。「認めますか」

佐伯の頭がかすかに動いたように見えたが、はっきりしない。

「あなたと空き家のひとが仕組んだことだと認めるんですね」

ぎゅっと目をつむった佐伯は、うなだれるように頷《うなず》いた。

僕の心臓がとくんと跳ねた。

「それじゃあ、今日の六時半に園にきてください。みんなの前で、自分のしたことを話してください」僕はエントランスのほうに一歩足を踏みだして言った。「いいですね」

そう言うと、佐伯の首が動いた。僕は、すぐさま走りだす。

エントランスを飛びだし、歩道を駆けた。時計を見ると、まだ十六分ある。そんなに急ぐ必要はないと、走るスピードを緩めた。

僕は上着の内ポケットから携帯電話を取りだした。履歴を開き、園長の番号をタップしようとして手を止める。ぎゅっと一度握りしめてからポケットに戻した。

佐伯のことを早く園に知らせたかったが、いまは保育中で子供たちに集中しなければならない時間だ。昼にでもゆっくり報告しようと思った。僕としても、よかったよかったと喜びをわかち合うのは試験のあとのほうがいい。

実際は、まだ大きな問題が解決していなかった。裏で糸を引いていた者がわかっても、みつばち園が家庭外混合保育をしている事実にかわりはなく、たとえ佐伯たちに後ろ暗い思惑があろうと勧告を取り下げる理由にはならない。ただ、それでも、どうにかなるだろうと僕は楽観視していた。彩咲市は脅しやクレームに弱いと言った、御嵩のアドバイスを実行しようと思う。健之介の父親同様、佐伯もあの家主から金品を受け取っていたはずで、職員の不祥事をねたに保育課を脅し、勧告を取り下げさせるつもりだった。

脅して不正を見逃してもらうなんて、僕の本来の倫理観から外れてはいるが、かまいはしない。これはみつばち園を守るため、酒井をやめさせないための戦いなのだから。

いつの間にか、思い切りペースを上げて駆けていることに気づいた。疲れて試験に影響してはいけないと、またスピードを落とした。

研修センターが見えてきた。時計を確認すると七分前。もう大丈夫、受かったも同然、と自然に思えてきた。僕はスピードを落とし、研修センターに近づいていく。階段を上がりながら、シャツのボタンをかけ、ネクタイをきゅっと締めた。エントランスにいる職員に会釈をした。

「えーと、採用試験の受験者ですか」

「はいっ。星野親です」

初老の男性職員は「星野さんね」と言いながら、手にした名簿を確認した。

「残念だったね。あと、もうちょっと早くくればね」

「えっ、早くくればどうだったと……」

体の反応のほうが早かった。がくがくと膝《ひざ》が震え始める。

「いや、早くくれば受けられたんだよ。もう遅刻だ。残念だけど、面接はどうあっても受けられない」

「だって、まだ七分前ですよ」

「それは、試験開始の七分前ってことでしょ。受験要領に、十五分前に集合厳守と書いてあったはずだよ。それを過ぎると会場に入れないとも」

僕は口を半開きにし、誰かに助けを求めるように、あたりに視線を漂わせた。

おい、誰かこのばかを助けてやってくれ。

「面接はね、会場に入るときから始まっているんだよね」

11

「あの空き家に住んでいた小早川《こばやかわ》さんとは、クレームが縁で知り合いました。園児がゴミを捨てたとか、声がうるさいとか、何度も家にまで足を運びました。そのうち、世間話にも応じてくれるようになりまして、仲良くなったんです」

「仲良くなってどうしたの」

園長がぶっきらぼうに訊《たず》ねた。

「仲良くなって――、お金を借りました」

「なるほどね。いくらぐらいよ」

「五百万ほど」

「あなた地味に見えるけど、やるわねえ。何に使ったの」

「好きなひとができまして」

「愛人に使っちゃったってこと？　ますます見かけによらないわね」

佐伯は恐縮するように頭を低くした。園長は先を続けるよう、目で促した。

「小早川さんが亡くなって、借金返済は終わったものと思っていました。ところがひと月ほど前に、息子さんが借用書をもって現れましてね、てっきり返せと迫られると思ったんですが、ちゃらにしてくれると言うんです。そのかわり、みつばち園を閉園に追い込む企てに協力しろと。私も悩みましたが、借金が帳消しになるという魅力に負けました」

佐伯は、すみませんと、肩を落とした。

小早川がみつばち園を閉園に追い込もうとしたのは、やはり土地を売りたかったからのようだ。小早川の父親が亡くなったときには、パチンコ店はすでに用地の買収をすませていた。隣がパチンコ店では宅地としてはなかなか売れず、困った小早川はパチンコ店に買ってもらうことを考えた。小早川の土地は保育園から七十メートル以内に入っていて、パチンコ店を建設できない。そこで小早川は、保育園と交渉して立ち退かせるので、買って欲しいと申し出た。用地をもう少し広げたいと考えていたパチンコ店側もその話に乗り、計画を中断することにしたのだそうだ。そして佐伯を引き込んだ小早川は、新任の課長にあることないこと吹き込み、みつばち園を窮地に追い込んでいった。

「佐伯さん、すべてあなたが課長や他の課員を誘導して私たちを悪者にしたのね」

「そうです。あそこは視察をしてもなかなか尻尾《しっぽ》をつかませないとか、父母への対応が悪くてクレームが多いとか、市に対して非協力的だとか、およそ正反対のことばかり。

心苦しいです。申しわけありません」

「でも、実際にそうでしたけど、保育課は認可外をどうにかしろというだけよ。家庭保育室は残るから、土地は売れないでしょ」

「それは、理不尽なことを言われたら、井鳩さんなら反発して、保育課の言うことをまるで聞かないんじゃないかと思ったんです。認可外をやめるくらいなら、みつばち園全体をやめると、前に言っていたような覚えもあったものですから」

「ひとの話をちゃんと聞いてるのね。もうほとんど、その通りになりかけましたよ」

園長は感心したように言うと、考え込むように腕を組んだ。

「あの、ひとつ訊《き》いてもいいですか」

沈黙ができたので、僕はぽそっと口を挟んだ。

「どうぞ、好きなだけ訊いて」と園長が促した。

「結局、丸岡さんはなんだったんでしょう。どうして空き家を訪ねたんですか」

「私たちがやりすぎたんですよ。園長の怒りを煽《あお》らなきゃと、あることないこと、小早川さんが保育課にクレームの電話を何度もかけたんです」佐伯は自嘲《じちょう》するような笑みを浮かべて言った。「うちの丸岡はなかなか頭が切れる男のようでして、ちょうどみつばち園さんに勧告をだしているときに、しつこくクレームをつけてくるのはタイミングがよすぎるのではと怪しんだようです。調べれば小早川さんがあの家に住んでいないことはすぐにわかる。住んでもないのに、園の子供がうるさいとか騒いでいるのですから、ますます怪しく思うのは当然です。それで、小早川さんがあの家にきているときに、話を聞きにいったというわけです」

とにかく、運がよかった、ということはわかった。あの日、空き家からでてきた丸岡に出くわさなければ、なかなか真相には辿《たど》り着けなかっただろう。僕は、特別な表情も浮かべずに話を聞いていた酒井のほうにちらっと目をやった。

「質問はそれだけです」

僕がぽつりと言うと、井鳩園長はふーっと息を吐きだした。

「まあ、ほんとに、ひどい目にあったわよ。さて、このひとをどうしましょうかね」

「どうしましょうって、上司に突きだす以外に、何か選択肢があるんでしょうか」

酒井が硬い声で言った。

「長いつき合いだし、今後、うちのためにたくさん便宜をはかってくれるだろうし、他の選択肢を考えてもいいかなと思うのよ。もちろん勧告を取り下げるよう説得はしてもらう。私の感覚だけど、お金をもらってやったなら許せないけど、借金ちゃらならまだ許せるかなって。どう、最終的にいちばんの被害者となった星野先生、表沙汰《おもてざた》にしない選択肢もあり？」

「えっ、僕に訊くんですか」

正直、どうでもよかった。みつばち園がどうにか現状を維持できるなら、あとのことは関心が薄い。頭の半分では別のことを考えていた。僕は本当に被害者なのだろうかと。

「あの、園長先生の判断にお任せします」

「さすが星野先生、心が広い。佐伯さん、感謝しなさい――」

他のことが考えられないだけだ。

先ほど、佐伯の話を聞きながらも、僕はずっと今朝のことを考えていた。いったい何が悪かったのだろうと。

研修センターに着いたときは残り三十五分。もし十五分前集合を知っていたら、僕は市役所に向かわなかったのだろうか。「たら」「れば」ばかり繰り返し考えてきたが、これは初めて考える「たら」だ。

向かわなかったかもしれないな、と考えたら、ちょっとだけ気が楽になった。知らなかったからこそいったのだし、知っていれば、いまこの場面はなかったのだ。佐伯を睨《にら》みつけながらも、どこか緩んだ表情の酒井はいなかったわけだし、本来の腹から響かせる迫力ボイスの園長もいなかったし、辻も早く帰りたそうにはしていなかっただろう。

結局、僕は被害者ではないし、面接を受けられずに落とされたわけではない。面接は会場に入るときから始まっていると言った、あの職員の言葉がすべてを表している。

僕は面接に失敗した。それはそうだろう。入場締め切り時間を知らずに打ち切られるなんて、他の誰よりも劣っている気がする。実力で落とされた、といっていいだろう。

ふーっと僕は溜息《ためいき》をついた。この結論に達したのはこれで五回目。僕は飽きずにまた考え始める。いったい何が悪かったんだろうと。

「佐伯さん、課長を説得できる？」

「できます。必ずやります」

「これまで嘘をついていたことをちゃんと言うんですよ。みつばち園の正しい評価を伝えてください。嘘をついた理由は適当でかまいませんから、勧告が取り下げられるまで粘ってください。あなた、自分の人生がかかってるんだから、戦ってよ」


居酒屋のお座敷に、乾杯の声が響いた。

金曜の夜。久しぶりに全員揃っての飲み会だった。保育課の勧告を退けた祝勝会であり僕の採用試験の残念会でもあった。

今日、正式に勧告は取り下げられた。保育課の課長から園長に電話があり、部下が迷惑をかけたと詫《わ》びたそうだ。

「みんな、ほんとーにお疲れさまでした。おかげさまで、平穏な園に戻れそうです」

「うちで平穏なときって、ありましたっけ」

辻がおどけた顔で、そう混ぜっ返した。

「辻先生、世間の物差しで測らないでください。うちなりの平穏なときもあるでしょ」

「なるほど、そういうことならわかります。きっと、戦場でも平穏なときっていうのはあるでしょうからね」

そこまでひどくはないでしょ、と園長が突っ込み、みんなが笑った。

貪《むさぼ》るような笑いが、本当に戦場をくぐり抜けてきたひとたちみたいだと思った。僕自身、戦友のような感覚がみんなにある。犠牲を払ったのは自分だけじゃないというような。

「星野先生、残念でした。でも、先生のおかげでほんとーに助かりました。試験場に向かう途中、市役所に引き返した先生の気持ちを考えると、胸が詰まります」

隣に座る辻が、僕の腕をつついた。やるじゃない、とでも言いたげな目を向けた。

僕はまだ、十五分前集合だったことを知らずに遅刻したとは話していなかった。自分のばかさかげんに、いまだ折り合いがついておらず、打ち明ける気にならないのだ。ただ、うちの園のいいところで、無闇《むやみ》にヒーロー扱いしないから、居心地の悪い思いをしないですんだ。

酒井も、当日、ありがとうと一度言ったきり、僕の行動に関して触れることはなかった。一度で充分。酒井のほっとしたような顔は、受験失敗の救いになった。

「ここで働きだして半年しかたってないのに、そこまでみつばち園を愛してくれていることが嬉《うれ》しいです。そんなに、園のことを思ってくれてるのに、なぜか来年も受験するつもりなんですよね。ずっといればいいのに。──そんな星野先生から、みんなにお話があるそうです。静かに聞いてね。じゃあ、星野先生」

僕は正座をして、みんなの顔を見回した。えへんと咳払《せきばら》いして、話しだした。

「えー、みなさん、いつもお世話になっております」

硬い、と隣の辻が言った。

「話したいことはひとつだけです。ご存じのとおり、先日採用試験に失敗しまして、来年度も、またみなさんと働かせてもらうことになりました。まだ半年ほど先の話ですが、四月からもよろしくお願いします。そして、この場を借りまして、これまでの半年間、ご指導いただいた感謝の気持ちを述べさせていただきたいと思います。えー、私は社会人経験があったものですから、ある程度のことはできるのではないかと思っていたのですが――」

「なんか、長くなりそう。ていうか、来年の今頃も、同じ話をしてそうで怖い」

辻の小声が聞こえた。

「それ言っちゃかわいそうでしょ。今年は遅刻でメンツが立ったけど、来年はそうはいかないだろうしね」と酒井。

「景子先生こそ、それ禁句ですよ。男のプライドなめんなですよ」

「――あの、そこのおふたりさん、僕を挟んでの陰口、ほんとにやめてもらえませんか」

「あら、すみません」

酒井がつんとすました顔で、斜め前に首を傾げた。

「ていうか、星野先生、私たちが話しだすの、待ってませんでした」

「――んなわけないでしょ」

辻はときどき、鋭い。僕は待っていた。そもそもふたりの間に自分から座っている。

女性の職場で働く男は突っ込まれてナンボだということを、この半年で学んだ。どぎつい言葉でも、突っ込まれているうちは大丈夫。人間関係のバロメーターになる。

勤め始めて半年。学んだことも多いが、僕の社会人経験など、たいして役に立たないと思いしらされる毎日だった気がする。それは、社会人経験というより、人生経験が足りないせいであったのだろう。ひとというものがどういうものか、よくわかっていなかったのだ。

園児の保護者とぶつかったとき、僕は相手を非常識だと考えたが、必ずしもそうではなかったのかもしれない。トラブルを起こす親は、人間の生々しい部分をさらすことに躊躇《ため》いがないだけで、ある意味、人間らしいひとたちなのではないかと最近は思うようになった。非常識と切り捨てず、もっと心の深いところにあるものを理解しようと努めるべきだったのではないかと反省している。結果として理解することはできないかもしれないが、努力することに意義はあると。少なくとも、しかたがないと端《はな》から諦《あきら》めるよりはずっといいはずだ。

みつばち園には、まだ一年半ほどいる予定だ。足りない人生経験をここでの経験がそのつど補ってくれるはずだ。この先も波のようにトラブルが押し寄せてくるのは目に見えている。そう考えると正直うんざりもするのだけれど、もちろん僕は逃げたりしない。何もひとりで、それらに対処しなければならないわけでもないのだから。僕には頼もしい戦友がついている。もし僕が倒れたら、無理矢理引っぱり起こして、トラブルに向かわせそうなほど、頼もしい女性たちだ。

「えー、それでは、金曜の夜です、みんなでおいしい酒を飲みましょう」

「話を再開してから、五分は喋《しゃべ》ってますよ」

「だいたい、話はひとつだけって最初に言ってなかった」

はいはい、もうしめますよ。

「――そして、また月曜日から一緒に戦っていきましょう」

解説

駒崎《こまざき》弘樹《ひろき》（NPO法人フローレンス代表）

私はいま、都内を中心に18園の保育園を運営するNPO法人フローレンスの代表をしているのだが、本書が、保育園に頻発する問題を真正面から描いていることに驚かされた。

フローレンスにも主人公と同じく、一度は別の職業に就いてから、保育士になったキャリアを持つ男性保育士が複数いる。本来、男性保育士がいるのは自然なことのはずだが、保育業界では97%が女性。保育士が女性だけというのは、子育てや子どもに関わることは「女性のみがやるべきもの」という社会にとって悪いイメージを生むだけでなく、多様性という観点でも子どもたちにとってよくないと感じている。本書の中でも男性の保育士がいいキャラクターでうまく保護者との関係を築いているシーンがある。私自身が子育てしてみてより思ったのは、父親だからできないことはないということ。子どもは自分に一番関わっている人に懐く。それゆえに、保育に男女の違いはないし、経営者としても保育士に求めるものは男性も女性も違いなく「よい保育をしてほしい」ということなのである。

そもそも、保育士に男性が少なかった理由として、給与の問題は看過できない。保育園は「男性の寿退社」が言われるような職場。保育士はきちんとした専門職であることの一方で、男性保育士の問題は保育士をめぐる構造的な問題に直結している。

フローレンスでは、園運営を効率化することで管理費を抑えて、浮いた部分はすべて処遇改善に使っている。小規模保育所が2015年に子ども・子育て支援新制度による認可保育施設になったことも大きく、少しずつ給与を上げることができた。都内の水準では比較的良い方だが、全産業平均で見ればまだまだ低い。せめて公務員として同じ仕事をしている公立保育園の保育士との格差は変えたいと感じている。本書の主人公も公立保育園の保育士を目指しており、保育士の給与問題の根深さを窺《うかが》わせる。子ども一人に対する収入は決まっているので、国の補助額が上がらなければ、保育士の給料を上げるのは非常に難しいのが現状だ。

本書の舞台となる「みつばち園」では、0歳から2歳までの受け入れが条件の家庭保育室と、3歳から5歳までの認可外の園児を混合保育している。そして物語中で、これは市の規定に反すると批判する議員が出てくる。これは現在の保育システムの問題を象徴しているポイントで、いまの日本では、待機児童を減らすための創意工夫を邪魔する制度はまだまだ多い。

本書ではまた、シングルマザーなど、いわゆる「社会的弱者」と言われる人たちがたくさん出てくる。度々トラブルを起こす彼（女）らをモンスターペアレントと言ってしまえばそれまでだが、それぞれ抱えるものがある以上、単純に「良い親」「悪い親」という「親の威厳論」では語りきれない。

フローレンスの保育園でも、ネグレクトや家庭内暴力が疑われるケースがあり、児童相談所につないだこともあった。保育園は子どもの成長を手助けする一方で、各家庭をサポートするソーシャルワーク的な役割も担うようになってきているのである。しかし、人手不足などで、そこまで手が回らないところも多い。保育園がセーフティーネットとして子育て世帯を支えなければならない状況にあることを、もっと多くの人に理解してほしいと感じている。本書には、保育園が担う多面的な役割が非常にリアルに描かれている。

保育士という職業は彼らの「子どもが好き」という気持ちや、「やりがい」に寄りかかっており、それだけで成り立っているのが現状である。本書が多くの人に読まれて、保育園が最後のセーフティーネットであることや、保育園の役割を知ってもらいたい。それによって、保育士の処遇改善の気運が高まったり、保育士を目指す男性が増えてくれたら、というのが本書を読んでの私の切なる願いである。


（本解説は、平成二十八年八〜九月にｗｅｂサイト「スゴいい保育」に掲載された、駒崎弘樹氏、新野剛志氏、岩崎将吾氏による鼎談《ていだん》を編集部により再編集したものです）

本書は、二〇一六年三月に小社より刊行された単行本を加筆修正し文庫化したものです。

戦《たたか》うハニー

新野剛志《しんのたけし》

平成31年 3月25日　初版発行
令和6年 11月30日　再版発行

発行者●山下直久

発行●株式会社KADOKAWA
〒102-8177　東京都千代田区富士見2-13-3
電話　0570-002-301(ナビダイヤル)

角川文庫 21501

印刷所●株式会社KADOKAWA
製本所●株式会社KADOKAWA

表紙画●和田三造

●お問い合わせ
https://www.kadokawa.co.jp/（「お問い合わせ」へお進みください）
※内容によっては、お答えできない場合があります。
※サポートは日本国内のみとさせていただきます。
※Japanese text only

ISBN 978-4-04-107662-0　C0193

角川文庫発刊に際して

角川源義

第二次世界大戦の敗北は、軍事力の敗北であった以上に、私たちの若い文化力の敗退であった。私たちの文化が戦争に対して如何に無力であり、単なるあだ花に過ぎなかったかを、私たちは身を以て体験し痛感した。西洋近代文化の摂取にとって、明治以後八十年の歳月は決して短かすぎたとは言えない。にもかかわらず、近代文化の伝統を確立し、自由な批判と柔軟な良識に富む文化層として自らを形成することに私たちは失敗して来た。そしてこれは、各層への文化の普及滲透を任務とする出版人の責任でもあった。

一九四五年以来、私たちは再び振出しに戻り、第一歩から踏み出すことを余儀なくされた。これは大きな不幸ではあるが、反面、これまでの混沌・未熟・歪曲の中にあった我が国の文化に秩序と確たる基礎を齎らすためには絶好の機会でもある。角川書店は、このような祖国の文化的危機にあたり、微力をも顧みず再建の礎石たるべき抱負と決意とをもって出発したが、ここに創立以来の念願を果すべく角川文庫を発刊する。これまで刊行されたあらゆる全集叢書文庫類の長所と短所とを検討し、古今東西の不朽の典籍を、良心的編集のもとに、廉価に、そして書架にふさわしい美本として、多くのひとびとに提供しようとする。しかし私たちは徒らに百科全書的な知識のジレッタントを作ることを目的とせず、あくまで祖国の文化に秩序と再建への道を示し、この文庫を角川書店の栄ある事業として、今後永久に継続発展せしめ、学芸と教養との殿堂として大成せんことを期したい。多くの読書子の愛情ある忠言と支持とによって、この希望と抱負とを完遂せしめられんことを願う。

一九四九年五月三日